ROGUE BEAST - GARRETT

VERSIONE ITALIANA

KYLIE GILMORE

Traduzione di
MIRELLA BANFI

Copyright © 2020

Tutti i diritti riservati. Questo libro o parti di esso non possono essere riprodotti, distribuiti o trasmessi in nessun modo, incluso la fotocopiatura, la registrazione o altri mezzi elettronici o meccanici senza l'espresso permesso scritto dell'autrice, salvo brevi citazioni nelle recensioni e altri usi non commerciali permessi dalla legge sul copyright.

Questa è un'opera di fantasia. Nomi, personaggi, aziende, luoghi, eventi e incidenti sono il prodotto dell'immaginazione dell'autrice o vengono usati in modo immaginario.

L'autrice riconosce lo status di marchi depositati e i proprietari dei marchi dei vari prodotti menzionati in quest'opera di fantasia, usati senza chiedere il permesso. La pubblicazione/uso di questi marchi non è stata autorizzata, associata o sponsorizzata dai proprietari dei marchi.

Qualunque somiglianza a persone reali, vive o morte, o a eventi reali è puramente fortuita.

Rogue Beast - Garrett © 2020 Kylie Gilmore

Copertina di: Michele Catalano Creative

Traduzione di: Mirella Banfi

Pubblicato da: Extra Fancy Books

ISBN-13: 978-1-64658-051-4

1

Harper

Il mio telefono vibra per l'arrivo di un messaggio che sto aspettando da tutto il giorno: *La guardia del corpo sta arrivando.*

Mi precipito fuori dal teatro di posa, camminando più in fretta che posso con gli stivali alla caviglia dal tacco alto, attraverso il parcheggio recintato delle roulotte. Ho la pelle d'oca nonostante la calda giornata di settembre a Manhattan. Ho resistito a lungo all'idea di assumere una guardia del corpo, tengo molto alla mia privacy, ma quando un uomo si è introdotto nel mio appartamento due settimane fa, svegliandomi spaventata da un sonno profondo, per chiedermi di frustarlo, ecco, quella è stata l'ultima goccia. Da quando ho recitato la parte dell'Amministratrice Delegata tosta come pochi nella mia precedente sitcom, ho ricevuto più della mia parte di molestie dagli uomini. O sono attratti da tutta quella durezza, oppure vogliono ridimensionarmi un po'. *Si chiama recitare, gente!*

Seriamente, una cosa è un uomo che ti urla contro per strada o che allunga le mani per afferrarti per i capelli o i vestiti in una folla – tutta roba che ho dovuto subire – ma qualcuno che ti entra in casa è una cosa completamente diversa. La cosa che fa più paura è che era riuscito a superare il guardiano notturno e che sapeva come disabilitare il sistema d'allarme. La mia nuova guardia del corpo è la chiave per riuscire a dormire di nuovo.

Oh, è Trina che gli sta parlando. Lo indirizza verso la mia roulotte e si precipita nell'altra direzione.

Mi tremano le ginocchia quando la mia nuova guardia del corpo viene verso di me con aria spavalda. È una bestia d'uomo. Ho la bocca secca, il cuore che batte forte. Dev'essere sui venticinque, alto sul metro e ottantacinque, pieno di muscoli. Il suo fisico è messo in rilievo da una maglietta nera aderente e jeans sbiaditi. Ha i capelli castano scuro tagliati corti, che attirano l'attenzione sugli zigomi alti e la mandibola squadrata. Gli occhiali scuri gli nascondono gli occhi. *Duro, sexy da morire.* Non è quello che mi aspettavo.

Faccio un respiro profondo e rallento il passo. Devo essere calma, fredda, professionale quando lo incontro. Joe Sullivan e io passeremo *un mucchio* di tempo insieme. Su mia richiesta, si trasferirà nell'appartamento accanto al mio. È fondamentale che partiamo col piede giusto. Oggi è giorno di registrazione per la nuova sitcom *Living Gold*, con un vero pubblico nello studio. Mi sentirò meglio sapendo che la mia nuova guardia del corpo è sul set nel caso ci siano uomini aggressivi tra il pubblico, ossessionati dal mio precedente personaggio, Amanda.

La cosa più strana di tutti è che non sono per niente una dura. È un difetto su cui sto lavorando da tutta la vita. Posso fingere di esserlo, grazie al generale Joan Ellis, mia nonna, che mi ha cresciuta. *Harper! Testa alta, spalle indietro, mai mostrare debolezza.*

Sissignora!

Solo che reagire avrebbe significato l'inferno. Aveva veramente sbagliato carriera, facendo l'insegnante alle elementari. Avrebbe trovato la sua nicchia al comando delle truppe, invece di tentare di trasformare una ragazza timida e sensibile in qualcuno che rispettasse i suoi standard, fallendo miseramente.

Joe oltrepassa la mia roulotte, senza rendersi conto di averla mancata e io mi precipito fuori per salutarlo, con un sorriso professionale sul volto per nascondere il nudo desiderio. «Salve, sono Harper. Sono lieta di conoscerti. È questa la mia.» Indico la roulotte. «Seguimi. Vorrei scambiare due parole prima che cominci la registrazione.» Lo precedo, apro la porta ed entro, tenendo la porta aperta per lui.

Lui non mi raggiunge. Invece alza gli occhiali sopra la testa e mi fissa. I suoi occhi sono di un sorprendente color acquamarina. *Mio Dio, potrebbe fare un film.* Il mio stomaco fa una pazza giravolta e mi sento calda dappertutto. Non ho mai avuto una reazione così viscerale per un uomo al primo sguardo. Potrebbe essere un problema. Sono il suo capo. Inoltre, ho un fidanzato. Colton è in Inghilterra da tre settimane, a girare un film. Dovrei chiamarlo.

«Per favore, entra» dico.

«Sei Harper Ellis.» La sua voce è profonda e sensuale come il mio cioccolato fondente preferito e mi dà la stessa scossa di piacere. Ancora di più, se devo essere sincera.

«Sì. Benvenuto.» Mi rendo conto che sembra un po' sorpreso. Pensavo sapesse chi lo aveva assunto, anche se adesso ho un aspetto diverso rispetto al personaggio che recitavo prima. Amanda Boxer indossava tailleur e scarpe decolleté. Il mio nuovo personaggio, Lexi Gold, è una ricca fashionista, quindi indosso un tubino nero senza maniche di Vera Wang, con una parte trasparente al di sopra del seno e che finisce a metà coscia, più stivali alla caviglia con il tacco alto. La differenza maggiore sono i capelli. Come Amanda, portavo una parrucca di capelli diritti castano scuro perché sarebbe stato un lavoraccio per la parrucchiera dello show stirare tutti i giorni i miei capelli ricci e li avrebbe rovinati troppo. Ho recitato tre anni in quello show e quindi apprezzo che la parrucchiera si sia preoccupata di risparmiare i miei capelli. A quanto pare, riccioli lunghi fino alle spalle non rispecchiano l'immagine di una dura.

La mia nuova guardia entra nella roulotte e lo spazio di colpo si restringe con la sua figura imponente. Lui controlla la mia roulotte mentre io controllo lui. È *esattamente* ciò di cui ho bisogno per allontanare gli uomini inquietanti. Ha il collo muscoloso con i tendini in vista, le spalle larghe e i suoi bicipiti sono così grossi che non riesce a tenere le braccia vicine al corpo. Le cosce sembrano solide e forti, gambe lunghe che finiscono negli stivali da lavoro. Probabilmente con la punta d'acciaio per ottenere la massima potenza. *La perfezione.*

Lui si strofina le mani. «Allora... è un piacere conoscerti. Ho visto qualche puntata di *Capital Asset*.» È la mia precedente sitcom. Amanda Boxer era la spietata Amministratrice Delegata di un *hedge fund*.

Sorrido, approvando. Non perché ha guardato il mio show. È il suo accento di Brooklyn (conosco bene gli accenti, fa parte del mio lavoro.) Non avrei potuto chiedere qualcuno più adatto per questo lavoro. Quando quei loschi individui del posto verranno da me, si troveranno contro uno dei loro.

Mi rendo conto di colpo di essere scortese, visto che lo sto guardando dalla testa ai piedi, per ragioni mie. Ovviamente la mia assistente ha già fatto le debite verifiche. È lei che ha controllato i CV. L'unica mia richiesta è che fossero forti, competenti e non troppo vecchi.

«Posso offrirti qualcosa da bere?» gli chiedo, indicando il mini-frigorifero. «Ho dell'acqua in bottiglia e tè freddo dietetico.»

«L'acqua va bene, grazie.»

Lo sfioro passandogli accanto mentre vado al frigorifero, cogliendo il profumo di una colonia muschiata. *Devo essere professionale.* Prendo una bottiglietta d'acqua e gliela passo, attenta a non toccarlo.

«Grazie» mi dice svitando il tappo con un movimento rapido. Forte, così forte con quelle mani grandi. Lui alza le sopracciglia guardandomi mentre beve. Mi sa che lo sto fissando.

Distolgo gli occhi. Lavoreremo a stretto contatto di gomito quindi non dovrei limitare la mia ospitalità. È un'occasione importante. La mia prima guardia del corpo, da sempre, rischierà la pelle per tenermi al sicuro. Il minimo che posso fare è condividere la mia scorta segreta. Non roba da bere, la roba buona. Ehi, stiamo costruendo una relazione professionale.

Giusto. Ignora il suo profumo sexy, il corpo stupefacente e i begli occhi. Apro l'armadietto sopra il microonde, spingendo da parte i bicchieri di plastica rossa di camuffamento e prendo un sacchetto di plastica. Il ripiano dondola. Dovrei avvisare la manutenzione.

Apro il sacchetto dicendogli: «Non dovrei averli. La guardarobiera ha un sacco di vestiti firmati per la mia taglia esatta. È un bel problema se qualcosa non mi va bene». Alzo gli occhi e sento una scossa quando i nostri sguardi si incontrano. «Ti piacerebbe averne uno?» Ho tre quadrotti incartati singolarmente di cioccolato fondente con la ciliegia. Normalmente sto attenta a farli durare per tutta la stagione, ma lui è più importante del mio amore per il cioccolato.

Joe scuote la testa. «È veramente carino da parte tua offrirlo, ma non fa parte nemmeno della mia dieta. Cerco di mangiare sano.»

«Certo, capisco perfettamente.» Rimetto in fretta il cioccolato nel sacchetto anche se il profumo è talmente delizioso che vorrei ficcarmelo in bocca. È quasi ora di cena, ma non posso mangiare fino a quando sarà finita la registrazione, altrimenti sarò torpida e la mia performance non sarebbe al massimo. Rimetto il sacchetto talmente in fretta sul ripiano che si ribalta, facendo piovere i bicchieri di plastica. «Oops, ripiano traballante.»

«Potrei sistemarlo.»

Spalanco gli occhi. «Oh. Hai gli attrezzi giusti?» Forse ha uno di quei coltellini dell'esercito svizzero con dozzine di utili gadget.

Lui accenna un sorriso mentre si china per ispezionare il ripiano. Mi manca il fiato quando si avvicina. *Ridicolo.* Devo darmi una calmata. Appena si sposta all'armadietto vuoto accanto a quello che contiene la mia scorta segreta, tolgo il sacchetto di plastica e tutti i bicchieri in modo che possa fare la sua magia.

Lui allunga la mano e fa qualcosa all'altro armadietto e poi con un altro movimento rapido sistema il mio ripiano traballante, dicendomi: «Ho preso in prestito un paio di staffe dall'altro armadietto, visto che non lo usi. Ne porterò qualcuna. Basta spingerle dentro. Vedi i fori?».

Guardo oltre la mano. «Sì.»

«Basta infilare questi affarini. Dammi, rimetto a posto la tua roba.» Indica i bicchieri e il sacchetto di plastica che ho ancora in mano. Lo fisso, sorpresa dal signor Sistema-tutto. Non solo è favoloso, ma è anche servizievole e sinceramente gentile. Francamente mi aspettavo più un istinto da killer da una guardia del corpo.

Gli passo la roba e lui la rimette a posto esattamente com'era prima. «Grazie.»

«Nessun problema. Hai qualcos'altro da sistemare qui intorno?»

Sbatto gli occhi. La mia guardia del corpo potrebbe essere anche il mio tuttofare. Non dovrei più far entrare uno sconosciuto nel mio appartamento o nella mia roulotte. *Meraviglioso.* Poi torno in me. Dovremmo superare l'imbarazzo (il mio imbarazzo) avendo una conversazione professionale, da cliente a guardia del corpo. «È tutto, grazie.» Indico il divano. «Siediti.»

Lui va a sedersi, totalmente rilassato. *Mi piacerebbe essere altrettanto rilassata.* Di solito sono un po' tesa prima di una registrazione, ma oltretutto questa è una situazione insolita per me: lavorare con la mia prima guardia del corpo. Anche se devo ammettere che non è proprio come me l'aspettavo. Pensavo che sarebbe stato un duro dall'aspetto minaccioso e che ci avrei messo un po' per sentirmi a mio agio con lui intorno. Invece non emana vibrazioni pericolose, nemmeno un po'.

Mi piace già.

Mi siedo accanto a lui, accavallando le gambe. Sta bevendo di nuovo e il suo pomo d'Adamo si muove ipnoticamente su e giù. *Smettila di fissare!*

Mi concentro sul suo sopracciglio, evitando di perdermi nuovamente negli occhi acquamarina. «Non so se Trina te ne ha già parlato, ma è la prima volta che ho una guardia del corpo. Per favore, abbi pazienza mentre mi abituo ad avere un'ombra. So per certo che ti voglio sul set quando c'è il pubblico dal vivo il venerdì. Ci sono ancora nove settimane di registrazione e poi non so dove sarò. Dipende se lo show avrà un'altra stagione o meno per decidere quali ruoli posso accettare. Ma se entrambi penseremo che va bene, saresti disponibile a viaggiare?»

Lui si strofina la nuca. «Ci devo pensare.»

Alzo una mano. «Scusa, sto affrettando un po' le cose. Vedremo come va il tutto. Tu dovrai starmi vicino quando registriamo e mi accompagnerai per andare e venire dal set. So che dormirò meglio di notte sapendo che sei nell'appartamento accanto.» Di recente, ho comprato l'appartamento alla porta accanto con l'intenzione di far demolire la parete divisoria e ingrandire il mio e ha funzionato, perché adesso ho lo spazio disponibile.

Joe sorride e il mio polso accelera. «Sembra che passeremo un mucchio di tempo insieme. È un bene imparare a conoscerci. Devo dire che non sembri una dura come in TV.» *Living Gold* non è ancora andato in onda, quindi si riferisce al personaggio dell'AD.

Cerco di frenare l'irritazione. «È perché Amanda Boxer era un personaggio che interpretavo, non ero io.» Non so perché la gente non lo capisca.

Lui si china verso di me. «Fa capire che attrice favolosa sei.»

«Oh.» Passo le dita lungo la cucitura dei cuscini del divano, fissandolo. Non sono brava ad accettare i complimenti, avendone ricevuti così pochi mentre crescevo. Il generale Joan *non* viziava.

Lui si appoggia allo schienale e continua: «Sembri dolce nella vita reale».

«Beh, essere dolci non aiuta in una lotta.»

Lui sorride, con gli occhi acquamarina che scintillano. Il mio stomaco fa un'altra folle piroetta. «Probabilmente no, ma a me piace.»

Ho le guance in fiamme, il cuore che martella, il cervello completamente assente. Sono scombussolata dai complimenti e dal suo sex-appeal. *Professionale. Mantieniti professionale.*

«Sei esattamente come speravo» dico. *Tranne il fatto di essere stupendo.* Avrei dovuto essere più cauta con la mia lista dei requisiti per la guardia del corpo e indicare *tipo non sexy.*

«In che senso sono come speravi?»

Indico con entrambe le mani le sue spalle massicce e i bicipiti. «Muscoloso.»

«Mi piace restare in forma per il mio lavoro. Evita gli incidenti.»

Annuisco. «Perfettamente logico. Spero di non averti messo a disagio, parlando dei tuoi muscoli.» Ho sempre le guance in fiamme. *Dio, Harper, non potresti essere un capo peggiore, visto come stai adocchiando il nuovo impiegato!*

Lui mi rivolge un sorriso sciogli-mutande, con i denti che lampeggiano bianchi contro il velo di barba scura. «Io sono perfettamente a mio agio.»

Io qui sto morendo. Non è imbarazzante, nooo!

«Bene» dico piano.

Ci fissiamo negli occhi. Io sono ammaliata, vorrei avvicinarmi di più. Non ho mai provato prima d'ora un'attrazione simile. Se stessi facendo un provino per l'attrazione, il regista impazzirebbe per noi due come coppia. *Hai bisogno di lui. Non incasinare tutto.* Non riesco a distogliere gli occhi, colta da qualcosa più forte di me. *Oh Dio, è reciproco. L'attrazione è reciproca. Oh, diavolo.*

Distolgo a forza lo sguardo, cercando disperatamente di capire come intavolare una relazione professionale quando sono arrapata come un'adolescente che si trova davanti la sua prima cotta. E la cotta è reciproca.

«Che cosa ti piace fare quando non stai lavorando?» mi chiede.

Cerco di sembrare indifferente. «Mi piacciono i libri e la musica, specialmente quella dal vivo.»

Lui si sposta verso di me. «Davvero. Anche a me. Cerco di andare a tutti i festival musicali possibili.»

Gli sorrido. «Bello.» Ho sentito dire che i festival musicali sono divertenti, ma con tutta quella gente è impossibile per me andarci come una persona normale. Ci sono andata una volta sola quando mi aveva invitato l'artista principale. Avevo assistito dal backstage, con le sue guardie del corpo.

Bussano alla porta della mia roulotte e apro, aspettandomi uno degli assistenti di produzione. Invece è un uomo dall'aspetto minaccioso con la testa rasata e un tatuaggio sul collo, con una camicia bianca aperta fino a metà petto che mostra un altro tatuaggio sopra un pettorale. Meno male che c'è Joe. Come ha fatto questo tipo spaventoso a superare la sicurezza?

I suoi occhi castani mi guardano decisi mentre mi tende la mano da stringere. «Harper Ellis, sono Joe Sullivan.»

La mia guardia del corpo.

Sento lo stomaco che si stringe. «Cosa?» sussurro con il cuore che mi batte nelle orecchie.

«La sua nuova guardia del corpo» dice lui. «Mi sono perso per un po' cercando la roulotte. Ehi, stai bene? Sembri un po' pallida.»

Il completo sconosciuto che ho fatto entrare nella mia roulotte sta uscendo. «È stato veramente bello conoscerti, Harper. Risparmia un po' di quel cioccolato per Joe.» Ammicca, si volta e se ne va.

Torno nella roulotte e vado a sedermi sul divano, sudando freddo. La mia vera guardia del corpo aspetta fuori.

Chi diavolo ho fatto entrare nella mia roulotte?

2

Garrett

Come uscita è stata piuttosto buona, ma l'espressione di terrore sulla faccia di Harper mi ha fatto fare dietro-front. So di aver sbagliato. Solo che non volevo rovinare quel momento dicendole che non ero la sua guardia del corpo. Inoltre, l'attrazione tra di noi è elettrica. Lei mi desidera. E non mi sto vantando. Lo sentivo, lo vedevo nei suoi occhi, lo sentivo nella sua voce. Sono bravo a capire la gente. La desidero anch'io, quindi se solo riuscissimo a superare questo malinteso...

Vado dalla sua guardia, informandolo che sono sul set perché mia cognata, Josie, è la star di *Living Gold*. Sono sicuro che non voglia mettersi contro la star nel suo nuovo posto di lavoro. Mi lascia passare dopo aver ricevuto la conferma dal capo della sicurezza.

Busso alla porta della roulotte e aspetto, con il sangue che scorre veloce nelle vene. La mia prima volta sul set finora è stata un'avventura. Con il potenziale per...

La porta si spalanca. Gli occhi di Harper lampeggiato di pura furia. Dio, è bella. Dalla massa di ricci castani al corpo ultra-sexy in quel tubino fino alle gambe toniche.

«Chi sei?» mi chiede. «Come hai fatto a venire sul set?»

«C'è qualche problema?» le chiede la sua guardia, avvicinandosi.

«Sono sulla lista» le dico. «Posso entrare? Ti spiegherò tutto.»

Lei fa un gesto impaziente indicandomi di entrare, dicendo alla guardia. «Va tutto bene.»

Entro e lascio che la porta si chiuda silenziosamente dietro di me.

Lei si mette le mani sui fianchi. «Allora? Spiegati.»

Alzo le mani. «Sono Garrett Rourke. Mia cognata è Josie Abbott e stavo dirigendomi al posto che mi aveva riservato tra il pubblico quando mi sono imbattuto in te.» *E tu mi hai invitato a entrare.*

Lei storce le labbra. «Perché non glielo chiedo e subito, eh?» Prende il telefono dal divano e manda in fretta un messaggio, con le sopracciglia aggrottate per la concentrazione. Alza la testa. «Ancora nessuna risposta.»

«Probabilmente Sean la starà distraendo.» *Molto più probabilmente staranno facendo sesso, ma, ehi, sono perdutamente innamorati e sposati, quindi perché no?* «Hai mai incontrato mio fratello Sean? C'è una forte somiglianza di famiglia.» La gente nel nostro vicinato dice che i fratelli Rourke si riconoscono immediatamente perché assomigliamo a nostro padre, con gli stessi capelli castano scuro, zigomi alti e lo stesso fisico. Io sono l'unico che ha ereditato i suoi occhi acquamarina, che dovrebbero essere il marchio del vero sovrano di Villroy. Eh, sì, ho sangue reale. Mio padre ha abdicato al trono per sposare mia madre, una borghese. Anche se non fosse stato esiliato dal regno tanti e tanti anni fa, non avrei comunque governato, essendo il più giovane di sei fratelli. Ecco chi sono: il piccolo della famiglia, perfino a ventisei anni.

Harper abbassa il telefono e mi studia per un momento. «Assomigli a Sean. Molto.» Si porta una mano alla fronte. «Uffa, mi sento una *tale* idiota. Ho creduto che fossi la mia guardia del corpo quando ho visto la mia assistente che parlava con te. Pensavo ti stesse indirizzando alla mia roulotte, invece probabilmente era a quella di Josie.»

«Sì.»

«E ti ho praticamente trascinato dentro. È colpa mia.»

«No, errore in buona fede.» Sorrido, facendola arrossire. È dolce e un po' timida, una combinazione accattivante e qualcosa che non mi sarei aspettato da un'attrice. Josie è rumorosa ed estremamente estroversa.

Harper scuote la testa.

Alzo una mano. «Se può aiutarti, mi piacerebbe essere la tua guardia del corpo, se non avessi già un altro lavoro, cioè... Lavoro per l'impresa di costruzione e sviluppo immobiliare della mia famiglia.» Sembra più impressionante di quanto sia. Lavoro con la squadra, niente titoli eleganti come i miei fratelli maggiori. Quando nostro zio ci ha passato l'azienda, il maggiore dei miei fratelli è stato nominato AD. Ha assegnato titoli societari ai miei fratelli maggiori man mano che crescevamo nello sviluppo immobiliare. A tutti tranne che a me. So che mi vede come quello giovane e inesperto, perfino dopo otto anni di duro lavoro fisico. Anche se una parte di me sospetta che sia anche perché sono il migliore nel mio lavoro. Posso intervenire in ogni aspetto della costruzione, con un'attenzione per i particolari che garantisce di far felici i clienti.

Harper si lascia cadere sul divano. Controlla il telefono, leggendo lo schermo prima di guardarmi negli occhi. «Josie è felicissima che tu sia qui e così contenta che ci siamo incontrati. C'è una sfilza di emoji festose.» Alza il telefono per mostrarmi cheerleader danzanti, fuochi d'artificio e una bottiglia di champagne.

Sorrido. «È proprio Josie.»

Lei appoggia il telefono accanto a sé sul divano e si copre la faccia con le mani, sbirciando tra le dita. «Sono così imbarazzata.»

Mi avvicino. «Non è il caso. Avrei dovuto dire qualcosa, ma mi sembrava che stessimo legando, sai? Non volevo rovinare quel momento ammettendo di non essere la persona che credevi che fossi.»

Lei abbassa le mani, mostrando le guance rosso fuoco. Non l'ho mai vista arrossire in TV. Riesce ad arrossire a comando? Recitare è un mondo così strano e affascinante.

Non riesco a credere a come sia diversa nella vita reale rispetto ad Amanda, il suo personaggio.

Sbuffa. «Okay, beh, penso di avere solo me stessa da biasimare per averti avvicinato e rifilato acqua e cioccolato.»

Ridacchio. «È quello che mi ha fatto capire che eri dolce. Avevi solo tre pezzetti di cioccolato, eppure me ne hai offerto uno.»

Lei mi fissa il petto. «Stavo solo cercando di essere cordiale con il nuovissimo membro della nostra piccola cerchia.»

«Chi altri ne fa parte?»

Lei agita una mano con indifferenza. «Nessuno come una guardia del corpo, motivo per cui cercavo di essere gentile. Ho un'addetta stampa, un'agente, un manager e un'assistente che lavorano per me.»

«Bello.»

Si alza. «Credo che dovrei far entrare il vero Joe e dargli il benvenuto nella squadra.» Scuote la testa borbottando. «Sto facendo un casino con questa faccenda della guardia.»

«Lascia che ti dia il mio numero. Non vivo lontano da Josie e Sean. In effetti, curo la loro casa quando lei è via per lavoro.» Voglio che veda quanto Josie si fidi di me, in modo da capire che anche lei può fidarsi di me.

«Uh. Oh...» Arrossisce ancora di più, se è possibile, e il rossore si estende sul collo. «In effetti, ho un fidanzato, Colton Young. Adesso è via...» Il suo telefono suona, la suoneria è impostata su *I can get no satisfaction* dei Rolling Stones. Mi rivolge un sorrisino di scusa. «È lui. Sta girando un film biografico sui Rolling Stones. Mi dispiace. Devo rispondere. Mmm, prendi pure una bottiglietta d'acqua prima da andare.»

Anche mentre mi congeda vuole darmi qualcosa. «Certo, grazie.» L'acqua va sempre bene dopo una giornata di lavoro, con il caldo che c'è. Abbiamo cominciato presto in cantiere questa mattina, proprio per evitare le ore più calde. Vado al mini-frigo, che ha una fila ordinata di bottiglette d'acqua su un ripiano e tè dietetico sull'altro. Prendo una bottiglia d'acqua e le do un'occhiata mentre ascolta intenta, con le sopracciglia aggrottate, qualunque cosa le stia dicendo Colton.

Vado alla porta e mi fermo con la mano sulla maniglia. Non resisto a darle un'altra occhiata voltando la testa. C'è qualcosa che mi attira. Lei sta guardando nel vuoto, si acciglia prima di dire gelidamente: «Tagliamo la testa al toro e finiamola adesso. Addio, Colton».

Guarda il soffitto, sbattendo gli occhi per frenare le lacrime.

Non posso lasciarla mentre è in difficoltà. «Va tutto bene?»

Lei raddrizza le spalle e alza il mento, con un'espressione dura sul volto. Mi ricorda il personaggio dell'AD tosta che aveva recitato, e significa che anche adesso è una recita.

«Sembri...»

«Sto bene» dice a denti stretti. «Colton voleva solo essere gentile – parole sue – e avvisarmi in anticipo che adesso sta con la sua co-protagonista.» Stringe le labbra. «Non voleva che venissi presa alla sprovvista.»

Stronzo traditore. Non merita la sua dolcezza. «Che schifo.»

Lei incrocia le braccia, abbracciandosi. «Già, beh, la buona notizia è che spera che vedendo altra gente, sapremo veramente se siamo pronti per impegnarci. Che stupida. Dopo sei mesi insieme avevo pensato che la nostra relazione fosse seria.»

Mossa da coglione. «Le rotture sono difficili.»

Lei annuisce, rigida. «Dice che sono usciti insieme in pubblico e questo significa che sarà su tutta la stampa e su Internet.» Sospira. «Devo chiamare la mia addetta stampa per limitare i danni. Non è la prima volta a causa di un uomo... Dio. Sono così *stufa* di... scusa.» Alza una mano. «Tu non hai bisogno di sentire il mio sfogo.»

«Sfogati pure.»

Lei stringe le labbra, scuotendo lentamente la testa.

Non ho mai pensato alla natura pubblica delle relazioni di attori conosciuti. Deve fare ancora più schifo.

Si apre la porta della roulotte e la sua guardia infila la testa. «Mi hanno appena informato che hanno bisogno di lei sul set. Faranno entrare il pubblico tra venti minuti.»

Lei fa un profondo respiro. «Okay, grazie Joe.» Si rivolge a me. «Devo andare.»

«Devo andare anch'io. Josie mi ha messo su una lista speciale, quindi posso arrivare prima sul set.»

Lei mi fissa per un momento, poi scuote la testa. «Che giornata sto avendo.»

La seguo fuori e lei chiude la porta alle sue spalle. Ci dirigiamo tutti e tre al teatro di posa sul Chelsea Piers. Joe è silenzioso, all'erta, controlla la zona mentre attraversiamo la strada, passando sopra ai cavi che vanno verso le roulotte.

Una donna con una cuffia indica urgentemente ad Harper di entrare nel teatro di posa. Lei si affretta, con Joe che la segue. Mi saluta con una mano. «È bello averti conosciuto. Bye.»

«Certo, bye.» Viene fatta entrare in fretta mentre la donna con la cuffia mi ferma e mi interroga. Qualche minuto dopo mi fa segno di entrare.

Vado al posto che mi ha fatto riservare Josie, nella prima fila dei posti del pubblico e vedo Josie che sta parlando con Harper e un altro tizio. Josie spicca sempre tra tutti con i suoi capelli rossi e la personalità spumeggiante. Sta gesticolando entusiasta. Finita la loro conversazione, alzo una mano, chiamandola. «Josie.»

Lei alza le braccia a V, come una cheerleader. «Garrett! Sei venuto!» Si affretta a venire da me e io le vado incontro. Mi abbraccia e poi si tira indietro, con gli occhi azzurri che brillano. «Sono così contenta che sia riuscito a venire. Sarà un episodio super. Sean è andato a prendere una cosa dalla mia roulotte. Si siederà vicino a te.» Indica il set, che è l'interno di una villa: soggiorno, scale che non portano da nessuna parte e una cucina annessa. «Beh, che cosa ne pensi?»

Il mio sguardo va ad Harper che sta uscendo dal set. «Finora è stato impressionante.»

«Oh, sento un accenno di *ho conosciuto Harper Ellis*, nella tua voce» mi dice scherzosamente. «Sei un fan? Io l'adoro! Una delle migliori partner di scena che abbia mai avuto.»

«Sì, ha un gran talento, ma penso che sia sconvolta. Ha appena rotto con qualcuno dopo sei mesi.»

Josie spalanca gli occhi. «Lei e Colton si sono lasciati? Non ne avevo idea. È successo proprio di fronte a te?»

«L'ho sentita per caso mentre era al telefono. Magari tienila d'occhio, eh?»

«Giusto. Certo. Dopo la registrazione, però. Non voglio rovinarle la concentrazione.» Josie aggrotta la sopracciglia. «Poverina.» Si mette in punta di piedi e mi bacia la guancia. «Devo andare prima che facciano entrare il pubblico. Divertiti!»

Se ne va, intercettata da mio fratello Sean a metà strada. Lo saluta con entusiasmo, come se fosse appena arrivato, anche se probabilmente è stato qui per tutto il tempo. È sempre così con Sean, che è maledettamente fortunato ad avere una donna che lo adora con il cuore e l'anima come Josie.

Sono pronto per un amore grande come il loro. Se solo potessi trovare la donna giusta. Mi viene in mente Harper. Penso che possa avere quel potenziale. Ma mi guardo bene dal subentrare come rimpiazzo. Quel tipo di relazione non funziona mai. È in gran parte questione di fortuna e tempismo. Anche se mi piacerebbe che si trattasse solo di destino, perché a quel punto succederebbe e basta e niente che facessi, qualunque fossero le mie scelte, il risultato non cambierebbe.

Ma so che è possibile. L'anima gemella esiste. L'ho visto con i miei genitori. Mio padre avrebbe potuto diventare re, vivere una vita da signore in un palazzo in una bella isola. Invece ha rinunciato a tutto per sposare "la donna migliore al mondo". Parole sue, che ripete spesso a chiunque voglia ascoltare. È quello che aspetto. Quando saprò con assoluta certezza che darei qualunque cosa per stare con la donna migliore al mondo, ecco, vorrà dire che è quella giusta.

Sean sale i gradini per venire a sedersi accanto a me, dandomi un colpetto sulla spalla. Mi assomiglia con i capelli castano scuro corti e un po' di barba, solo che lui ha gli occhi azzurri di nostra madre. «Ehi, Beast. Ho sentito che hai conosciuto Harper. Che fortuna, incontrare una stella la prima volta che vieni sul set.» I miei fratelli maggiori mi hanno dato il soprannome di Beast per via dei miei muscoli. Fatemi causa perché voglio restare in forma. Immagino che sia meglio del mio vecchio soprannome. La mamma mi chiamava il suo orsacchiotto.

«Sì, fortunato» dico.

«Che c'è, ti ha trattato male?»

Tutto il contrario, penso. L'attrazione era intensa. Se non mi avesse detto di avere un fidanzato, avrei giurato di piacerle quanto lei piaceva a me. «No, abbiamo fatto una bella chiacchierata.»

Sean mi dà una gomitata. «Bella, eh? Quella è la parola nel codice di Beast che significa che ti piace. Ti piacciono le ragazze carine e gentili.»

«Non piacciono a tutti?»

Lui si rilassa. «Non sono male. Dovresti chiedere ad Harper di uscire. Lei e Josie vanno d'accordo, potremmo uscire in quattro.»

«Ha un fidanzato. Beh, lo aveva. Hanno appena rotto.»

«Perfetto. Fatti sotto.»

Gli do un'occhiata di traverso. «Mai sentito parlare di rimpiazzi o ripicche?»

«Mai sentito di chiederle di uscire prima che arrivi il prossimo attore sexy e le faccia girare la testa?» Si china verso di me, sussurrando in tono complice: «Questo è un mondo diverso, pieno fino a scoppiare di gente bella e ricca. Devi muoverti in fretta». Lui dovrebbe saperlo. Dirige la Royal Rourke Foundation US e più che altro sfrutta la rete dei contatti di Josie a Hollywood per raccogliere fondi per migliorare i quartieri di Brooklyn in cui lavoriamo. Fa parte della missione della nostra famiglia: restituire qualcosa al quartiere creando parchi, campi gioco e altre cose per migliorarlo con ognuno dei progetti di sviluppo che acquisiamo.

Comunque, l'idea della *gente bella e ricca*, non mi dice molto. «Se è quello che le interessa, allora non fa per me.» Sono un operaio edile, niente di più, niente di meno, anche se a volte, guardando la vita meravigliosa di Sean, penso a qualcosa di diverso per me. Lavoro nell'impresa di costruzioni della mia famiglia da quando mi sono diplomato alle superiori e, di recente, ho cominciato a sentirmi irrequieto. Mi piace lavorare con i miei fratelli, ma non riesco a evitare di pensare: è la cosa giusta per me?

Ma che diavolo altro potrei fare, con il solo diploma delle superiori e nessun'altra abilità, se non usare gli attrezzi? Non mi vedo a fare ciò che fa Sean: socializzare per raccogliere fondi per il ramo filantropico della nostra ditta. Non che gli serva il mio aiuto. Inoltre, la mia famiglia è importante per me. Solo uno dei miei fratelli finora ha lasciato l'azienda, ed è probabile che torni. La famiglia resta unita, qualunque cosa succeda. Ce l'ha insegnato nostro padre. Lui aveva perso la sua famiglia con l'esilio e voleva che la sua nuova famiglia, noi, restasse unita. Non ho intenzione di deluderlo.

Sean mi dà un pugno sulla spalla. «Da quando sei diventato così maturo? Non dovresti correre la cavallina?»

«Ci si stufa.»

«Sì, so che cosa vuoi dire. Avevo raggiunto anch'io quel punto e avevo cominciato a diventare schizzinoso nella scelta della compagnia.»

Sento qualcuno che mi fissa e mi volto vedendo Harper appena dietro il set con il soggiorno. Lei si volta di colpo e finisce contro Joe, che è proprio dietro di lei. Non è abituata ad avere una guardia del corpo. La vedo arrossire fin da qui mentre gli dice qualcosa e sparisce dietro la parete di un corridoio. Joe la segue.

Forse dovrei venire a qualche altra registrazione. Se non altro, Harper è incredibilmente divertente.

Sì, già, è quello il motivo.

3

Garrett

La mattina dopo, sabato, faccio la doccia dopo la solita corsa, mi vesto e poi mi rilasso sul divano mentre controllo i messaggi sul telefono. Il mio cuore accelera di colpo. Harper mi ha mandato un messaggio ieri sera tardi, quando avevo già spento il telefono. Tutta una seria di messaggi, a dire il vero. Deve aver avuto il mio numero da Josie. Mi alleno sempre il mattino prima di salutare il mondo, quindi per me è una novità. Porca paletta.

Harper: *Un reporter mi ha sorpreso fuori dal mio palazzo, mi ha chiesto di Colton e della sua nuova fiamma. Sono andata nel panico e ho detto che avevamo deciso di comune accordo di vedere altra gente e che ero contenta di averti incontrato.*

Ho pronunciato il tuo nome e cognome. Mi è uscito così. Mi dispiace. È stata una cavolata.

Mi sento malissimo.

La stampa ne parlerà. Ignora tutto per favore, okay? La mia addetta stampa lo farà sparire.

Mi dispiace.

• • •

Fisso lo schermo, senza sapere che cosa rispondere. Mentre sono qui seduto, cercando di capire che cosa significa, Sean mi manda un messaggio. *Volpone. Avevi detto che non avresti dato seguito al tuo incontro con Harper.*

C'è il link a un articolo. È uno di quei siti di pettegolezzi sul mondo dell'intrattenimento e c'è una grande foto di Harper e Colton, con una grossa zig-zag in mezzo. Lì accanto c'è una foto di Colton con il braccio intorno a un'altra donna, una bella biondina. L'articolo continua dicendo che la perfetta coppia di Hollywood adesso è scoppiata perché tra Colton e la sua co-protagonista, Taylor, è scoppiato un amore più grande. Scorro il resto dell'articolo cercando dove appaio io. Alla fine, trovo un virgolettato di Harper: «Va tutto bene, qualche settimana fa avevamo deciso di comune accordo di vedere altra gente, e sono molto felice di aver incontrato Garrett Rourke».

Appoggio il telefono sul tavolino e lo fisso immobile per un momento. Ha trascinato il mio nome in questa storia senza chiedermelo prima. Non va bene.

Mi alzo e cammino avanti e indietro in soggiorno. D'altro canto, si è scusata e ha solo detto che era contenta di avermi incontrato. Non ha detto che eravamo una coppia.

Ma era sottinteso, no?

Mi fermo di fronte a quell'orrendo pezzo di arte moderna sulla parete con cui mi hanno in qualche modo incastrato e lo fisso furioso. Questa "opera d'arte", scarabocchi viola e rossi con un punto giallo in mezzo, appartiene a mio fratello Connor, che se l'è lasciato indietro. Non mi permette di buttarlo perché era un regalo di compleanno di nostro fratello Jack e non vuole portarselo via perché sua moglie dice che non va d'accordo con il loro arredamento. E adesso me lo devo sorbire io. Lo stacco dalla parete e lo volto.

Torno a camminare avanti e indietro. Forse è lusinghiero che Harper mi abbia menzionato. Forse è veramente contenta di avermi incontrato. Potrebbe essere un'opportunità. È stato il fato che è intervenuto, unendoci?

Mi sto arrampicando sugli specchi. Prendo il telefono e le

mando un messaggio. *Ho appena visto il tuo messaggio. Grazie per il preavviso.*

Harper: *Sono veramente dispiaciuta. Sei arrabbiato?*

Ci penso per un momento. La desidero troppo per essere arrabbiato e questo che cosa dice di me? È una situazione così bizzarra. Sono stato menzionato solo una volta in un articolo in passato, quando il maggiore dei miei fratelli, Dylan, si è sposato a Villroy. Era stato il primo della mia famiglia ad avere la cerimonia nel regno dopo l'esilio di mio padre, quindi era una notizia eclatante. La riconciliazione tra i Rourke di Villroy e quelli di Brooklyn è relativamente nuova.

Le rispondo: *Va tutto bene.*

Devo parlare con Josie prima di cominciare qualcosa con Harper. Josie sa veramente giudicare le persone, sa come funzionano sia l'industria dell'intrattenimento sia la stampa e sarà franca con me. Le mando un messaggio e lei mi invita immediatamente a cena. Ovviamente accetto.

Mi siedo sul divano e decido di investigare un po'. Scrivo il mio nome su Google per vedere fino dove è arrivata la faccenda con Harper. Mi scappa un fischio. Dev'essere più famosa di quando pensassi perché c'è una montagna di articoli sulla rottura e alcuni che si chiedono chi sia io, con un link alla mia foto di gruppo del matrimonio di Dylan. C'è una freccia rossa che punta verso la mia testa per distinguermi dai mie fratelli. È veramente strano.

Quando arrivo a casa di Sean e Josie per la cena nel quartiere di Park Slope di Brooklyn, con una bottiglia di vino rosso in mano, è Josie che apre la porta. «Entra! Sono così contenta che sia potuto venire a cena!» Prende il vino che le porgo. «Sei così dolce. Il mio preferito.» Piega la testa, offrendomi la guancia.

Mi chino a baciarla. «Grazie per avermi invitato.»

Josie mi indica di seguirla al piano di sotto, in cucina. «Stasera cucina Sean.»

Meno male! Josie è un disastro in cucina. Continua a tentare, però. È inesorabilmente ottimista.

«Che cosa c'è per cena?» le chiedo.

«È questo piatto di pesce, dove lo avvolgi nella carta da forno e lo cuoci con le verdure.»

«*Poisson en papillote à la Méditerranée*» dice Sean, per apparire sofisticato. La particolarità di Sean è che era esattamente come me, un normale lavoratore edile, ma non ha permesso che questo lo definisse. Era coinvolto nelle raccolte fondi per Habitat for Humanity e aveva cominciato a conoscere gente al di fuori della nostra cerchia, professionisti istruiti e ricchi. È un po' un camaleonte, cambia pelle a seconda delle circostanze. Quando è in città occasionalmente dà una mano alla squadra se ne abbiamo bisogno in un cantiere, altrimenti è occupato con il lavoro per la fondazione Rourke o ad accompagnare Josie sul set. Lei guadagna più che abbastanza per tutti e due.

«Siediti» dice Josie, indicando uno degli sgabelli girevoli di ferro battuto accanto all'isola della cucina. «Vuoi un bicchiere di questo delizioso vino o una delle birre di Sean?»

Le sorrido. «Hai bisogno di chiederlo?»

Sean alza la testa dal ripiano dell'isola dove sta tagliando la verdura. «Come va?»

«Bene.» Gli do una stretta sulla spalla quando gli passo accanto per andare a sedermi.

Josie scuote la testa sorridendo. «Non hai bisogno di portare il vino solo per me.» Mi prende una bottiglia di birra, la apre e cerca un bicchiere.

Agito le dita davanti a lei. «Dammela. Berrò direttamente dalla bottiglia.»

Josie me la passa e comincia a stappare la bottiglia di vino. In sottofondo, dagli altoparlanti nel soffitto arriva musica jazz. Sean si è impegnato al massimo quando ha restaurato questo posto. Anche gli elettrodomestici sono il top di gamma.

Qualche momento dopo, Josie mi raggiunge all'isola e alza il suo bicchiere facendolo tintinnare contro la mia bottiglia. «Cin cin!»

Cerco di trovare il modo migliore per ottenere il suo punto di vista sulla situazione con Harper senza sembrare *troppo* interessato. Josie è il tipo di persona che si eccita troppo e cercherebbe di metterci insieme. Non so che cosa voglio che succeda con Harper. In parte sono arrabbiato perché mi ha coinvolto senza chiedermelo e in parte lusingato perché ha voluto legare il suo nome al mio all'occhio del pubblico. È il tipo di persona che dà in pasto gli altri alle belve per farsi vedere sotto una luce migliore oppure è stata solo una reazione dovuta al panico del momento? Voglio credere che sia una brava persona.

Josie mi dà una spallata. «Ieri ho mandato il tuo numero ad Harper dopo la registrazione e adesso sento che siete insieme. Sono così contenta per te. Sapevo che sareste stati perfetti l'uno per l'altra.»

«Josie,» dice Sean con una nota di esasperazione nella voce, «non mi avevi detto di averlo fatto.»

«Che c'è?» chiede Josie guardandoci. «Sono entrambi single e meravigliosi. Perché non dovrei volere che leghino?»

Stringo i denti. Mi ero offerto di dare il mio numero ad Harper prima della registrazione e lei aveva rifiutato, poi Josie gliel'ha dato lo stesso. Harper pensa che abbia chiesto io a Josie di darglielo? È fottutamente imbarazzante, come se stessi disperatamente inseguendola. Non ho mai inseguito disperatamente nessuna donna. È a questo che serve il mio fascino.

«Non avresti dovuto darle il mio numero» dico. «Non ho bisogno di aiuto. E non stiamo nemmeno insieme. Ha detto alla stampa che eravamo una coppia senza chiedermelo prima.» La guardo stringendo gli occhi. «Non mi piace essere preso alla sprovvista da voi due.»

«Oh, non mi ero resa conto che fosse andata così tra voi due» dice Josie, dimenticando convenientemente la sua parte nel misfatto. Poi sembra riflettere. «Non è da lei. Forse un reporter le ha teso un'imboscata e lei è andata nel panico.»

Bevo un sorso di birra. «In pratica sì. È quello che ha detto lei.»

Josie mi stringe il braccio. «Sei arrabbiato?»

«Non lo so» ammetto.

«Perché Harper gli piace» dice Sean. «Gli ho detto che potremmo uscire in quattro.»

Josie batte le mani, con gli occhi che si illuminano. «Sarebbe meraviglioso. E se vi sposaste, potrebbe essere mia sorella! Oh, gente, sapete che ho sempre voluto una sorella.»

La fisso. *È pazza?* «Josie, ci siamo letteralmente appena conosciuti.»

«E adesso hai delle cognate» le fa notare Sean, prendendo un rotolo di carta da forno dal cassetto.

Josie gli sorride. «Lo so, ma sono avida.»

Sean appoggia il rotolo di carta sul ripiano, le prende il volto tra le mani e la bacia. «Ti amo» dice con la voce un po' burbera.

Lei praticamente sta ballando sullo sgabello. «Ti amo anch'io!»

Bevo un lungo sorso di birra, ignorando la fitta di gelosia. Sono felice per loro, per tutti i miei fratelli con i loro amori infiniti. È stupido sentirsi tagliato fuori. Il più giovane è sempre l'ultimo. E allora? Non è una gara.

Josie coglie senza dubbio la mia espressione un po' cupa e torna seria. «Non credo che intendesse farti del male coinvolgendoti. Devi capire che è sempre sotto i riflettori. La gente la conosce dalla sitcom *Capital Asset* e prima di quella aveva partecipato a due sitcom adolescenziali. Ha cominciato a lavorare quando aveva quindici anni, quindi al pubblico sembra di conoscerla. Vogliono sapere con chi sta e che cosa sta facendo. La pressione può essere enorme. E questa cosa con Colton...» Scuote la testa. «Penso che la gente si senta triste per lei, perché è stata tradita, quindi lei ha cercato di evitarlo. Probabilmente sta cercando di far sembrare che sia stata una decisione presa insieme, per livellare un po' il campo. Le è venuto in mente il tuo nome perché aveva appena parlato con te.» Alza un dito. «Ma, nel suo subconscio, lei desidera stare con te.»

Sento nascere la speranza, ma la soffoco implacabilmente. Harper ha parlato di me solo per salvare la faccia. Non mi ero reso conto che fosse nota al pubblico da così tanto tempo. La conoscevo solo dall'ultima sitcom. Non seguo i pettegolezzi sulle celebrità e non avevo visto le sitcom da adolescenti. Probabilmente era più roba da ragazze.

Sento Josie che mi fissa. «Okay, capisco perché volesse mettersi in pari quando Colton le ha fatto quella bella sorpresa. Sai recitare, la vostra professione è veramente un'arma a doppio taglio. Fai il lavoro che ti piace, ma c'è un prezzo da pagare, rinunciare alla tua privacy.»

«Esattamente. E ha avuto qualche strano incidente con uno stalker da quando ha recitato la parte di Amanda Boxer. L'ultima cosa che vuole è apparire in qualche modo debole.»

«Che tipo di incidente?» le chiedo, sentendo un colpo al cuore.

«Il più recente è stato un tizio che si è introdotto nel suo appartamento, chiedendole di frustarlo.»

«Gesù.»

Sean scuote la testa. «Psicopatico.»

«Che cos'è successo? Che cosa ha fatto Harper?»

Josie si siede diritta. «Devo darle atto di aver pensato in fretta dopo essere stata svegliata da un sonno profondo. Gli ha detto che avrebbe dovuto rimanere legato nella cabina armadio prima che lei lo facesse e di aspettare i suoi ordini. Quindi l'ha legato con la corda per saltare, poi è uscita dal suo appartamento e ha chiamato la polizia. L'hanno trovato che la stava ancora aspettando ansiosamente.»

Sto male. «Deve essere stata terrorizzata.» La dolce Harper che si è trovata di fronte un intruso, da sola. Non mi meraviglia che abbia assunto una guardia del corpo. Merda. Ecco perché è sembrata inorridita quando si è resa conto che non ero la sua guardia. Non sembrava spaventata, però mi ha comunque invitato nella sua roulette per spiegarsi. Magari aveva capito che non ero un pericolo. Non farei mai del male a una donna.

Josie continua. «Già, e ce ne sono stati altri. Uomini attratti dal personaggio di Amanda, che la vedono come una specie di dominatrice, o altri che si sentono minacciati e vogliono darle una lezione. Di solito si tratta solo di molestie verbali, ma ci sono stati alcuni incidenti in cui un uomo l'ha afferrata per i capelli o il sedere.»

Sento una furia fredda e cieca. Detesto il fatto che si sia sentita minacciata da questi uomini solo perché è in televisione a fare il suo mestiere. Quasi vorrei essere io la sua guardia del corpo perché prenderei a calci chiunque cercasse di avvicinarsi a lei.

«Non riesco a credere che stia succedendo tutto per via di un personaggio che ha recitato in TV» dico. «Non conoscono la differenza tra la finzione e la realtà?»

Josie fa spallucce. «Lo so. Non che comunque scusi quel tipo di comportamento. Nessuna donna dovrebbe essere molestata per ciò che è, che sia una dura o una persona dolce.»

«Vero.»

«Assolutamente» aggiunge Sean.

Josie gli rivolge un sorriso dolce prima di tornare a parlare con me. «Comunque, volevo solo che capissi qual è la situazione in cui si trovava. È una persona veramente dolce, ma anche la più gentile delle persone, se si sente minacciata, farà qualunque cosa per proteggersi. Non deve apparire vulnerabile e sola. Sono certa che sia per questo che, senza riflettere, ha detto che è con te.»

«A me sta bene.» Ed è vero. Sono più preoccupato per la sua sicurezza. «Adesso capisco perché abbia assunto una guardia del corpo. Perché non lo fai anche tu?»

Lei sorride a mio fratello. «Io ho Sean. Nessuno si metterebbe contro di lui.»

Sean gonfia il petto per un momento prima di infilare il pesce e le verdure nella tasca di carta da forno. «Se sentissi che è necessario, l'assumerei immediatamente. Finora Josie non ha attirato quel tipo di attenzioni. La tengo d'occhio in pubblico e qui abbiamo un sistema di sicurezza.» Dà a Josie un'occhiata severa. «Le ho già detto che una volta che avremo dei bambini, assumeremo una guardia del corpo, ed è un fatto non negoziabile.»

Josie gli lancia un bacio.

Non posso fare a meno di sentirmi male per Harper. Sentirsi minacciata in quel modo, non sentirsi sicura in casa propria. Roba da incubi. E sarebbe anche potuto andare molto peggio.

«Voi due dovreste uscire insieme davvero» mi dice Josie.

Alzo una mano. «Stava solo cercando di salvare la faccia.»

Josie insiste. «Voi due siete entrambi così dolci. Penso che dovresti buttarti.»

Mi chino verso di lei, guardandola in faccia e assicurandomi che capisca che sono serio. «Josie, Harper ha già abbastanza cose in ballo. Peggiorerei solo il suo livello di stress dopo il nostro scontro di ieri, la sua rottura e le ricadute sulla stampa.» Per non parlare poi di sentirsi minacciata da uomini a caso. È decisamente sbagliato.»

Sean e Josie mi guardano incuriositi. «Il vostro scontro?» dicono all'unisono.

«Pensavo che aveste solo fatto una bella chiacchierata» dice Sean.

Mi strofino la guancia ruvida e racconto che Harper mi aveva scambiato per la sua guardia del corpo, e del suo estremo imbarazzo quando se ne era resa conto. «Non voglio stressarla ancora di più.»

«Oh mio Dio, è adorabile!» esclama Josie. «Un caso di identità scambiata.»

Sean scuote la testa, sorridendo, e continua ad assemblare le tasche col pesce.

«Dubito che Harper abbia pensato che fosse adorabile» dico.

Josie prende il telefono e comincia a scrivere.

Mi blocco. «Le stai mandando un messaggio, vero?»

Lei sorride, continuando allegramente a scrivere. «Le ho appena detto che sei qui a cena e che mi hai chiesto di riferirle che speri stia bene.»

Sembra il tono giusto di mettersi in contatto senza fare pressioni. «Penso che vada bene.»

Josie continua a scrivere così a lungo che mi si rizzano i peli sulla nuca. Ha fatto qualcosa, vero? Un passo di troppo.

«Stai parlando di me?» le chiedo.

Josie appoggia il telefono e mi guarda con la sua espressione più innocente, occhi spalancati e tutto il resto. Questa donna non è mai innocente. «Niente di che. Le ho solo fatto sapere quanto sei meraviglioso, dal punto di vista di qualcuno che ti conosce, e di mettersi in contatto con te in qualunque momento per chiacchierare, se vuole un orecchio amico.»

Stringo i denti. «Non ero d'accordo sull'ultima parte. Penserà che te l'abbia chiesto io e si sentirà sotto pressione.» *E mi fa sembrare di nuovo disperato.* «Dai, Josie, pensi che non sia in grado di trovarmi una donna da solo? Mi stai facendo fare brutta figura.»

Lei si rivolge a mio fratello. «È stata solo una piccola aggiunta innocua, vero Sean?»

Sean mette la cena nel forno dicendo: «Non coinvolgermi nei tuoi subdoli tentativi di fare da cupido».

Lei si volta verso di me e alza fieramente la testa. «Non mi dispiace. Dovresti ringraziarmi.»

Mi freno per non darle una risposta tagliente.

Lei mi guarda sbattendo le ciglia. *Ridicolo.* Sono ancora arrabbiato.

Stringo gli occhi guardandola e bevo un sorso di birra. Il mio telefono vibra per l'arrivo di un messaggio.

Harper: *Sto bene, ma ti ringrazio per l'offerta di chiacchierare con me.*

«È lei, vero? Che cosa dice?» chiede Josie impaziente.

Bevo un sorso di birra, facendo finta di niente e ignorando la fitta di delusione per essere stato respinto. Immaginavo di poter avere un briciolo di speranza. «Ha detto addio.»

«Oh.» Josie mi accarezza il braccio. «Mi dispiace Garrett. Immagino che non fosse destino.»

Non importa. Sono stufo di sperare in cose che poi non funzionano. Ho deciso che il fato metterà la donna giusta sulla mia strada. Semplicemente non è Harper Ellis.

«Che ne pensi di una donna più grande di te?» cinguetta Josie. «La donna che recita la parte della matriarca nella mia sitcom è single. Non è nemmeno così vecchia, sulla quarantina. Usano il trucco per invecchiarla.»

«No!» diciamo insieme Sean e io.

Josie arriccia le labbra. «È gentile e lo sei anche tu. Non ci vedo niente di sbagliato.»

Sean mi indica. «Beast ha bisogno di una donna che...»

«Io non ho bisogno dell'aiuto di nessuno» borbotto.

Josie si illumina. «Oh, ricordi quella brava ragazza cattolica che tua madre voleva far uscire con Brendan?»

Scoppiamo tutti a ridere. Povero Brendan. Proprio quando mio fratello aveva portato a casa l'amore della sua vita, ecco mamma che gli presenta Faith. Josie è veramente brava ad alleggerire l'atmosfera.

«Forse?» mi chiede Josie.

«No!»

4

____

Harper

Il mio telefono vibra per l'arrivo di un messaggio mentre sto cenando in sala da pranzo e io lo fisso, con il polso che accelera. È Garrett che mi sta contattando? Ed è quello che voglio? Non posso negare che l'attrazione tra di noi è qualcosa che non avevo mai provato prima. E mi piace veramente. Al contempo sto ancora risentendo gli effetti del tradimento di Colton. Avrei dovuto aspettarmelo. Anche il mio ex, John, mi aveva sfruttato per far carriera nell'industria dell'intrattenimento. Ma Colton era così diverso da John, così diverso e rilassato su tutto. Non pensavo che fosse così ambizioso. Immagino lo nascondesse bene e guardate come ha funzionato per lui. È passato dall'avere una parte in un video musicale a essere il protagonista di un film grazie al fatto di fare coppia con me. Io non sono mai nemmeno stata la protagonista di un film! Solo piccole, trascurabili parti di supporto.

Ignoro il telefono, non sono pronta ad avere a che fare con chiunque sia, nel mio attuale stato mentale.

Sono così stufa di uomini che mi usano. John era stato un ospite in *Capital Asset*, durante la prima stagione. Aveva usato tutto il suo fascino, poi i regali, le dichiarazioni di affetto. Avevo abbassato la guardia e l'avevo lasciato entrare nel mio cuore. Andavamo insieme dappertutto, vivevamo perfino insieme. La stampa ci amava e, man mano che la mia notorietà aumentava grazie alla parte di Amanda, anche il fermento intorno a noi cresceva. Pensavo che tutti vedessero ciò che vedevo io: una coppia innamorata pazza. Sicuramente ci sarebbe stato un matrimonio in futuro. La carriera di John aveva cominciato a decollare con ruoli secondari in due film ed ero stata contenta per lui. Ma, nel momento in cui gli avevano offerto la parte di protagonista in un nuovo film di supereroi, aveva tagliato i ponti. Mi aveva detto che era così che funzionava il mondo del lavoro, niente di personale. *Niente di personale per la donna con cui stavi da un anno.* Non avevo mai immaginato quanto fosse ambizioso finché non aveva mostrato chi era veramente.

Sono stata scottata due volte e non permetterò che ce ne sia una terza. Mi concentrerò sul lavoro, ecco tutto. La mia agente dice che sono una sicurezza in TV, che posso far brillare qualunque sitcom. Ma voglio di più. Voglio una bella parte in un film. Solo che non mi offrono ruoli. Forse dovrei inventarmi un fidanzamento... con me stessa e forse mi offrirebbero un ruolo migliore. Beh, essere fidanzati con me ha funzionato magnificamente per John e Colton.

Mi prendo la testa tra le mani. Devo smettere di scegliere l'uomo sbagliato. Devo dar retta al mio istinto, fare attenzione ai segnali di avvertimento che qualcosa non va. Una volta ho letto un libro sulle donne che fanno pessime scelte quando si tratta di uomini. *Sì, sto disperatamente cercando una risposta. Sono intelligente, eppure continuo a sbagliare.* Uno dei motivi per cui le donne scelgono gli uomini sbagliati è la sindrome di abbandono, che io sicuramente ho, dato che mia madre mi ha abbandonata da neonata e non ha mai fatto parte della mia vita. Ho sempre sospettato che la mia rigidissima nonna l'avesse fatta scappare, non approvando una diciannovenne messa accidentalmente incinta da un uomo sposato. Mio padre non mi ha mai voluta. Aveva un'altra famiglia e la mia stessa esistenza minacciava ciò che aveva. Mi si chiude la gola, ho gli occhi che bruciano. *Non voluta, impossibile da amare.* Mi asciugo una lacrima e faccio un respiro profondo, tremante.

Non meraviglia che faccia casino con gli uomini e le relazioni. Mio padre era un traditore che non aveva mai cercato di mettersi in contatto con sua figlia. Ho imparato da giovane che non ci si può fidare degli uomini. Non restano. E, in qualche modo, continuo a imparare la stessa lezione scegliendo gli uomini sbagliati.

Quindi, okay, adesso che so di seguire questo modello distruttivo, posso essere furba e smettere. La prossima volta sceglierò il tipo di uomo giusto. Un brav'uomo affidabile. Appena sarò pronta a ricominciare a uscire con qualcuno, e questo vuol dire tra molto, molto tempo.

Una cosa è certa: non avrò mai un bambino per sbaglio come mia madre. Mio figlio sarà programmato e voluto e sarà circondato da una famiglia amorevole. Non si sentirà mai insignificante o non degno d'amore. *Fantasie.* Chissà se sarò sposata prima che la mia finestra fertile si esaurisca! Ma se così sarà, lo farò nel modo *giusto*.

Sospiro e prendo il telefono per leggere il messaggio. Non è Garrett. Mi sgonfio e mi dico che sono contenta che sia il mio manager.

Ho visto la stampa. Sapevi che Garrett Rourke fa parte della famiglia reale dei Rourke di Villroy? Congratulazione, ti sei trovata un nobile! Ottimo per le relazioni pubbliche.

Non me n'ero resa conto. Cerco di non leggere i siti di pettegolezzi dato che non voglio leggere niente di negativo su di me. È il motivo per cui ho assunto un'addetta stampa, che faccia da filtro. Quindi un tizio di Brooklyn è un principe o un duca o qualcosa di simile. È una cosa risaputa? Sto per fare una ricerca sul suo nome ma mi fermo. Troverei solo l'ultima volgare chiacchiera su me e Colton, dove avevo menzionato Garrett. Non avrei dovuto farlo. Solo che mi aveva fatto una buona impressione, quindi mi è uscito il suo nome. E avevo l'adrenalina che mi usciva dalle orecchie quando quel reporter era apparso proprio mentre entravo nel palazzo. Non mi piacciono gli uomini che mi seguono dove vivo.

Giuro che il prossimo tizio con cui uscirò non avrà assolutamente alcun legame con quest'industria. Uno scrittore sarebbe perfetto. Probabilmente sarebbe un tipo tranquillo, con un mucchio di libri. Passeremmo le domeniche leggendo in un grazioso cottage sulla spiaggia. Nel frattempo...

Mando una veloce risposta al mio manager e torno alla cena. Joe si è trasferito nell'appartamento accanto, quindi mi sento al sicuro anche se sono da sola. Dopo cena passerò un rilassante sabato sera in casa e leggerò il libro cui torno sempre per consolarmi, *Il mascalzone e la governante* di Alice Segal. Visto come mi sto preparando per il mio ruolo di moglie di uno scrittore? Leggendo tanto. Non vuol dire che sia un'asociale, si chiama prepararsi per la vita che sogno.

Ricevo una chiamata appena mi sistemo nell'angolo comodo del divano con il mio e-reader. Controllo lo schermo e mi innervosisco immediatamente: è Dana, la mia addetta stampa, un vero bulldog. L'ho assunta in modo che possa tenere la stampa lontano da me a meno che non sia obbligata a fare pubblicità o qualcosa del genere. Non sono brava a parlare in pubblico. Vale a dire che perdo la testa per giorni prima dell'evento e arrivo alla fine sudata, con il cuore che vuole uscirmi dal petto, per poi crollare. *Non* è una bella cosa. Preferisco mille volte recitare battute scritte per il mio personaggio che non dover affrontare un pubblico come me stessa.

Rispondo al telefono e prendo immediatamente il controllo della conversazione. «Ehi, Dana, sei riuscita a fare qualcosa per smorzare la parte di Garrett della storia?»

«Sto seguendo tutto da vicino e la verità è che *adoro* questo principe che hai messo in mezzo» dice. «Ha completamente obliterato la storia di Colton con la sua nuova squinzia. Scusa. So che ti piaceva e voi due eravate bellissimi insieme, ma avevano detto tutti che non era il tipo che sarebbe rimasto. Se può aiutarti, sono sicura che tradirà anche Taylor.»

«Non mi aiuta.» Stringo il telefono. «Avevi detto che mi avresti aiutato a far uscire Garrett da questa storia.»

«È esplosa con la faccenda della famiglia reale. Non c'è modo di contenerla. Direi che è meglio stare al gioco. Ora che Colton, ovviamente, non ci sarà per il galà di sabato prossimo, posso suggerirti di invitare questo principe? Hai bisogno di un favoloso pezzo d'uomo in smoking al tuo fianco. L'assenza di Colton sarà fin troppo evidente. Passeresti la notte a sentirti chiedere di lui e nessuna di noi lo vuole.»

Mi innervosisco. Avevo dimenticato che Colton aveva intenzione di tornare per questo evento. Non ho nessuna intenzione di coinvolgere Garrett. Poveretto! Prima lo abbordo e lo trascino nella mia roulotte e poi sparo il suo nome a un reporter ficcanaso e ben introdotto. Ne ha passate abbastanza a causa mia. Il galà è una cena in abito da sera per raccogliere fondi per un'organizzazione che mi è molto cara: Best Friends Care. Addestrano cani di servizio e li accoppiano a gente con disabilità fisiche e/o psicologiche. Tanti veterani con il disturbo da stress post-traumatico traggono vantaggio da un cane che li assiste. Mio zio soffriva di PTSD e non aveva mai ricevuto l'aiuto di cui aveva bisogno. Aveva sofferto moltissimo fino a suicidarsi. Un cane addestrato avrebbe potuto salvarlo.

«Dana» dico con fermezza. «Non ho intenzione di chiedere a Garrett di accompagnarmi a quello che probabilmente per lui sarebbe un evento molto noioso.» Non voglio nemmeno che si senta usato. È una sensazione terribile quando ti rendi conto che qualcuno che ritenevi un amico (o qualcuno che amavi) voleva solo qualcosa da te.

«Fa parte di una famiglia reale. È il tipo di evento perfetto per lui.»

Garrett sembrava un tizio normale, in t-shirt, jeans e stivali da lavoro. Lavora nell'impresa di costruzioni della sua famiglia. Non riesco a immaginarlo come un nobile che si mette in posa e taglia nastri. È troppo rude e ha un aspetto troppo da duro, motivo per cui avevo creduto fosse la mia guardia del corpo. Chiudo gli occhi ripensandoci, imbarazzata. *La mia guardia dura, sexy da morire. No.*

Ha sistemato il mio ripiano.

No, non ho intenzione di continuare su questa strada.

«Andrò da sola» dico. «O magari porterò un'amica.» Sono solo a un'ora e mezza di distanza da dove sono cresciuta a Summerdale, New York. Potrei chiedere a una delle mie amiche che vivono là. «Una donna in smoking al mio fianco potrebbe distogliere i pettegolezzi su Colton.» Sopprimo a fatica una risata.

«Harper» dice Dana in tono esasperato.

L'esaspero spesso. Abbiamo due scopi contrapposti: io faccio il possibile per tenere privata la mia vita e lei lavora per mantenermi sotto i riflettori. Sapeva che cosa aspettarsi quando ha firmato il contratto con me.

Dana continua. «Ho controllato questi Rourke. Sono tutti sexy da morire.»

Almeno uno di loro lo è di sicuro. No, niente da fare.

«Non ho intenzione di usarlo per un servizio fotografico» dico.

Dana continua come se non avessi nemmeno parlato. «E anche se Garrett è sullo sfondo nella foto del matrimonio che sta girando sul web, con uno smoking nero, aggiungo, è chiaro che è uno zuccherino *super* con tutti quei muscoli.»

Come una guardia del corpo. Poi mi viene un'idea. «Adesso ho Joe, è perfetto. Verrà comunque con me come guardia del corpo, quindi gli farò mettere uno smoking e sembrerà che sia il mio accompagnatore. Problema risolto.» Sorrido, felice della mia furbizia.

«Non puoi usare la tua guardia del corpo come accompagnatore. Si è separato di recente da sua moglie ma non è ancora divorziato. Non è quello che ti serve. Non leggi i memorandum quotidiani che ci manda Trina, per tenerci tutti al corrente?»

Faccio una smorfia. La mia assistente è molto industriosa, ma chi riesce a tenersi al passo di memorandum quotidiani? Le lascio fare il suo lavoro. È con me da tre anni oramai.

«Okay, dimentica i memorandum» dice Dana. «Sono felice di leggerli per te. Il tuo lavoro è essere al braccio di quel gran pezzo di principe sabato prossimo.»

Comincio a sudare solo al pensiero. Sto pensando se potrei saltare tutto l'evento. No, voglio che la stampa noti Best Friends Care e la mia presenza aiuterà ad attirare l'attenzione sulla causa.

«Harp? Okay? Accompagnatore per sabato?»

No. «Mi inventerò qualcosa.»

«Mi metterò io in contatto con il principe Garrett Rourke, okay. So che queste cose ti mettono a disagio.» È il suo modo educato di riferirsi alla mia timidezza. Io non corro dietro agli uomini. *Eccetto quando lo scambio per la mia guardia del corpo, a quanto pare.*

«Credo che nessuno lo chiami principe Garrett.» *Oh sì?* Josie non l'aveva fatto. Gente, è proprio una fan di Garrett. Scommetto che adora tutti quelli della famiglia Rourke, con tutto il suo entusiasmo. È proprio da lei. «Non contattarlo. Mi inventerò qualcosa.»

La sua voce assume un tono pressante. «Devi andare. Ti daranno un premio per il tuo contributo. È grazie a te che sono stati in grado di espandere la loro organizzazione all'estero. È stata una cosa grossa. Non puoi abbandonarli quando manca così poco. Sono riuscita a far partecipare un sacco di stampa a questo evento.»

«Ci andrò, non preoccuparti.»

Lei espira così forte che la sento. «Okay, okay. Vogliamo che si concentrino sulla causa, non su quel traditore del tuo ex. Se ti presenti con un accompagnatore, il messaggio sarà che va tutto bene e che entrambi tenete a questa causa. Non rendere le cose più difficili per te di quanto siano. E lui è uno spettacolo per gli occhi. Nessuno si sentirà dispiaciuto per te dopo averlo visto.»

Mi manca il fiato. «Si sentono dispiaciuti per me?»

«Provano compassione, più che altro. Sai che dico le cose come stanno. Essere compatiti è un suicidio per la carriera. A nessuno piacerà fare il tifo per te come Amanda Boxer, o Lexi Gold o qualunque altro personaggio. Puoi essere una dura o una ricca ereditiera, ma non puoi sembrare patetica e debole. Non devi lasciarti compatire. Hai capito?»

Patetica e debole! Interviene la mia educazione e raddrizzo spalle e schiena. Mi hanno cresciuta per essere forte e lo sono. Sono stata tradita da Colton e non ho fatto niente di male.

Mantengo la voce tranquilla. «Andrò da sola. Arrivederci, Dana.»

«Pensaci, per favore» dice con la voce stanca. «Ciao.»

Riappendo. Sembrerò perfino più forte e più dura se

andrò da sola. Non ho bisogno di un accompagnatore per pareggiare i conti tra me e Colton. Non mi abbasserò al suo livello.

Vado verso la mia roulotte per pranzare dopo la lettura del copione di *Living Gold* del lunedì, sperando di poter passare un po' di tempo tranquilla da sola. Mi fermo, sorpresa di trovare Dana seduta sui gradini della roulotte. È sui quarant'anni, con i capelli neri lisci a caschetto e più energia di chiunque conosca. Eccetto forse Josie. Quella donna non si ferma mai.

«Sorpresa!» esclama, alzandosi da dov'è, appollaiata sul gradino più alto.

Le do un mezzo abbraccio, per non rovesciarle addosso il contenitore di sushi. «Non riesco a credere che tu sia venuta fin qua da Los Angeles per vedere me. Riguarda il galà?»

«Ehi, mi piace farmi vedere regolarmente dai miei contatti di New York. Non si tratta sempre di te, anche se sei la mia cliente preferita.»

Apro la roulotte ed entro. Lei mi segue, insolitamente silenziosa.

Una volta sedute entrambe sul divano con un drink in mano, le offro metà del mio pranzo.

«Ho già mangiato, grazie» mi dice. «Comincia pure.»

Tiro più vicino il tavolino incorporato nella parete, appoggio il mio pranzo e apro il coperchio del contenitore.

«Allora, come vanno le cose qui?» mi chiede. «Ti piace recitare la parte di Lexi Gold?»

Prendo le bacchette. «Lo adoro.» In *Living Gold* posso recitare la parte di una mamma single con un lato vulnerabile, tutto il contrario del ruolo precedente, motivo per cui ho accettato la parte. La premessa della sitcom è che una famiglia ricca (i Gold) hanno un problema con la cameriera, vale a dire che la figlia illegittima della precedente cameriera, interpretata da quel genio della commedia comica che è Josie, ha appena ereditato il villone dal patriarca recentemente deceduto, che aveva avuto una relazione con sua madre. Oro per una sitcom. Ah. Gold.

Dana è di nuovo silenziosa. Sta cercando il coraggio di dirmi qualcosa.

Io mangio e aspetto.

Alla fine, si decide a parlare. «Non sarebbe perfetto portare all'occhio del grande pubblico quell'immagine di fashionista sensibile? Invece di lasciare che ti etichettino come quella stronza senza cuore, diventi un personaggio del bel mondo con un cuore d'oro.»

«Che cosa c'è di male nell'essere me stessa in pubblico?» Mangio un boccone di sushi. Faccio il mio lavoro, entro nella parte e ne esco, sempre educata e professionale. Non è facile per me, ma almeno è onesto.

Lei annuisce e beve un lungo sorso d'acqua.

Alzo le sopracciglia, aspettando la domanda.

«Non c'è niente di male, ovviamente» si decide a dire. «Sei meravigliosa, dolce, solo che a volte sei fin troppo riservata e questo fa sì che i reporter uniscano i puntini. Un'espressione vuota sul tuo viso può significare che sei una dura, o distaccata, o arrabbiata.»

«La mia cosiddetta faccia da stronza. Che vadano a farsi fottere. Lascia che pensino quello che vogliono.»

Lei ride nervosa. «Vedi, questo è il motivo per cui io sono l'addetta stampa e tu sei l'attrice. Allora, chi ti accompagnerà al galà?»

La guardo a occhi stretti. «Dimmi che non sei venuta fin qua solo per tormentarmi perché porti qualcuno.»

«Ovviamente no. Ho altri appuntamenti d'affari a New York. Mi sono fermata da te per assicurarmi che il prossimo passo sia quello giusto.»

Scuoto la testa. È proprio venuta fin qua solo per tormentare me.

«Questa faccenda è più grande di te» dice. «Significa accendere i riflettori su Best Friends Care. Tutti vogliono sapere di questo nuovo tizio che hai detto di frequentare; quindi, tutti ti ascolteranno quando parlerai di questa grande causa. Troveremo qualcosa per spostare l'attenzione da lui ai cani di servizio.»

Sospiro. Sa quanto significhi questa organizzazione per me. Ho aiutato ad allevare dei cuccioli per loro a Los Angeles, anni fa, quando stavano appena cominciando in quell'unica sede. Quando il mio nome era diventato più noto, ero stata in grado di aiutarli a crescere. In poco tempo, avevano installato centri di addestramento in tutto il paese, e adesso nel mondo.

Appoggio le bacchette, con lo stomaco sottosopra. Non è che non voglia vederlo. Solo, non voglio che si senta usato. Ed è imbarazzante quello che ho fatto passare a quell'uomo. Ma non posso permettere che mi sia d'ostacolo. Posso superare l'imbarazzo, per la causa. «Bene, chiederò a Garrett...»

Lei alza un pugno in aria. «Sssììì!»

Alzo una mano. «Ma ho intenzione di dirgli che non è obbligato, specialmente dopo aver trascinato il suo nome sotto i riflettori.» *E dopo averlo trascinato nella mia roulotte.* Poi ricordo che cosa aveva detto quando gli avevo chiesto perché mi aveva lasciato credere di essere la mia guardia del corpo. *Avrei dovuto dire qualcosa, ma mi sembrava che stessimo legando, sai?* Non conosco molta gente che parlerebbe in modo così aperto. Forse c'è veramente qualcosa, un legame. Se voglio veramente correre un rischio... Mi si stringe lo stomaco. Devo fare attenzione alle mie reazioni istintive, che mi stanno dicendo di non farmi coinvolgere troppo. Non sono pronta.

Dana si alza e mi dà un bacio sulla fronte. «Lui non dirà di no, fidati. Sei un bel bocconcino.»

Le do un'occhiata ironica. «Non allarmarti se sabato arriverò da sola.»

«Neanche per idea. Devo andare. Ho un appuntamento anche con Josie.»

«Davvero? È diventata tua cliente adesso?»

Lei incrocia le dita e le alza, mostrandomele. «Non ancora. Vuole vedere che cosa riesco a fare per fare pubblicità alla raccolta fondi della fondazione Rourke al Met. E me ne sto occupando. Ciao!»

Se ne va di corsa, lasciandosi alle spalle una traccia del suo profumo agrumato. Dinamico come lei. Ho detto a Josie che avrei partecipato alla sua raccolta fondi più che altro perché me l'aveva chiesto e mi era sembrato di non poter dire di no. Spero solo che Dana non insista su un accompagnatore principesco anche per quell'evento. È il sabato dopo il galà e due eventi sfarzosi uno dopo l'altro sono troppi da chiedere a chiunque, per non parlare di un tizio che ho appena conosciuto in circostanze imbarazzanti.

Di colpo, sono troppo nervosa per mangiare. Decido di mandare un messaggio a Garrett e togliermi il pensiero. Scrivo un lungo messaggio spiegandogli che cosa fa Best Friends Care e perché sarebbe bello che ci fosse anche lui. Aggiungo che *NON È OBBLIGATO!* Assolutamente. Tutto maiuscolo per sottolinearlo.

Poi aspetto.

Probabilmente è occupato. Tolgo la vibrazione dal telefono, in modo da non perdere la notifica e torno a mangiare, tenendo il telefono vicino, nel caso risponda. Mi piacerebbe veramente ricevere una risposta prima di tornare al lavoro. Saremo bloccati sul set, con i copioni in mano, quindi non sarà permesso avere i telefoni. E non voglio angosciarmi su questa faccenda per tutto il giorno. Mi sono messa in gioco. Okay, l'ho fatto malvolentieri, ma una parte di me spera che vorrà venire solo per me. Sbuffo. Ecco un altro motivo per cui continuo a farmi impegolare dall'uomo sbagliato. Spero sempre che il prossimo sia diverso. E voglio veramente bastare io, non essere solo un gradino per aiutare la carriera di qualcuno.

Suona il mio telefono e sobbalzo. Mi ha *chiamato*. Io veramente preferisco i messaggi. Mi permettono di pensare attentamente a ciò che voglio dire e comporre il messaggio perfetto. Chi sa che cosa mi uscirebbe dalla bocca nel calore del momento?

«Pronto?» dico cauta.

«Salve, è bello sentirti, Harper.» La sua voce morbida e profonda mi scioglie, rendendomi tutta molle e tenera dentro. Sono fatta di cioccolato, *aspettate, cosa!*

«Salve.» Non mi fido a dire altro.

«Salve» dice lui con calore. «Mi hai mandato un lungo

messaggio, quindi pensavo che parlarci al telefono sarebbe stato meglio.»

Sento una scarica di adrenalina e mi rendo conto che questo è il momento in cui gli devo chiedere di accompagnarmi. «Sì. Come ti ho detto nel messaggio, avrei dovuto andare al galà con Colton e c'è tutta la stampa, per una buona causa, cani di servizio per persone che ne hanno veramente bisogno... e ci sarà moltissima stampa. Te lo avevo detto nel messaggio? Posso andare da sola, non avrei problemi, ma sarebbe bello se avessi un accompagnatore, specialmente se anche tu dirai che i cani di servizio sono una buona cosa. Alla stampa, cioè. Non voglio farti pressioni, solo come amici, per una buona causa.»

«Ci sarà la stampa?»

«Uhm... sì.» *Non l'avevo detto?*

Garrett ridacchia. «Sto scherzando. Hai menzionato la stampa quattro volte, direi. Si direbbe che ti preoccupi.»

«Voglio che i riflettori siano puntati su Best Friends Care, non su di me o quel traditore del mio ex. Avremo i riflettori puntati su noi due, ovviamente, ma poi dovremmo riuscire a reindirizzare il discorso sui cani di servizio.»

«Penso veramente che i cani di servizio siano una buona cosa.»

Sento il cuore che accelera perché sembrava quasi un sì e non so esattamente come mi sento al riguardo. *Perché ho accettato che Dana mi trascinasse in questa cosa?* «Non devi sentirti in obbligo. Assolutamente. In effetti, probabilmente sarà una faccenda terribilmente noiosa. Devo fare un discorso che non sarà *assolutamente* divertente. Sarà penoso e imbarazzante, anche per me. Sarò stressata per tutta la serata. Parlare in pubblico non fa per me, devo essere un personaggio per sentirmi a mio agio a quel modo...»

«Harper.»

«Sì?»

«Verrò.»

«Perché?» mi scappa.

«Perché mi piaci.»

«Quale parte ti è piaciuta di più? Quando ti ho abbordato

o quando ho finto che ci stessimo frequentando senza consultarti?» *Seriamente, chi mai lo vorrebbe?*

Garrett scoppia in una bella risata.

Io stringo forte il telefono. «Non hai sentito come sarà terribile questo appuntamento? Sarò stressata per tutta la serata riguardo al mio discorso, che sarà noioso. Quando riesco a parlare, cioè, dopo aver tossito ed essermi soffocata con la mia stessa saliva.»

«Sei buffa.»

Mi siedo più diritta. «Sono mortalmente seria.»

«Va bene. Ma sai che cosa ho ottenuto da questa conversazione? Ho sentito una donna che è abbastanza coraggiosa da affrontare la sua paura del pubblico per una buona causa. È il tipo di persona che mi piacerebbe frequentare. Ed è una buona causa, come hai detto.»

Il mio cuore batte più forte. «Ci vuole lo smoking.» *Ultima possibilità di svicolare! Posso sopportarlo, davvero.*

Sento il sorriso nella sua voce. «Lo affitterò.»

Mi sento invadere da un'ondata di calore. «Grazie, lo apprezzo veramente. Manderò il mio autista a prenderti. E fammi sapere se posso restituirti il favore in qualche modo.»

«La prossima volta in cui avrò un evento elegante dove *io* dovrò fare un discorso noioso, il tuo sarà il primo numero che chiamerò.»

Rido anch'io. «Okay.»

Sento il forte rumore di una sega in sottofondo.

«Dovrei tornare al lavoro» dice. «Ma ti volevo fare una domanda. Aspetta.»

Mi irrigidisco di nuovo, non sono sicura di voler rispondere a domande personali. Il rumore svanisce e mi chiedo se sia uscito per continuare la nostra conversazione.

«Sean lavora ancora con te?» gli chiedo. Sono curiosa perché lo vedo spessissimo sul set.

«A volte. Adesso passa più tempo occupandosi del lato filantropico, lavorando da remoto in modo da poter stare con Josie.»

Wow. È così dolce. «Andrò alla sua raccolta fondi al Met.»

«Bello» dice. «Ti serve un accompagnatore anche per quella serata?»

Sorrido. Forse non mi vede come una donna che continua a scaricargli addosso cose strane. «Ti impegneresti veramente per due appuntamenti di fila con me? E se questo sabato la serata fosse terribile e poi fossi incastrato con me per il sabato successivo?»

«E se invece passassimo una bellissima serata?»

Il mio stomaco fa una piroetta. «E se...»

«Quindi la mia domanda è: per la stampa dobbiamo fingere di avere una relazione?»

Domanda facile. «Se non ti dispiace, renderebbe le cose un po' più facili. Devi decidere tu, però. Solo se sei d'accordo. Possiamo anche dire che siamo solo amici. Ed è vero.»

«Mi sta bene la faccenda della finta relazione. C'è qualcosa che dovrei sapere?»

Sospiro di sollievo. Il fatto che abbia accettato significa meno cose da spiegare ai reporter ed è sempre una cosa positiva. «Mi inventerò una storia e te la dirò durante il viaggio. Grazie ancora, Garrett.»

«Dovresti chiamarmi Beast. Lo fanno tutti.»

«Perché sei una bestia d'uomo con tutti i tuoi enormi muscoli?» Faccio una smorfia. *Non riesco a credere di averlo detto.*

«Esattamente» dice lui ridendo.

«E tu come mi chiamerai?»

«Beauty.»

Mi manca il fiato. *Beauty and the Beast.* La Bella e la Bestia. È così romantico. E il fatto è che mi sono sempre vista come Belle, con il suo amore per i libri. Forse ho la segreta fantasia di essere una principessa. Non è una cosa che il generale che mi ha cresciuta avrebbe tollerato. Voglio bene a mia nonna, ma è una donna difficile. Joan Ellis mangia chiodi a colazione. Io assecondavo le mie fantasie guardando i film a casa delle amiche.

«Grazie, Beast.»

«Ci vediamo sabato, Beauty.»

5

____

Harper

Scendo in ascensore con Joe, la mia nuova ombra, per andare all'auto che ci porterà al galà questa sera. Sono tesa per il discorso e sto disperatamente cercando di calmarmi un po'. Avevo avvertito Garrett che sarei stata un disastro. L'autista è già andato a prenderlo, e lui mi sta aspettando sul sedile posteriore. Sono ancora un po' sorpresa che abbia accettato di venire. La maggior parte delle persone partecipa a questi eventi solo per la pubblicità che può ricavarne e, piccolo sporco segreto, quando non ho un fidanzato, l'accompagnatore è di solito qualcuno scelto dai rispettivi addetti stampa. Garrett non ha niente da guadagnare facendosi vedere con me. In effetti mi sta facendo un favore, aiutandomi a salvare la faccia con una finta relazione. Forse Josie ha cantato le mie lodi, chi lo sa; sono solo contenta di avere un appuntamento senza melodrammi in vista. Sono già abbastanza stressata per il discorso. L'ho riscritto cinque volte. Sono preoccupata, non vorrei recitare la versione sbagliata o fare un miscuglio di tutti e finire con qualcosa senza senso.

Quando arrivo sul marciapiede, l'autista, Michael, esce per aprire la portiera per farmi salire sul sedile posteriore. Uso un'auto con autista solo quando sono in città dato che è una tale seccatura trovare un parcheggio. A Los Angeles guido la mia auto. Joe mi sta appiccicato.

Una donna che cammina sul marciapiede si volta verso il tizio con cui è e dice a voce alta: «Quella è Amanda Boxer?».

«Credo di sì» risponde lui. «Qual è il suo vero nome?» Poi grida rivolto verso di me: «Harper Ellis? Giusto?».

Li saluto agitando una mano prima di salire sull'auto, occupandomi dei molti strati di tulle del mio vestito rosa di Caroline Herrera, attenta a non battere la testa. Non mi dispiace essere riconosciuta. Solo, non voglio che mi abbordino.

Joe sale sul sedile anteriore, voltandosi a salutare Garrett prima di guardare in avanti. L'auto si immette nel traffico, diretta all'albergo dove ci sarà il galà.

Mi volto verso Garrett e mi manca il fiato. Wow. È fatto per indossare abiti formali. La giacca dello smoking aderisce perfettamente alle sue spalle e al suo magnifico torace. Il tessuto nero e la camicia bianca mettono in risalto i suoi occhi acquamarina. È perfettamente rasato e questo mette in evidenza le mandibole squadrate.

«Salve» sussurro.

Lui mi rivolge un sorriso. «Salve. Sei bellissima.» Tocca uno dei miei orecchini di diamanti a goccia. «Sono veri?»

«Sì. Sono in prestito da un gioielliere emergente che vuole farsi pubblicità.» Ho i capelli raccolti per attirare l'attenzione proprio sugli orecchini. In un evento come questo, è tutto attentamente orchestrato. Gli orecchini sono belli, un disegno elaborato di oro bianco e diamanti.

«È buffo che la gente che può permettersi dei bei gioielli possa indossarli gratuitamente.»

«Fa tutto parte della macchina delle pubbliche relazioni. Comunque tu stai benissimo. Questo smoking ti dona.» Lui allunga un braccio, mostrando la manica aderente. «Mi dicono che sto bene tirato a lucido» dice ammiccando. «Probabilmente dovrei comprare uno smoking. Ho dovuto indossarne uno per quattro dei matrimoni dei miei fratelli. Uno di loro si è sposato in municipio, quindi l'ho sfangata. Inoltre, ne avrò bisogno per la raccolta fondi dei Rourke sabato prossimo.» Controlla la mia espressione.

Di colpo capisco che cosa sta chiedendo. Vuole già un secondo appuntamento. Non posso farmi risucchiare. È troppo presto. Avevo giurato che mi sarei presa un po' di tempo prima di farmi coinvolgere da qualcun altro. Inoltre, sono sicura che non si divertirà molto a questo tipo di eventi. Io non mi diverto mai. Ci vado solo perché aiutano le cause a cui tengo.

«Questa serata ti parrà molto lunga» gli dico. «Assomiglia più a un lavoro che a una festa.»

«Dovrò usare un martello?»

«No, non quel tipo di lavoro.» Mi rilasso un po'. Lavora in edilizia. Non c'è niente che possa guadagnare frequentandomi. Devo ricordarmelo, in modo da non rinchiudermi in me stessa e rendere la serata ancora più difficile di quanto sarà.

«Come te la cavi? Sei nervosa?»

Che strano. Ero così presa a guardare lui che per qualche minuto avevo dimenticato di essere nervosa per il discorso. «Sono preoccupata, temo di finire per usare le diverse versioni del mio discorso, mischiandole. L'ho riscritto e mandato a memoria cinque volte.»

«Porta l'ultima versione con te sul podio. Se dovessi cominciare a sentirti strana, a nessuno dispiacerà se darai un'occhiata.»

Faccio un respiro profondo, con i nervi a fior di pelle mentre mi immagino tremante sul podio. «Ho questa fantasia, di me che mi muovo liberamente sul palco come se fossi a TED talk, sai? Sicura di me, padrona del mondo.»

«Potresti recitare la parte della speaker a un TED talk. Trasformalo in una recita.»

«Non posso. Le parole mi vengono dal cuore.»

Lui si sposta, chinandosi più vicino per quella che di colpo sembra una conversazione intima. «Quindi questa causa significa qualcosa di importante per te. Non è solo qualcosa che fai per le pubbliche relazioni.»

«Sì.» Gli racconto della PTSD di mio zio e di come desidero che avesse potuto beneficiare di un cane di servizio. È sorprendentemente facile parlare con Garrett.

Lui mi dà una stretta al braccio. «È meraviglioso l'effetto che l'amore incondizionato di un cane può avere su una persona. Hai un cane?»

«No. Mi sposto troppo e lavoro moltissimo. Penso che non sarebbe giusto lasciarlo solo per così tanto tempo. Un giorno però lo avrò. Ho sempre voluto un golden retriever.»

«Bel cane.»

«Sì, una mia amica ne aveva uno quando eravamo piccole.» Mi manca il fiato quando ci fissiamo negli occhi. Sbatto le palpebre e distolgo lo sguardo. «Allora, dovrei metterti al corrente. Quando arriveremo, c'è un tappeto rosso e lo percorreremo per entrare. Ci saranno un mucchio di macchine fotografiche e flash. Tu stammi vicino. Penserò io a parlare. Anche se sarebbe bello se potessi intervenire dicendo che anche tu sostieni questa organizzazione. La gente vuole vedere con chi sto e il nostro compito è usare quell'attenzione e rivolgerla verso Best Friends Care.»

«Capito.»

Rischio un'occhiata. Ancora sorprendentemente favoloso nel suo smoking e ha un profumo meraviglioso, sapone fresco e uomo. *Sii forte, Harp. Amichevole, senza flirtare.* «Non rispondere a domande sulla nostra relazione. Ci penserò io. Ma, tanto perché lo sappia, la storia è che Colton e io abbiamo deciso di comune accordo di rompere un mese fa. Tu mi hai conosciuto tre settimane fa, tramite Josie.»

«Facile. Il nostro è un rapporto esclusivo?»

Ci penso. «Sì. Perché io sono così.» *Ed è ciò che avevano accettato di fare anche i miei ex, anche se pochi sono rimasti fedeli. Gli uomini fanno schifo.*

«Io penso sempre che sia più giusto concludere una relazione prima di passare alla prossima persona.»

Resto a bocca aperta. Un uomo che crede nella monogamia considerandola semplice decenza. Eccezionale!

Le sue labbra si curvano in un sorriso con gli occhi che scintillano divertiti. «Perché sembri così sorpresa? Pensavi che fossi un playboy?»

Apro la bocca e la richiudo, dato che non voglio ammettere che la mia opinione attuale sugli uomini è piuttosto scarsa. «Non ti conosco abbastanza per giudicarti. Sono solo rimasta sorpresa da come parli apertamente di te stesso.»

«Un punto per la Bestia.»

«Oh, sei troppo gentile per essere una bestia» dico senza riflettere.

Lui sorride con gli occhi dolci fissi nei miei. «Grazie.»

Mi sento invadere dal calore; le farfalle danzano nel mio stomaco, la pelle formicola. È proprio come la prima volta in cui ci siamo incontrati, solo che adesso va oltre il desiderio. *Sii furba. Alza le difese.*

Il suo sguardo cade sul mio collo e poi sulla spalla nuda, per poi tornare ai miei occhi. Sento la pelle che scotta dovunque guardi. Immaginate se dovesse toccarmi. «La gente probabilmente direbbe che la nostra è una relazione per ripicca. Saprebbero che non è una cosa seria.»

Guardo in avanti, ho bisogno di mettere un po' di spazio tra noi due. «Non sono responsabile per quello che dice la gente. Manteniamo la nostra versione, è tutto quello che possiamo fare.»

«Normalmente frequenti solo attori?»

Mi volto verso di lui. «Di solito sono le uniche persone che incontro. Sono uscita brevemente con un cameraman quando avevo vent'anni. Mi ha fatto causa per stress emotivo quando ci siamo lasciati. Adesso le persone con cui esco vengono vagliate prima dalla mia addetta stampa.»

«Anch'io?»

«In un certo senso. Dopo averti menzionato a quel reporter, la mia addetta stampa ha fatto un controllo. Mi ha parlato dei tuoi legami con la famiglia reale di Villroy, ma non è il motivo per cui ti ho chiesto di accompagnarmi. Avevo bisogno di un accompagnatore per questo galà, ecco tutto.» Faccio una smorfia perché sembra che lo stia usando come rapido sostituto del mio ex e in un certo senso è così, ma mi piace veramente. È molto più gentile della maggior parte degli uomini che incontro. «Nella mia mente, tu sei qui per via del legame con Josie. E mi piace parlare con te.»

«Sono lieto che ci abbia messo in contatto. Sentiti libera di chiamarmi o mandarmi un messaggio quando vuoi.»

Il mio cuore batte più forte. Sembra che abbia voglia di conoscere *me*. Non solo il contorno e nemmeno per scoprire se riuscirà in fretta a levarmi il vestito, come la maggior parte degli uomini. Sono stupida perché spero che sia diverso, o lui è proprio così?

«Grazie» dico piano. «È molto dolce da parte tua.»

«Va bene se ti tengo per mano?»

Sbatto le palpebre, stupita che l'abbia chiesto. Non sono timida quando si tratta di passare al lato fisico una volta in ballo. In effetti, trovo difficile fermarmi e poi le mie emozioni si mischiano col sesso e mi ritrovo a dover curare un cuore infranto. Di colpo, tenersi per mano sembra un terreno minato.

Lui mi offre il palmo. La sua mano è grande e callosa per il lavoro che fa. *Che sensazioni darebbe sulla mia pelle nuda?* I miei boyfriend di solito hanno le mani morbide. Alcuni si fanno fare la manicure. «Sto pensando che se ci frequentiamo già da tre settimane, dovremmo essere a nostro agio insieme.»

Terreno minato. Alzare le difese!

Appoggio la mano sulla sua e lui chiude, avvolgendola sulla mia. Sento un brivido caldo nella schiena. Non è il nervosismo. Sono eccitata. Eccitata per una cosa innocente come tenersi per mano.

Garrett si china verso di me e la sua voce profonda mi romba nell'orecchio, facendomi rabbrividire di nuovo. «Ti terrò la mano mentre percorriamo il tappeto rosso. A meno che tu preferisca che ti metta un braccio intorno alla vita.»

Mi sento invadere da un'ondata di desiderio. Non riesco a pensare razionalmente, tra il suo calore, la sua vicinanza e quel profumo inebriante che mi fa venire voglia di affondare la faccia nel suo collo e respirare a fondo.

Garrett si allontana, studiandomi per un attimo. «Oppure potrei offrirti il braccio, da vero gentiluomo.» Mi lascia andare la mano e mi offre il braccio.

«Vediamo come va» dico, sconvolta dall'effetto folle che ha su di me. Accidenti, ci stiamo solo tenendo per mano!

«Certo, nessun problema.»

«Parlami di te» dico, morendo di curiosità. «Solo nel caso in cui mi chiedessero qualcosa che dovrei sapere.»

Lui parla liberamente di sé. Da come li descrive, è chiaro che adora la sua famiglia, mi parla del grande amore dei suoi genitori e dei suoi cinque fratelli maggiori. Sta cominciando a parlarmi di quanto sia fiero dell'impresa di famiglia quando l'auto si ferma davanti all'albergo dove ci sarà il galà. Sono incredibilmente contrariata. Mi piaceva sentirlo parlare del suo mondo. Dev'essere stato meraviglioso essere il minore, con tutta quella gente che ti proteggeva e ti amava. Io ho passato l'infanzia cercando di farmi una corazza per ottenere l'approvazione del generale Joan. È impossibile cambiare in quel modo la propria natura, ma certo sapevo recitare bene la parte. Ho cominciato molto presto a dover recitare.

In effetti, avevo ottenuto l'emancipazione per svolgere la mia professione a quindici anni. Mia nonna mi aveva dato la "libertà di sbattere la faccia" ed eccomi qui. Mmm... forse dovrei ringraziarla. Mi ha dato ciò che mi serviva per sopravvivere in questo durissimo lavoro.

La portiera si apre e i paparazzi e i reporter esplodono di eccitazione. L'autista mi aiuta a scendere mentre Joe sta di guardia. Garrett appare al mio fianco. Mi incollo sul viso la mia espressione "sono lieta di essere qui", prendo il braccio che mi offre Garrett e cominciamo a camminare lungo il tappeto rosso che porta all'entrata dell'albergo. Joe mi segue da vicino.

Mi fermo un paio di metri dopo, dove aspetta la maggioranza della gente con le macchine fotografiche, mi metto in posa e sorrido.

«Quello è Garrett Rourke?» chiede un reporter.

«Certo» risponde Garrett, con un sorriso sciogli-mutande.

I fotografi si scatenano, zoomando su di lui. Lui tira indietro le spalle, sembra apprezzare l'attenzione. Si volta verso di me, continuando a sorridere e guardandomi con gli occhi dolci. La folla sparisce. Tutto ciò che riesco a vedere sono il suo bel sorriso e il calore dei suoi occhi, come se veramente gli piacesse essere qui con me. Solo con la normale Harper.

«Qui! Qui!» grida qualcuno, indicandoci di avanzare.

Riprendiamo a camminare e sento gli occhi di Garrett su di me. *Sta controllando se sto bene?* Ho fatto questa stessa camminata un mucchio di volte. La parte difficile è il discorso che dovrò fare più tardi.

Ci fermiamo nuovamente per parlare con i reporter dei canali locali e di qualche canale di intrattenimento che tendono i microfoni. Dana mi ha detto di parlare con tutti.

Mi urlano domande, più che altro su ciò che è successo con Colton e se è una cosa seria con Garrett.

Sorrido e prendo il controllo della conversazione. «Siamo veramente felici di essere qui stasera, in onore dell'organizzazione Best Friends Care. I cani di servizio per chiunque abbia una disabilità, che si veda esteriormente o sia solo interiore, possono veramente cambiare la vita. Sono una loro sostenitrice da molto tempo.»

«È una causa lodevole» interviene Garrett. «L'amore incondizionato di un cane non assomiglia a niente altro al mondo. Oltre al supporto emotivo, questi cani possono anche intervenire in caso di disabilità fisiche, aiutando le persone a condurre una vita più piena. Chi non lo vorrebbe?»

Maschero in fretta la mia sorpresa. Era un discorso magnifico e non gli avevo nemmeno detto che cosa dire. Ha un talento naturale davanti alle telecamere.

I reporter impazziscono per Garrett, invitandolo ad avvicinarsi per fare le fotografie, inondandolo di domande che vanno dalla razza di cane che preferisce e in che cosa ha recitato e che cosa pensa di Amanda Boxer. È una follia. Pensano che sia un attore, dato che normalmente sono le persone che frequento. Garrett è rilassato mentre risponde tranquillamente alle domande. Dice anche che prova un grande rispetto per il personaggio di Amanda Boxer e per la donna che l'ha interpretata.

Mi sto sciogliendo.

«Amanda!» urla un uomo, insinuandosi tra i reporter. «Perché sei così stronza? Ti insegnerò io come comportarti!»

Divento di ghiaccio. Joe si muove in fretta per occuparsi di lui.

Garrett fissa l'uomo e parla con una calma mortale. «Fatti indietro.»

L'uomo gli fa un gestaccio, nota Joe al suo fianco e scappa.

Do uno strattone al braccio di Garrett, facendoli capire che abbiamo finito. Ho la nausea al pensiero che, anche con una guardia del corpo e un uomo grande e grosso come Garrett al mio fianco, c'è sempre qualcuno che cerca di arrivare a me.

Garrett annuisce prima di dire ai reporter: «È una grande causa, gente. Donate in qualunque modo possiate, non importa se la donazione è piccola. O grossa».

«Tu sei grosso» dice una reporter. «Riempi bene quello smoking.»

La guardo stringendo gli occhi.

Garrett reagisce bene, dicendo con una strizzatina d'occhi: «Mi chiamano Beast».

N-o-o-o. Ecco pronto il titolone: Beast. Ci si butteranno a pesce.

Gli tiro nuovamente il braccio e lui mi segue dentro l'albergo. Ci scortano in fretta attraverso il foyer a una porta laterale privata e lungo un corridoio che porta al salone da ballo. Joe è subito dietro di noi.

Parlo sottovoce. «Non avresti dovuto dire loro il tuo soprannome.»

«Perché?»

«Perché dà loro troppo su cui lavorare. Parleranno di quello invece che della causa.»

Garrett fa una smorfia. «Merda. Sono nuovo a queste cose. Mi assicurerò di parlare della causa per il resto della serata. Saranno ancora lì quando usciremo, giusto?»

«Probabile.»

«Okay, sistemerò le cose. Darò il messaggio e starò zitto. Va tutto bene con quello stronzo che ti ha urlato addosso?»

«Succede spesso. È il motivo per cui ho Joe.» Volto la testa e gli rivolgo un sorriso di apprezzamento.

Lui resta impassibile, ma alza il mento nella mia direzione. Tipo duro.

Garrett dà un'occhiata a Joe e gli fa un cenno con la testa prima di tornare a guardare me. «Ci devono essere un sacco di ometti con un cazzo piccolo in giro con qualcosa da dimostrare.»

Sorrido. «Mi fa sentire meglio pensarci in questo modo. Ti sei comportato benissimo lì fuori. Sono io che sono nervosissima. Ti adorano.»

«Le domande e i fotografi non mi hanno infastidito quanto pensavo. È stato divertente recitare la parte dell'innamorato di Harper Ellis.»

Mi fa ridere. Anche se sono sorpresa che un tipo come lui, senza esperienza nel trattare con la stampa, si sia veramente divertito. «Sono sicura che sia più facile recitare quella parte che non avere quel ruolo.»

«Perché? Perché sei una dura?»

Perché non ispiro amore. Gli do un'occhiata, sentendo il sorriso nella sua voce. «Giusto.»

«Troppo tardi. Il tuo amore per i dolci ti ha tradito quando mi hai offerto il quadrotto di cioccolato nascosto nell'armadietto. Tre pezzettini piccoli piccoli. Dentro, sei fatta di panna.»

Scuoto la testa. «Ti ho detto di averti offerto il cioccolato per conoscere la mia nuova guardia del corpo.»

Lui raddrizza le spalle e gonfia il petto. «Già, tutto quel sollevare pesi finalmente ha dato i suoi frutti.» Mi sorride. «Sto scherzando. Ha dato i suoi frutti per anni con le donne.»

«Ci scommetto.»

«Preferisci gli uomini ossuti come Colton?»

Scoppio a ridere. Colton è snello e deve allenarsi un sacco per riuscire a mostrare un minimo di muscoli definiti.

Ci fermiamo quando la nostra guida usa una chiave di sicurezza dell'albergo per aprirci la porta. Entriamo in un salone luccicante. C'è un'enorme pista da ballo, tanti tavoli con la tovaglia bianca per la cena e una piattaforma rialzata sul davanti per gli ospiti d'onore. Ricomincio a sentirmi nervosissima all'idea di stare là in piedi a fare il mio discorso.

«I nostri posti sono là davanti, ma prima dovremmo socializzare» dico. «Ci sono altri rappresentanti della stampa qui, per parlare dell'evento, ma non si impicceranno dei miei affari personali. Non sono in cerca di pettegolezzi.»

«Perfetto.» Testa alta, sembra il classico protagonista di un film con quella mandibola squadrata. «Un'opportunità per redimermi.»

Devo smettere di pensare a lui nel mondo del cinema. Lavora nell'edilizia. È un uomo normale.

Mi metto in punta di piedi per sussurrargli: «Hai già fatto una cosa meravigliosa solo venendo qua».

Lui abbassa la testa e mi bacia sulla guancia, sorprendendomi. «Bene. Ti chiamerò dolcezza per tutto il resto della serata. Tu puoi chiamarmi...»

«Garrett.»

«Agnellino.»

Io ridacchio.

«Che c'è? L'agnello è un tipo di bestia, no?»

«Non so perché ma non ti vedo come un agnellino coccoloso.»

Lui mi mette un braccio sulle spalle e mi tira vicino a sé. «Posso essere coccoloso.»

Non riesco a non sorridere quando lo guardo negli occhi. «Sei uno di quelli che a letto fa le coccole, vero?»

Lui mantiene un'espressione seria. «Preferisco pensare a due cucchiai in un cassetto.»

Di colpo voglio sapere che cosa si prova ad avere il suo corpo abbracciato al mio da dietro, con le braccia forti avvolte intorno a me, la sua erezione che preme contro...

«Sono così contenta di vederti, Harper» dice una voce femminile.

Volto in fretta la testa verso Carol, la direttrice esecutiva dell'organizzazione Best Friends Care, con le guance in fiamme per i pensieri sconvenienti. Garrett toglie il braccio dalle mie spalle. Sento già la sua mancanza. «Salve, Carol, è bello vederti! Sono contenta di essere qui. Ti presento Garrett Rourke. Garrett, ti presento Carol Lemke. È la mente geniale dietro a questa organizzazione.»

«Oh, Harper» dice affettuosamente Carol, buttandosi oltre

le spalle i capelli rossi e ricci. «Io non direi la *mente geniale*. Ma tu dillo pure se vuoi.»

Garrett ridacchia. «Ciò che state facendo è una bellissima cosa. Sono sicuro che abbiate cambiato in meglio la vita di tantissime persone.»

Lei sorride, guardando entrambi. «Adesso che siamo diventati internazionali, abbiamo piazzato quasi mezzo milione di cani, presi dai rifugi.»

«Non avevo capito che fossero cani presi nei rifugi» dice Garrett. «È ancora più impressionante. Quindi avete una specie di programma di addestramento per i cani?»

Ascolto orgogliosamente mentre Carol gli racconta come scelgono i cani con il temperamento giusto e di come sono entusiasti di lavorare. Dà loro uno scopo. È una strategia vincente sia per i cani sia per le persone fortunate che li ricevono.

«Vi capita mai di sistemare dei cuccioli?»

«Sì. I cuccioli hanno bisogno di una famiglia affidataria in modo da renderli socievoli finché sono pronti a cominciare l'addestramento.»

«Mi piacerebbe farlo» dice Garrett e il mio cuore si stringe. È esattamente quello che facevo a Los Angeles prima di cominciare a lavorare a tempo pieno. «Se passassi più tempo a casa lo farei veramente. Ne parlerò con i miei genitori. Hanno un nido vuoto e tanto amore da dare.»

Sto cominciando a sospettare che abbia un cuore d'oro. Lo spero veramente perché sono veramente fatta tutta di panna dentro.

Carol gli rivolge un sorriso enorme. «Visita il nostro sito e di' loro di riempire il modulo per i volontari. Oh, ecco, ho un biglietto da visita.» Ne prende uno dalla borsetta. «Dallo ai tuoi genitori. Dillo a tutti quelli che conosci. I rifugi della città sono già troppo pieni.» Gli sorride ancora. Sembra avere quell'effetto sulle persone. «È stato bello conoscerti, Garrett.» Si volta verso di me e sussurra, complice: «Questo mi piace».

«Anche a me» le sussurro anch'io.

Lei sorride, con gli occhi che scintillano divertiti mentre

saluta con la mano, allontanandosi per andare a parlare con altra gente.

Garrett toglie il braccio dalla mia spalla e mi bacia la tempia. «Dolcezza.»

Mi sale dal petto una risata. «Agnellino.»

«Hai detto che saresti stata così nervosa stasera a causa del discorso, ma mi sembri felice.»

Sei tu. «Sto rimuovendolo.»

«Ah, le tue capacità recitative stanno funzionando.»

«Vieni, voglio presentarti al consiglio di amministrazione e a tutti quelli che conosco.»

«Sembra che io abbia superato il test Harper Ellis. Non hai nemmeno dovuto prepararmi.»

«Hai un talento naturale.»

Ed è vero. Non riesco nemmeno a credere come riesca a lavorarsi la sala, sincero, entusiasta per la causa. E con me? È tenero e affettuoso. Potrei aver portato l'accompagnatore perfetto. Sento una fitta di disagio. Nessuno è perfetto come sembra. Ci deve essere una fregatura da qualche parte. Devo fare attenzione che non mi prenda più di quanto sono disposta a dare.

Non ho intenzione di farmi tradire di nuovo.

6

Harper

Siamo seduti al tavolo di testa adesso e ci hanno servito la cena per primi. Quasi non riesco a mangiare, sapendo che presto mi chiameranno sul podio per il discorso. Mi sforzo di mangiare un po' di riso, mi muovo di scatto, ho tutti i muscoli tesi. Garrett non ha notato il mio silenzioso tracollo mentre continua a mangiare con gusto. Vorrei che ci fosse un pulsante magico da spingere per avanzare rapidamente fin dopo il mio discorso. Non c'è niente che possa calmarmi i nervi adesso, nemmeno l'uomo stupendo al mio fianco. Posso solo sperare di non andare in iperventilazione a metà del discorso.

Dio, per favore, fa' che resti coerente per questa causa.

Una mano grande si appoggia sulla mia spalla e io sobbalzo. Garrett parla sottovoce. «Ehi, sono solo il tuo boyfriend da tre settimane che ti sta toccando com'è normale.»

«Scusa, è quasi ora per il mio...» Mi soffoco con la saliva e tossisco. «... discorso.» Afferro un bicchiere d'acqua e lo tracanno.

Lui indica la mano stretta intorno alle schede che ho in grembo. «Fammi vedere il discorso.»

Apro la mano, mostrando parecchie schede accartocciate.

«Dovrei riguardarle.» Le liscio come meglio posso con le mani che tremano e le faccio scorrere, senza quasi capire le parole.

«Forse avresti dovuto bere un bicchiere di vino. O due.»

Espiro violentemente. «È ridicolo che provi ancora l'ansia da palcoscenico. Ma sono io qui, non Amanda la dura, sai.» Respingo il mio piatto e metto le schede sul tavolo, fissandole. Ci sono parecchie parole sbarrate e frecce che puntano alle nuove frasi. Avrei dovuto preparare una nuova serie di schede per non fare confusione.

Chi sto prendendo in giro? Potrei avere il discorso più perfetto al mondo e nessuno lo sentirebbe in mezzo ai miei colpi di tosse, tutte le volte in cui mi fermerò e poi riprenderò, la voce che improvvisamente diventa uno squittio. Perché è così difficile? Mi guadagno da vivere parlando davanti a una telecamera. Ma quella è tutta una finzione. Questa sono la vera io... un impacciato fascio di nervi.

«Devo prenderti un po' di vino?» mi chiede.

Scuoto la testa. «Sarei sbronza da far morire dal ridere se ne bevessi anche un solo bicchiere. Sto veramente molto attenta a mangiare in modo sano e bevo solo un bicchiere di vino rosso una volta la settimana, con la bistecca. Sai. Per ragioni di salute.»

«C'è qualcosa che ti aiuterebbe?»

«Che lo facesse qualcun altro?»

Garrett mi prende la mano tra le sue e la stringe dolcemente. «Tesoro, questa è una causa in cui credi. Tutto ciò che ti serve è dire loro perché. Poi ognuno dei potenziali donatori che sono qui seduti stasera aprirà il suo cuore e il portafogli.»

Guardo il mare di facce che aspettano il mio discorso. L'élite ricca e sofisticata nei suoi migliori abiti formali. E io dovrei motivarli per questa causa. *Dovrebbe essere Carol a fare il discorso!* È lei che ha fatto tutto il duro lavoro dietro le scene. Cerco di respirare, ma il fiato resta corto.

Dietro di noi scende uno schermo gigante. Proietteranno la mia immagine in modo che tutti possano vedermi da vicino, una foglia che trema al vento.

Afferro le mie schede e mi sforzo di leggere abbastanza lentamente da capire qualcosa.

«Quel grande schermo è per far sì che ti vedano oppure c'è un film, o roba simile?» chiede Garrett.

Non alzo gli occhi dalle schede. «Solo me.»

«Torno subito.»

Spalanco gli occhi. Mi lascia qui da sola? Non si è reso conto di quanto la sua silenziosa presenza stesse tenendo a bada il panico? Comincio a sudare freddo. «Dove stai andando?»

«Vado solo a fare una domanda a Carol. Torno subito, te le prometto.»

Muovo la testa su e giù come una di quelle bamboline da cruscotto. *Tornerà subito. Tornerà subito.* «Okay.»

Torno alle mie schede. Mi scende una goccia di sudore sulla fronte e la tampono prima che possa cadere sulle schede e faccia sbiadire l'inchiostro.

Sento che sistemano il microfono sul podio. C'è Carol. Cerco di deglutire il groppo che ho in gola. *È ora.*

Oh, Garrett è tornato ed è seduto accanto a me. Sembra così calmo. Lo fisso, cercando di assorbire la sua calma. Sorride ma non riesco a sorridergli anch'io. Ho le labbra insensibili.

Carol parla con una grande sicurezza ed entusiasmo. «Harper Ellis è la nostra ambasciatrice, una celebrità e molto di più. È con noi fin da quando c'era un solo ufficio a Los Angeles, quando era un'adolescente. Ha donato generosamente fin dall'inizio. La sua generosità è cresciuta insieme alla sua carriera. Questa sera la onoreremo con il premio come sostenitrice a vita per ciò che ha fatto per aiutare la nostra organizzazione a crescere. Adesso siamo presenti in tutto il mondo e raggiungiamo tanta gente che ha bisogno di compagni amorevoli e abilità speciali per assisterli.»

Mi fa segno di salire sul podio. Applausi educati. Mi alzo di colpo e vado da lei con le gambe legnose.

Carol punta un telecomando al suo laptop, guarda oltre la mia spalla e poi torna a sedersi. Il pubblico esclama *aww*, all'unisono, fissando il grande schermo dietro di me.

Do un'occhiata e resto a bocca aperta per la sorpresa. C'è la fotografia di una cucciolata di golden retriever. Il mio battito cardiaco rallenta vedendo quegli adorabili cagnolini.

Ecco qual è la cosa fondamentale di questa importante causa. Cuccioli come quelli che saranno amati nelle loro case affidatarie, addestrati per un lavoro importante e che forniranno anni di amore incondizionato alla gente che ha bisogno di loro. Un giorno spero di averne uno anch'io.

Mi porto le mani al cuore, finalmente capendo. Sorrido a Garrett. È stato lui! Gli avevo detto che avrei voluto un golden retriever. Ecco perché è andato a parlare con Carol. Le ha chiesto di mettere la fotografia, sapendo che mi avrebbe messo a mio agio e che avrebbe attirato l'attenzione del pubblico sui cuccioli invece che su di me.

Lui mi sorride ed è come ricevere un caldo abbraccio.

Grazie. Mimo con le labbra.

Lui annuisce e mi fa segno di continuare. Faccio un respiro profondo prima di tornare a voltarmi verso il pubblico. Alzo le mie schede. «Non ne ho bisogno. Dirò semplicemente ciò che ho nel cuore e vi dirò che amo l'organizzazione Best Friends Care e spero che capirete perché dovreste amarla anche voi.»

E lo faccio. Ho il cuore in gola quando parlo di mio zio e poi torno a guardare i cuccioli per calmarmi un momento prima di descrivere l'ammirazione che provo per ciò che l'organizzazione ha fatto nei dodici anni in cui ne faccio parte. La mia voce si strozza e si rompe ogni tanto, ma non importa. Ho detto tutto ciò che volevo dire, concludendo con: «Per favore, donate con il cuore per questa causa importante che può cambiare per sempre la vita di una persona e di un cane preso in rifugio».

La folla applaude entusiasta. Non è per me, è per Carol e tutto il suo duro lavoro e la sua dedizione. Sorrido e la indico mentre si avvicina al podio. «Il merito di questa grande organizzazione va a Carol Lemke.»

Lei mi raggiunge, dicendo al microfono: «Grazie, Harper. Come avete appena sentito, Best Friend Care sta facendo del bene nel mondo e speriamo che ci sosterrete. C'è un apparecchio sul vostro tavolo che serve per fare le donazioni e vedremo il totale quassù».

Indica uno schermo che ora dice zero e che poi passa di

colpo a diecimila dollari. «Oh, grazie!» guarda la folla. «Grazie per aver dato il via.»

Favoloso! Indico a tutti di continuare. A ogni tavolo, la gente comincia a estrarre le carte di credito. Controllo lo schermo mentre si leva un *urrah*. Wow. È già a un quarto di milione di dollari.

Ce l'ho fatta!

Con un po' di aiuto da parte dei cuccioli e di un uomo con un grande intuito.

Garrett

Harper si lascia cadere sulla sedia accanto a me, arrossata, con gli occhi luminosi. Lavora a questa causa da quando aveva sedici anni. È un impegno impressionante. Lei è impressionante, il tipo di donna che cercavo: dolce, generosa, lavoratrice. Sono così maledettamente fiero di lei.

Harper afferra il bicchiere d'acqua e lo finisce in un lungo sorso.

Mi chino verso di lei. «Sei stata grande.»

Lei sorride e mi sorprende con un veloce abbraccio. «Non è stato proprio il TED talk che speravo di fare, ma la foto dei cuccioli mi ha veramente aiutato a rilassarmi. Grazie per averci pensato.»

«Sono felice di aiutare la causa.»

Ci sorridiamo per un momento da capogiro prima che si alzi un altro *urrah*. Guardo verso lo schermo, dove le donazioni si stanno accumulando. Questa gente è piena di soldi.

Quando finisce la parte della serata dedicata alla raccolta fondi, che ha raggiunto la cifra mozzafiato di due milioni, una band comincia a suonare e tutti vanno sulla pista per un ballo lento.

«Vieni» dico, prendendole la mano e facendola alzare.

Lei mi guarda negli occhi per un lungo momento pieno di tensione. «Mi stai chiedendo di ballare, agnellino?»

Sorrido. «Esatto, dolcezza.»

La guido al centro della pista, mettendole la mano sulla schiena e apprezzando la sensazione della sua pelle nuda che si scalda sotto il palmo. Una volta lì, le prendo la mano e la guido in un valzer.

«Insegnano a ballare così al palazzo reale?» mi chiede.

«Una ex. Tutti quei festival musicali sono pieni di donne che adorano ballare. Una di loro mi ha chiesto di prendere lezioni di balli da sala con lei.»

«Per quanto tempo lo hai fatto?»

«Otto settimane. L'istruttore diceva che avevo un talento naturale.» Le faccio fare un casquè e poi la sollevo lentamente. «Ho il ritmo nel sangue.»

Harper ha gli occhi enormi, la bocca aperta. «Mi sembra di essere in un musical.»

Rido. «Bene. Di solito sono show allegri, giusto? Tutto quel cantare e ballare...»

«Di solito sì. Hai visto molti show a Broadway?» mi chiede.

«No, sono uno. I genitori di un mio amico mi avevano portato con loro a vedere *Il re leone* quando ero un bambino. È stato stupefacente.»

Lei sorride. «È piaciuto anche a me quello show. L'ho visto da adulta.»

«Scusatemi» dice un tizio. «Posso fare una fotografia per le cronache mondane?» ha in mano una macchina fotografica.

Controllo con Harper. Sembra sorpresa anche lei.

«Pensavo che ci fosse solo la stampa per coprire l'evento nei notiziari, non le cronache mondane» dice Harper.

«Sì, ma ho detto al mio editore che abbiamo un membro di una famiglia reale e vuole una sua fotografia per le cronache mondane. Sono del *New York Times*.» Si rivolge a me: «Le dispiace?».

Il New York Times! *Io? Non sono così importante.*

«Lei sa che non corro il pericolo di ricevere il trono, giusto?» chiedo al tizio. «Sono veramente in fondo alla lista.»

Lui mi liscia il risvolto della giacca. «Ha un aspetto principesco con questo smoking ed è la prima volta che qualcuno la vede a un evento importante. Il principe scapolo e la bella attrice. I nostri lettori ne andranno pazzi.»

Do ancora un'occhiata ad Harper. Lei ci pensa per un momento e finalmente accetta.

Il fotografo ci fa segno di tornare a ballare. «Ricominciate a ballare come prima, sorridendovi, flirtando. È perfetto.»

Riprendiamo a ballare. Harper ha sul viso il sorriso più finto che abbia mai visto.

Mi chino per parlarle all'orecchio. «Harp, posso chiamarti Harp? Sembra che tu abbia appena visto qualcun altro vincere un Oscar.»

«Non è vero» dice con un accento feroce. «Inoltre non mi hanno mai nominata.»

Mi raddrizzo. «Ti assegno il premio per la persona più costipata.»

Lei ridacchia. «Non sei granché a flirtare.»

«Dolcezza, non ci sto nemmeno provando.»

Lei si ammorbidisce al *dolcezza* e mi fissa con i grandi occhi nocciola. L'elettricità si scatena tra di noi, l'attrazione è fortissima. Mi sento invadere da desiderio puro.

«Perfetto!» dice il fotografo, scattando una foto dopo l'altra. Quando è soddisfatto dal risultato, ci ringrazia e si allontana.

Comincia un altro ballo lento, quindi la stringo e continuo a ballare.

Lei sospira e poi sembra ricordarsi dov'è e mette un po' di spazio tra noi due. «Sei un ballerino talmente bravo che temo di essermi avvicinata troppo.»

«Non si è mai troppo vicini.»

«Garrett,» dice lei dolcemente, «sei una brava persona, ma questo è un appuntamento tra amici.»

Brava persona. Codice femminile per dire *non sono attratta da te.* Ed è una bugia. L'attrazione chimica tra di noi è talmente ovvia che abbiamo attirato un fotografo. Non credo proprio che la faccenda del trono sia così interessante per l'élite di New York. Siamo i parenti poveri della ricca famiglia reale. La nostra impresa sta andando bene, ma la maggior parte dei nostri profitti è reinvestita nell'acquisto della prossima proprietà. Siamo ancora nella fase di sviluppo dell'impresa. Quel tizio voleva la nostra fotografia perché Harper e io abbiamo un legame palpabile. Perché lei lo sta negando?

«È perché siamo a un appuntamento da amici invece che a un vero appuntamento?» le chiedo.

Lei sbatte un paio di volte le palpebre. «Perché?»

«Sì, perché?»

Lei fissa la mia spalla. «Perché quel fotografo mi ha ricordato il motivo per cui devo stare attenta. Ho appena rotto con l'ultimo di una lunga serie di scelte terribili in fatto di uomini e so che tu non hai niente a che fare con questo, ma ho un bagaglio emotivo, okay? In questo momento non sono pronta a lasciarmi coinvolgere da nessun altro.»

È sincera e l'apprezzo. Cosa ancora più importante, non ha niente di personale contro di me.

«Giusto» dico.

Lei resta a bocca aperta per la sorpresa. «Davvero?»

Le sussurro all'orecchio: «Ti aspettavi che me ne andassi perché il sesso è fuori discussione? Posso andarci piano. Penso che per te ne valga la pena». Tiro indietro la testa per leggere la sua espressione.

Ha gli occhi lucidi di lacrime. «Non sei come gli uomini che incontro normalmente.»

Sorrido. «È la cosa migliore che sento in tutta la sera. Oltre al tuo discorso incredibilmente stimolante. È per merito tuo che hanno raccolto due milioni.»

«No» dice sorridendo.

«Sì. Carol ha perfino saltato il suo vecchio e noioso discorso sapendo che doveva far tesoro del momento "Harper Ellis".»

«Smettila» dice lei abbassando la testa.

Le alzo il mento. «Non sai veramente accettare un complimento.»

«Non ci sono abituata.»

«Allora continuerò a farteli finché la tua tolleranza aumenterà.»

«Una specie di programma di desensibilizzazione?»

«Esattamente, dolcezza.»

Lei mi sorride, avvicinandosi un po' di più mentre ci dondoliamo nel nostro ballo lento. «Sei veramente una bestia d'uomo.»

Lampi di flash. Mi volto, sorpreso di vedere parecchi fotografi che ci scattano foto. Harper mi tira fuori dalla pista, fermandosi in un angolo tranquillo, lontano dai fotografi.

«Che cosa diavolo hanno con le foto?» le chiedo. È un po' strano che i reporter che ci sono qui, che dovrebbero occuparsi meno di pettegolezzi e più di roba di sostanza, stiano scattandoci fotografie in continuazione. Quante pagine di cronaca mondana ci possono essere?

«Non lo so. La mia addetta stampa aveva detto di aver fatto in modo che ci fossero molti reporter, per sostenere la causa. Comincia a sembrare più personale. Probabilmente per la faccenda di Colton. Siamo una storia. Di solito però tiene fuori i giornali di pettegolezzi. Comincio a spaventarmi.»

«Vuoi che ce ne andiamo?»

«No. Daremmo spettacolo. Dobbiamo solo fare attenzione a non far niente che attiri l'attenzione.»

«Come ballare?»

Lei ride. «Sì.»

Le sorrido. «Allora dici che non posso guardarti adorante negli occhi?»

Lei mi dà un buffetto sulla spalla. «Sei ridicolo.»

Agito le sopracciglia guardandola. «È veramente così o sei talmente eccitata in questo momento che sei pronta a placcarmi e strapparmi i vestiti di dosso?»

Lei ride e poi non riesce a smettere, con le lacrime che scendono dagli occhi. Joe mi dà un'occhiata incuriosita, vicino a noi come al solito. Io faccio spallucce. Non avevo idea di essere così divertente. La gente sta cominciando a fissarci.

Li fisso anch'io, un po' offeso. «Hai finito di morire dal ridere all'idea di vedermi nudo?»

Harper torna seria. «Mi dispiace. Il fatto è che ho un'immaginazione molto vivida e ho visto tutto come fosse un cartone animato. Io, con grandi cuori negli occhi che balzo in aria e ti placco. Ma tu sei così grosso che è ridicolo.» Riprende a ridere. «Scusa, è stato troppo.»

Fingo di essere irritato, sbuffando e fissando il soffitto. Poi le faccio il solletico e lei strilla sorpresa. Le avvolgo intorno le braccia, stringendola e al contempo nascondendola dagli occhi curiosi e dai fotografi.

«Stiamo dando spettacolo?» chiede con la faccia nascosta contro il mio petto.

«È la mia cattiva influenza. Non puoi proprio portarmi da nessuna parte.»

Lei mi sorride e il mio cuore si mette a battere più forte. Vorrei tanto baciarla, ma ho detto che le avrei dato tempo, che avremmo imparato a conoscerci come amici, in modo che possa capire che può fidarsi di me. E funzionerà se voglio costruire qualcosa di più profondo. Poi sarò sicuro di non essere semplicemente un ripiego.

«Torniamo ai nostri posti» dico, mettendole un braccio sulle spalle. «Siamo meno interessanti seduti lì che non sulla pista da ballo o ridacchiando in un angolo e avremo la possibilità di parlare.»

«Io non ridacchio» protesta Harper. «Io sono molto seria.»

«Uh-uh.»

«Mi hai fatto il sollecito. Non sono abituata.»

«Non dimenticare le tue buffe risatine all'idea di me nudo.»

Le sfugge un'altra risatina. «Solo la versione cartone animato nella mia testa.»

«Smettila di visualizzarla» le ordino.

Lei cerca di non ridere, con gli occhi nocciola che scintillano divertiti. *Dolce.* Dio, quanto la desidero.

Veniamo intercettati parecchie volte dagli ospiti mentre torniamo al tavolo. La maggior parte di loro vuole solo una chance per conoscerla. Harper è animata ed entusiastica e li incoraggia a farsi coinvolgere dall'organizzazione in qualunque modo possano. Svia ogni complimento che riceve, attirando l'attenzione sulla causa, anche mentre firma i programmi e fa i selfie. Dà loro ciò che vogliono, ma non riguarda mai lei. Niente ego ipertrofico e potrebbe tranquillamente averlo, con il modo in cui la gente la adula. Mi piace. Non è tutta presa dalla propria fama, e questo significa che potrebbe stare con un tipo normale come me. Ha funzionato per Sean e Josie. Ovviamente loro si sono incontrati quando Josie era solo un'attrice disoccupata che cercava di farsi strada. Comunque, la speranza resta.

Per la fine della serata, lo so senza ombra di dubbio. Harper è stata messa sulla mia strada per un motivo. C'è il fato in azione.

Harper

La mattina dopo mi sveglio, mi stiracchio e la mia mente torna immediatamente alla sera prima: Garrett. Mi ha chiamato dolcezza. Ha detto che per me vale la pena di andare adagio. Che rivelazione è quell'uomo!

Afferro il telefono dal comodino e mi metto seduta, appoggiandomi ai cuscini, e lo accendo. Un attimo dopo appare una serie di messaggi dalla mia addetta stampa.

Dana: *Oh, mio Dio, ce l'hai fatta. Sei arrivata alla pagina delle cronache mondane del* New York Times! *Voi due assieme siete incredibili. A tutti piace la faccenda della famiglia reale. Devi portarlo ad altri eventi. Stanno già supponendo che sarai la prossima principessa americana!!!*

C'è una serie di link. Fotografie e storie dalla raccolta fondi e dal red carpet. Quasi tutti si concentrano su Garrett e ogni tanto qualcuno ricorda me e Colton. Tutti vogliono sapere del "principe di Brooklyn". Alcuni chiedono in che film ha recitato; altri suppongono che sia un modello.

Stringo le labbra, lo stomaco sottosopra. Dove sono gli articoli sull'organizzazione Best Friends Care? Era quello lo scopo del galà. Faccio una ricerca, sperando di trovare qualcosa. Ci sono solo alcuni brevi articoli, mosci come un comunicato stampa, su quanti soldi ha raccolto la serata. Almeno è qualcosa, ma speravo che ci sarebbe stato qualcosa di più. Per coinvolgere il grosso pubblico. Non avrei dovuto portarlo. Volevo andare da sola. Ovviamente allora si sarebbero concentrati su Colton e che cosa era successo tra di noi.

Perché la gente non può concentrarsi su ciò che è veramente importante? La mia vita amorosa dovrebbe interessare solo a me. So che fa parte dell'essere un personaggio pubblico, ma, dai, gente!

Devo sapere che cosa ne pensa Garrett, quindi gli mando un messaggio. *Sei famoso.*

Nessuna risposta.

Sbatto gli occhi per scacciare le lacrime, irritata anche da quelle. È solo colpa del mio passato. Ieri sera Garrett è stato meraviglioso.

Dopo una doccia, mi rannicchio sul divano e guardo un vecchio film, indossando la mia t-shirt preferita e i pantaloni di flanella di un pigiama. Ho sempre bisogno di ricaricarmi dopo un grande evento come il galà. Il telefono segnala che ho ricevuto un messaggio e lo prendo dal tavolino.

Garrett: *Sei tu quella famosa, dolcezza. Io stavo solo nella tua ombra.*

Riesco quasi a sentire la voce pastosa e profonda leggendo le parole e mi ritrovo a sorridere.

Garrett: *C'è un gruppo di persone con le macchine fotografiche che mi aspettano davanti all'ingresso del palazzo. Sono qui per me? Se è così, che cosa dovrei fare? Devo uscire oggi.*

Sinceramente non sa perché i paparazzi gli stanno facendo la posta?

Ovvio. Non ha un addetto stampa che gli invii i link agli articoli. E dubito che abbia una Google Alert sul proprio nome. Perché dovrebbe? Nessuno parla mai di un uomo che lavora in un cantiere edile.

Io: *Quei tizi sono paparazzi. Sei su tutto Internet in questo momento. Tutti vogliono sapere di più sul principe segreto di Brooklyn.*

Garrett: *Seriamente?*

Io: *Sì!*

Gli mando alcuni dei link che mi ha mandato Dana. Qualche minuto dopo mi manda un altro messaggio.

Garrett: *Dicono che sono un modello.*

È fiero della sua parte nell'impresa di famiglia, fanno un lavoro importante, quindi immagino che non sia contento che la gente lo ritenga un modello. Lo rassicuro.

Io: *Si inventano stronzate in continuazione. Non prendertela. Non vuol dire niente.*

Il mio telefono suona, sorprendendomi. È lui. Il cuore accelera per l'eccitazione.

«Sei arrabbiata con me?» mi chiede appena rispondo.

Resto zitta per un attimo, sorpresa. «Perché dovrei essere arrabbiata con te?»

«Perché hanno scritto un ridicolo mucchio di roba su di me e quasi non ti hanno menzionato.» Sembra irritato.

Mi inalbero al suo tono. «Parlano anche di me. Non credo... va tutto bene.»

«*Sei* arrabbiata con me. Conosco benissimo il linguaggio delle donne. "Bene" non vuol mai dire "bene".»

Sento che mi sto richiudendo in me stessa, sulla difensiva. Conosce il linguaggio delle donne per via delle sue *molte* ragazze, ovviamente. «Buon per te, aver imparato così bene il linguaggio femminile.»

«Uh-uh. Ehi, mi hai chiesto tu di partecipare a questa cosa quando quello stronzo del tuo ex ti ha piantato in asso. Non so perché dovrebbe essere colpa mia. Il pubblico si interessa a me solo a causa tua.»

«Fai parte di una famiglia reale. È questo che ti rende automaticamente interessante.»

«Ne fanno parte anche i miei cinque fratelli maggiori. E i miei sette cugini. E ogni altro parente Rourke che ho.»

«Sì, ma non erano con me ieri sera. Tu sì.» Gli dispiace essere finito sotto i riflettori con me perché adesso tutti immaginano chissà cosa di lui? Il problema sono i paparazzi appostati?

O forse è solo un altro sfruttatore e si è arrabbiato pensando che in qualche modo lo stia accusando. Classico comportamento da sfruttatore, rigirare l'intera faccenda sull'altra persona. Dio, quanto volevo che fosse diverso.

Sono confusa.

«Garrett...»

Lui fa un fischio. «Certo che mi sono sbagliato su di te. E io che pensavo che non ti interessasse solo la fama, che il tuo ego non fosse sproporzionato. Signora mia, non c'è abbastanza spazio in questa città per il tuo ego.»

Resto di sasso. «Scusami?»

«*Detesti* che si siano concentrati su di me. E sei arrabbiata perché pensi che fosse quello che volevo. Tutto ciò che volevo era un appuntamento con una persona che ritenevo gentile, compassionevole e generosa. Adesso capisco che cos'era veramente per te la serata: solo una grande campagna di pubbliche relazioni per farti fare bella figura.»

«Non è vero!»

«Mi hai veramente deluso.»

Mi sento torcere lo stomaco. «Quella causa mi interessa molto. Moltissimo. Ti ho detto il perché.»

Lui fa un respiro profondo. «Adesso ho quei tipi strani dabbasso. Devo parlare con loro? Ignorarli?»

«Puoi ignorarli, ma ti seguiranno.»

«Bene, sarà meglio che non mi seguano a casa dei miei genitori per la cena stasera. Sarebbe andare un po' troppo oltre.»

«Allora devi rilasciare una dichiarazione e dire loro che è tutto ciò che dirai.»

«Che tipo di dichiarazione?»

«Qualunque cosa tu voglia dire loro. Sta a te. Solo, non menzionare me.»

«Ridicolo» borbotta. «E tutto perché sono venuto a quel galà.»

Mi sento in colpa. Lo rimpiange ed è colpa mia se i paparazzi gli stanno dando la caccia. Il minimo che posso fare è risparmiargli quello che devo affrontare io. «Non c'è bisogno che tu venga con me alla raccolta fondi dei Rourke sabato prossimo.»

«Wow. Grazie per aver ritirato l'invito alla raccolta fondi

della mia famiglia. Sempre meglio. Sono così contento di aver accettato questa stronzata dell'*appuntamento tra amici*. Addio, Harper.»

Sobbalzo a quell'addio così brusco. Mi ha riappeso in faccia.

Lascio andare il fiato, sto tremando. In qualche modo, la conversazione mi è sfuggita di mano.

È esattamente questo il motivo per cui non volevo essere coinvolta con nessuno così presto. Mi sento ancora ferita e questo mi fa mettere ancora più sulla difensiva e mi rende vulnerabile. Mi strofino la tempia, sento che sta arrivando un mal di testa. Era sulla difensiva e brusco anche lui.

Sapete una cosa? Non ho bisogno del senso di colpa, del *mi hai veramente delusa*. È una stronzata.

Garrett Rourke può andare al diavolo.

~

Garrett

Harper Ellis può andare al diavolo.

Che cosa diavolo vuole? Le ho fatto un *favore*, ed era stata lei a trascinare il mio nome in questa faccenda, fingendo che fossimo una coppia. È questo il ringraziamento? Scendo per andare a fare la mia corsa mattutina. È incavolata perché pensa che le abbia rubato la scena. Ero stupito che la stampa mi ritenesse un modello, dato che non è una cosa che ho mai nemmeno preso in considerazione. E poi mi insulta dicendo che sono stronzate e non significano niente. Scommetto che sta pensando che la stia sfruttando per far carriera nel mondo dello spettacolo mentre sono *io* quello che è stato sfruttato. Mi sta paragonando al suo ex. E l'ho anche trattata bene. Pensare che speravo veramente potesse trattarsi dell'inizio di qualcosa di bello tra di noi.

Ora che ci penso, fare il modello è una cosa che potrei prendere in considerazione. Mia madre aveva fatto la modella quando era più giovane. Aveva guadagnato abbastanza da pagarsi il college. Potrebbe essere un lavoretto extra redditizio. Non lascerei mai l'impresa di famiglia. Ho seguito con entusiasmo le orme dei miei fratelli con un attrezzo in mano – ovviamente la versione giocattolo – da quando ho cominciato a camminare. È ciò che facciamo come famiglia. Ma non sarebbe bello avere i soldi per comprarmi la casa che ho sempre voluto, invece di restare in affitto? Harper è troppo presa da se stessa per vedere com'è per gli altri.

Apro la porta d'ingresso del palazzo, esco e i flash mi lampeggiano negli occhi mentre i reporter urlano domande.

«Che cosa ne pensa Colton di voi due?»

«Harper Ellis sarà la nuova principessa americana?»

«C'è qualche progetto in ballo con voi due come protagonisti?»

Incrocio le braccia sul petto. «Ho una sola cosa da dire, quindi ascoltate bene. È tutto ciò che otterrete da me oggi. Harper e io ci siamo lasciati da amici. Fine della storia.»

Corro piano sul marciapiede, diretto al parco. Gli stronzi mi seguono, continuando a urlare domande.

Accelero e, dopo un po', loro si fermano. Vale la pena essere in forma. *Voilà, Harper. Ora ti sei liberata del tizio che pensavi volesse sfruttarti.* Da ora in poi, saranno i miei sforzi che decideranno del mio futuro. Parlerò con mia madre stasera della faccenda di fare il modello.

Stringo i denti, di nuovo incavolato perché Harper mi ha messo nella stessa categoria di quel coglione del suo ex. Avrei dovuto sapere che una celebrità ha un ego enorme, che pensi che tutto giri intorno a lei, che avrebbe detestato dividere la luce dei riflettori. Non ho tempo per queste stupidaggini.

Torno con la mente alle sue mani tremanti prima del discorso.

Al modo in cui mi aveva offerto uno dei suoi ultimi quadrotti di cioccolato.

Okay, allora lei non è tutta ego. È una persona vera, con delle insicurezze proprio come chiunque altro. Comunque, niente da fare. Sono stato insultato e mi merito di meglio dopo averla trattata con i guanti.

Resto fedele alla mia giusta indignazione per tutto il giorno, finché arrivo a casa dei miei genitori per la cena. Mio padre mi dà un'occhiata e dice, con la sua voce carica di naturale autorità: «Dobbiamo parlare della stampa, figliolo».

E so immediatamente che non mi sentirò più così nel giusto.

Mi indica di sedermi sul divano blu scuro del soggiorno. Mia madre mi saluta dalla cucina dove sta preparando l'arrosto con le patate per cui è famosa. La casa ha una planimetria aperta: soggiorno, cucina e sala da pranzo tutti in fila, come nelle tipiche case a schiera di Brooklyn. Tengono aperte le porte a scomparsa che separano gli ambienti.

Le sorrido e mi siedo. «Verrò ad aiutarti tra un momento.» Sono ansioso di parlare con lei della faccenda di cominciare a fare il modello. Devo battere il ferro finché è caldo. Con la mia paga attuale, ci vorranno anni prima che possa permettermi una casa.

«Va bene» mi dice sorridendomi.

Mi volto a guardare mio padre che è seduto davanti a me sulla poltrona, schiena diritta, spalle indietro. Giuro che potrebbe sedersi dovunque, dallo sgabello di un bar a una vecchia e logora poltrona reclinabile, e sembrerebbe comunque che sia seduto su un trono. Potete togliergli la corona, ma lui sarà *sempre* un re.

«Sembra che tu sia diventato una celebrità locale» dice.

«Come hai fatto a saperlo?» Non pensavo che i miei genitori leggessero le cronache mondane o le riviste di pettegolezzi.

«Ce l'ha detto la signora Bianchi» mi risponde. «A quanto pare ha la notifica di Google impostata su tutti noi Rourke.» Si trattiene a malapena dallo sbuffare – non sarebbe dignitoso – e scambia un'occhiata con mia madre. La signora Bianchi è la nostra vicina di casa.

«Si prende cura di noi» dice diplomaticamente mia madre.

«Giusto» risponde mio padre.

C'era una faida che durava da sempre, per quanto ricordi. La mamma e la signora Bianchi erano furiose, non si potevano vedere. La leggenda di famiglia dice che era cominciato tutto per via di un cucchiaio da portata che era mancato a una cena di vicinato dai Bianchi. Era successo prima che nascessi, ma ne ho sentito parlare. La mamma era tornata a casa, si era resa conto di non avere il suo cucchiaio ed era andata alla porta accanto a riprenderlo. La signora Bianchi aveva dichiarato di non averlo mai visto. Mia madre giurava che la signora Bianchi l'aveva visto perché le aveva fatto i complimenti per la decorazione. Comunque, la mamma era tornata a casa infuriata, dicendo che la signora Bianchi era una ladra. Le cose erano precipitate in fretta quando i Bianchi avevano preso un cane, che scappava regolarmente dalla loro recinzione rotta per fare i suoi bisogno nel nostro piccolo prato. Da lì in poi, era stata guerra dichiarata tra la mamma e la signora Bianchi, con i due mariti che cercavano di intervenire per appianare le cose. Ma ora è tutto finito, dato che la figlia della signora Bianchi, Ariana, ha sposato il maggiore dei miei fratelli, Dylan. Adesso sono tutti di nuovo amici. *Cordiali, almeno.*

Mio padre comincia a parlare. «È una cosa strana essere un personaggio pubblico. La tua vita privata non è tua. Devi sempre mantenere le apparenze e non dire mai una cattiva parola su nessuno, perché ti resterà appiccicata.»

«Non ho detto niente di brutto.»

Lui inclina la testa. «Sto solo condividendo con te quello che so dopo essere cresciuto sotto i riflettori. Mai prendere la pretesa cordialità di un reporter per amicizia vera. Devi tenere per te i tuoi pensieri e i tuoi sentimenti. Non sono per uso pubblico. Ciò che un reporter vuole è coglierti in un momento vulnerabile, sentire un'ammissione qualunque sulla quale possono costruire una storia.»

Annuisco.

Lui aggrotta le sopracciglia, sembra pensieroso. «È difficile sapere di chi fidarsi per un personaggio pubblico. Troppa gente spera di trarre un vantaggio da quel legame. Tutti vogliono un pezzo di te per quello che puoi fare per loro.»

E addio alla mia giusta indignazione. Sta parlando di se stesso, ma vedo immediatamente che è la verità anche per Harper. È sulla difensiva perché deve esserlo, specialmente con un uomo. Gli uomini per lei sono un problema: stalker, traditori, approfittatori. Mi meraviglia che voglia ancora frequentare qualcuno. Ovviamente c'è il fatto che è giovane e bella e sarebbe un peccato che andasse sprecato. Peccato che non possa goderne come qualunque persona non famosa.

Mio padre continua. «Finché vorrai passare del tempo con Harper, dovrai stare attento. Sorridere per i fotografi, quello va bene. Ma non dare loro altro. Non vogliamo pettegolezzi associati al nome dei Rourke.»

Merda. Non ci avevo nemmeno pensato. È solo di recente che la nostra famiglia è stata accettata di nuovo nel regno. Significa molto per mio padre, dopo il suo esilio. Questa faccenda della stampa non riguarda solo me, riguarda tutta la mia famiglia.

«Starò attento.»

Mio padre mi sorride. «Sono sicuro che Harper avrà i suoi addetti alle pubbliche relazioni che faranno in modo che arrivi il messaggio giusto. Lascia che facciano il loro lavoro.»

«Tesoro, non ne avrà più l'occasione» dice mia madre dalla cucina. «C'è una nuova storia con Garrett che dice che si sono separati da amici. Stai bene, orsacchiotto?»

«Sto bene» dico a denti stretti. Non è che fosse una vera relazione. Ero solo una comparsa per farle fare bella figura. Ecco di nuovo la giusta indignazione. È Harper che ha sbagliato, non io.

Mio padre mi punta un dito addosso. «Questo è il tipo di cose di cui non avresti dovuto parlare con la stampa. Adesso hai solo portato acqua al loro mulino.»

Mi innervosisco. «Pensavo che avrebbe posto fine a qualsiasi congettura.»

Mio padre scuote la testa. «Hai solo alimentato il fuoco. Ogni nuova informazione lo tiene vivo. D'ora in poi di' solo "No comment".»

Male. Prima la storia riguardava Harper e il tradimento subìto, poi la nostra nuova relazione e adesso la nostra rottura. S'inventerà un'altra falsa relazione da opporre alla rottura? Sfoggerà qualche nuovo tizio vagliato dalla sua addetta stampa alla raccolta fondi dei Rourke sabato prossimo? Scommetto che ci sono un mucchio di uomini tra cui scegliere nell'élite di Hollywood. Mi sento stringere lo stomaco al pensiero.

«Garrett, mi stai ascoltando?»

Mi concentro su mio padre. «Sì, ho capito. Tenere la bocca chiusa.»

«Puoi dire cose che sottolineano ciò che vuoi veramente che riferiscano. Ad esempio, quanto è importante la causa, che la sostieni, oppure puoi parlare del buon lavoro che tu e i tuoi fratelli state facendo con gli orti comunitari del vostro ultimo progetto. Mai parlare di cose personali.»

Stringo i denti. Queste istruzioni non serviranno a molto, dato che non la vedrò più. «Okay, dubito che avrò molto a che fare con la stampa d'ora in poi.»

Lui si china in avanti. «Come sei finito nell'orbita di Harper?»

Sbuffo. «È una storia lunga. La versione breve è che ero andato a trovare Josie sul set.»

«Ah, bella sitcom.» Si mette comodo. «A tua madre e a me è veramente piaciuto assistere alle registrazioni qualche settimana fa. Verrai al party per la prima visione giovedì, vero?» *Living Gold* andrà in onda per la prima volta giovedì sera e i miei genitori hanno organizzato una festa perché tutta la famiglia lo guardi assieme.

«Certo, voglio esserci per Josie.»

«Josie ha un'altissima opinione di Harper.»

Inarco le sopracciglia, sorpreso. In famiglia i pettegolezzi viaggiano veloci.

Mio padre dà un'occhiata a mia madre prima di chinarsi in avanti e parlare a voce bassa. «Tua madre ha controllato.»

«Daniel!» esclama mia madre. «Non avresti dovuto dirglielo.»

Mio pare cerca di non ridere. «Questa è una conversazione privata tra uomini.»

Lei sbuffa.

«Perché è finita così presto? Di solito con te le donne durano di più.»

«Scontro di ego. Il suo.» Allargo le braccia. «Un ego ipertrofico.»

«Ah, temo di non avere esperienza in quel campo» dice mio padre ammiccando.

«Ah!» dice mia madre dalla cucina. «Il motivo è che sei tu quello con l'ego ipertrofico.»

Lui la raggiunge in cucina, l'abbraccia e le sussurra qualcosa che fa sì che lei gli dia uno spintone, ridendo. Sussurrano tra di loro, sorridendo, e io distolgo gli occhi. A nessuno piace vedere pomiciare i propri genitori.

Quello è il tipo di amore che sto aspettando. Forse dovrei dare un'altra chance ad Harper. Ma, vedete, ha fatto così in fretta a respingermi. Già, ma, ripensandoci, non è che io sia stato molto cordiale durante la nostra ultima telefonata. Mi sono sentito offeso e ferito e ho reagito in malo modo.

Essere di nuovo a casa mi ricorda la filosofia della famiglia Rourke. Mentre crescevamo, mio padre ci diceva di essere audaci, assumerci dei rischi e che si vive una volta sola. Lui ha rischiato tutto per stare con nostra madre, e guardateli adesso.

Faccio un respiro profondo. Sono un Rourke. È ora di essere audace.

8

Garrett

Per la raccolta fondi dei Rourke al Metropolitan Museum of Art indosso un abito grigio scuro fatto su misura, grazie a Josie. Lo smoking non era obbligatorio, quindi ho evitato di noleggiarlo. Mi piace il fatto che la giacca non tiri sulle spalle come di solito capita. Con quest'abito mi sento effettivamente a mio agio. Josie l'ha fatto fare a una stilista sua amica, come ringraziamento per aver curato la loro casa quando lei e Sean erano via l'estate scorsa. Ma conosco il vero motivo. Sta cercando di coinvolgermi negli eventi della fondazione Rourke. Non perché io sia così bravo a socializzare con la ricca élite. È perché, okay, lo dirò, sono il suo preferito nella famiglia Rourke. A parte Sean, ovviamente. Mi invita costantemente a eventi e roba simile. Di solito rifiuto, ma non stasera. Ho una missione da compiere.

Sto cercando di dare un po' di spazio di manovra ad Harper. Dev'essere cauta riguardo alle persone con cui sta e ho visto di prima mano che cosa succede quando non lo è. È lì, evidente e a colori agli occhi di tutti. Non la cercherò immediatamente. Voglio vedere se ha un altro accompagnatore scelto dai PR. Se è così, allora sono fuori, per sempre. Non voglio stare con una donna superficiale, dominata dal suo ego, anche se ha dei momenti in cui è dolce.

Bevo un sorso di champagne, ispezionando la stanza per cercarla. Sono tutti riuniti per un cocktail nella storica Great Hall, l'entrata del museo. È uno spazio impressionante, in pietra calcarea nello stile greco antico, con arcate e colonne lungo tutta la sala. Sopra di noi c'è un balcone circolare, dov'è raccolta altra gente. Ispeziono anche il balcone cercando un volto familiare, guardando tutta la bella gente negli abiti eleganti e poi do un'occhiata alle tre enormi cupole sopra di noi. Come diavolo hanno fatto a installarle nel diciannovesimo secolo? Non dev'essere stato facile. Mi ricordano un po' il palazzo Amalie a Villroy, progettato per impressionare.

Ho pensato parecchio ad Harper questa settimana, ma ho evitato di mandarle messaggi o chiamarla. Ho visto la prima puntata di *Living Gold* a casa dei miei. Era la perfetta donna di mondo sofisticata, ma nei primi piani i suoi occhi mostravano un tale dolore per la perdita del padre. Come riusciva a trasmettere tanto senza dire una parola? Mi è venuto in mente che dev'essere sensibile, come me. Potrebbe essere il motivo per cui avevamo legato immediatamente.

È diverso per la gente sotto ai riflettori. Adesso lo capisco. Chissà, magari lo sarò anch'io, presto. Mia madre mi ha dato il nome di un contatto nella sua vecchia agenzia per modelle e dovrei farmi fare dei primi piani professionali lunedì mattina. L'idea mi entusiasma. Un lavoro tutto mio. Niente di ciò che ho fatto in vita mia riguardava solo me. Era sempre un affare di famiglia.

Mi sono già fatto vivo con Josie e Sean. Immagino che sia ora di avviare qualche conversazione e fare la mia parte per la fondazione Rourke. Vedo un tizio con uno smoking nero che mi sembra relativamente normale. Forse perché mi ricorda mio fratello Brendan. Sembra più o meno della mia età, capelli castano scuro e barba corta e curata. È appoggiato a una colonna e sta osservando la scena con un'espressione stanca sul viso. Scommetto che è stato obbligato a partecipare.

Mi avvicino. «Ehi, ti stai godendo il galà?»

Lui resta appoggiato alla colonna e alza solo il mento a mo' di saluto. «Chi vuole saperlo?»

Gli tendo la mano. «Garrett Rourke. È la fondazione della mia famiglia.»

Lui si raddrizza e mi stringe saldamente la mano. «Wyatt Winters. Allora, sei anche tu un acchiappasoldi come Sean?»

«No, io lavoro in cantiere. È una causa nobile. Tutti i fondi che raccoglieremo stasera saranno usati per gli orti comunitari nel nostro ultimo progetto di sviluppo. La nostra missione è restituire qualcosa ai quartieri. Più che altro quelli di Brooklyn, da dove veniamo.» *Ecco, visto che sto aiutando la causa?*

«Una missione ammirevole, ed è l'unico motivo per cui sono qui. Dimmi esattamente *come* la vostra società ha valorizzato i quartieri in passato.»

Diritto al sodo. Mi piace.

Quindi gli parlo dei progetti già completati della Rourke Management, inclusa la costruzione di un campo giochi accessibile alle sedie a rotelle, spazi a canone ribassato per gli artisti e gli enti no-profit e i parchi. Sono maledettamente fiero di quello che abbiamo fatto finora. La nostra società ha vinto dei premi per bonifica urbana e l'impegno sociale.

«Costruiamo dei quartieri in cui la gente vuole vivere per generazioni» concludo. *Ehi, suona veramente bene. Dovrei dire a Rebecca di inserirlo nel nostro materiale pubblicitario.* Lei è la nostra direttrice della strategia, nonché la moglie di mio fratello Connor.

Lui sorride. «Bello. Forse avrei dovuto buttarmi nelle costruzioni invece che nella tecnologia. Sono stufo di essere incatenato a un computer.»

«Tu che cosa fai?»

Lui fissa il bicchiere intatto di champagne. «Ero uno di quei maghetti della Silicon Valley. Adesso sono in pensione.»

Gli do un'altra occhiata. «Un po' giovane per essere in pensione.»

Lui fa spallucce, indifferente. «Vuoi venire al bar per cercare qualcosa di più forte?»

«Certo.» Non mi ero reso conto che avessero installato un

bar. Pensavo che in un cocktail party ci fosse solo champagne e camerieri che circolavano.

«Lo champagne è una bevanda da femminucce» dice, appoggiando il bicchiere su un tavolo.

Lascio indietro anche il mio bicchiere. «Da femminucce, eh? Non lo sapevo.»

«Oh, sì. Io preferisco il whisky. E tu?»

Ci incamminiamo attraverso la folla nella Great Hall.

«Io la birra.»

«Non credo che servano birra qui» mi dice. «È il tuo primo galà?» Svolta in un'alcova, dove c'è la fila per il bar.

Mi guardo attorno per vedere se trovo Harper, ma non la vedo. «Il secondo in due settimane, in effetti.»

«Noiosi da morire, giusto. Senza offesa per la fondazione della tua famiglia.»

«Come ci sei finito?»

Lui scoppia in una risata. «Ho incontrato Sean e Josie a una raccolta fondi a Los Angeles e una ex mi ha convinto. Questa è la mia ultima raccolta fondi per un po'. Ho in programma di volare basso per un po'.»

«Principe Garrett» dice qualcuno.

Strano. C'è in giro un principe che si chiama come me. Sean deve aver allargato la cerchia delle sue conoscenza tra i reali, probabilmente tramite uno dei nostri cugini.

Mi volto verso Wyatt mentre ci avviciniamo alla cima della coda. «Allora, come mai hai potuto andare in pensione a...?»

«Trent'anni» mi dice Wyatt. «I grandi trenta. Sto avendo una prematura crisi di mezz'età.»

Ridacchio.

Un tizio calvo sui quaranta appare al mio fianco. «Principe Garrett, sono così lieto di averla trovata qui.»

Perché mi sta chiamando principe Garrett? Non ho mai ricevuto un trattamento regale a New York. È una faccenda strettamente riservata a Villroy.

«L'ho conosciuta a Villroy?» gli chiedo. È possibile che l'abbia incontrato in qualche momento. C'è un mucchio di gente che va e viene a palazzo.

Lui mi rivolge un sorriso abbagliante dai denti bianchissimi e mi tende la mano. «Mark Perlman, il suo nuovo agente. E lei è il principe segreto di Brooklyn.»

Gli stringo in fretta la mano, per essere educato. Non so che cosa intenda dire con "il mio nuovo agente". All'agenzia di modelli ho parlato con una donna.

Wyatt ordina un whisky. «Ne vuoi uno?» mi chiede.

«Una tequila per me, grazie.»

Wyatt si volta verso Mark, come per chiedergli che cosa vuole, ma lui rifiuta, aspettando pazientemente al mio fianco.

Quando arrivano i drink, Wyatt alza il suo bicchiere verso di me in una specie di brindisi e poi si allontana, lasciandomi da solo con Mark, che mi mette una mano sul gomito e mi guida verso un angolo tranquillo. «Allora, principe Garrett...»

«Solo Garrett e dammi del tu, per favore.»

«Hai qualcosa di speciale, un look. E non so se te ne sei reso conto, ma c'è un mucchio di euforia intorno al tuo nome.»

Sorseggio la mia tequila, alta qualità, roba da assaporare, e lo fisso. Sono sicuro che arriverà presto al punto. È un tipo che parla in fretta, pieno di entusiasmo.

«Hai mai pensato di recitare?»

«No.»

«Nessun problema. Molti uomini cominciano un po' più tardi, una volta che viso e corpo hanno la definizione giusta.» Mi ispeziona dalla testa ai piedi e mi fa sentire come un cane di razza in uno show. Sono sorpreso che non mi abbassi il labbro per controllare i denti. «Come minimo posso farti fare della pubblicità ma, Garrett, ho una bella sensazione al tuo riguardo. Penso che tu possa sfruttare questa partenza per diventare una stella di primo piano. Non solo un attore qualunque. Intendo dire un nome famoso, il tipo che può essere l'attrazione principale di un film!»

Sento l'adrenalina scorrermi nelle vene. Wow! Immaginatelo. È maledettamente più eccitante della mia vita attuale, che non è brutta, per carità, ma... una stella del cinema? Io? *Okay, torniamo coi piedi per terra.* Non so niente di recitazione.

Questo tipo deve avermi confuso con uno dei veri attori che Josie ha invitato.

«Non so chi pensi che sia.» Indico la gente intorno a me. «Getta un sasso e trovi un attore. Io lavoro in edilizia.»

Lui annuisce vigorosamente. «Sì, sì, so chi sei. Il tizio che era al galà di Best Friend Care con Harper Ellis la settimana scorsa. Ottima mossa mettersi con lei. Oh, mi dispiace, ho sentito che vi siete separati. Posso fare in modo che un'altra attrice in ascesa venga vista con te per mettere in moto le cose. Bisogna continuare ad alimentare la macchina delle pubbliche relazioni.»

La macchina delle pubbliche relazioni. Esattamente perché Harper mi aveva chiesto di accompagnarla e adesso non so più che cos'è reale e cosa non lo è. È tutto incasinato.

Alzo il mio bicchiere verso di lui. «No, grazie. È stato bello conoscerti.»

«Aspetta. Ascolta. È troppo presto per gli appuntamenti, lo capisco. Vedo un gran potenziale, ecco tutto.» Prende un biglietto da visita dalla tasca interna dello smoking e me lo porge. «Prendi in considerazione di firmare con me. C'è la pubblicità di un dopobarba che posso farti fare.» Alza la mano verso la mia faccia. «Questa mandibola è la perfezione assoluta.»

«Uh, grazie?» Non riesco a capire se ci sta provando con me o cercando di farmi diventare suo cliente. Mi guardo di nuovo attorno, cercando Harper. È di media statura e potrebbe essere nascosta dietro a un tizio grosso, magari la sua guardia del corpo.

Mark continua, con il suo tono pressante. «Sai quanto pagano per una pubblicità? Trentamila per una giornata di lavoro, come minimo.»

Questo attira la mia attenzione. «Sul serio?» Potrei fare quel lavoro come extra e riuscire ad avere l'acconto per una nuova casa in men che non si dica. Pagano meglio del lavoro di modello. E non dovrei sentirmi in colpa per aver abbandonato l'impresa di famiglia. Potrei fare entrambe le cose.

Lui sorride. «Sì, sul serio. E, se ci stai, posso procurarti un insegnante privato di recitazione. Vedo grandi cose per te,

Garrett. Con me nella tua squadra, non ci sono limiti. Pensaci.» E si allontana.

Guardo il biglietto da visita. «È una vera agenzia?»

Lui si ferma e si volta, con un sorriso sul volto. «La William Morris Endeavor è in cima alla catena alimentare.»

«Uhm.» Mi metto in tasca il biglietto da visita.

Lui si picchietta la tempia. «Riesco a vedere che ci stai pensando. Non lo rimpiangerai.»

Alzo la mano per salutarlo e vagabondo tra la folla, pensando furiosamente. Una cosa è la stampa che si inventa che sono un modello, tutt'altra cosa che un vero e proprio agente di un'agenzia al top che mi avvicina per farmi firmare per una pubblicità. È una cosa che potrei tentare. Non avevo idea che pagassero tanto. Sembra anche facile. Tre minuti o meno con un dialogo minimo. Diavolo, potrei farlo dormendo. Potrebbe essere un'ottima opportunità.

La faccenda della stella del cinema è un sogno assurdo a cui non ho mai pensato. Solo per un momento provo a immaginarmi in quella vita: fare uno di quei film d'azione, vivere in una bella casa mia, non dovermi mai più preoccupare per i soldi, scavalcare ogni fila. È possibile che mi abbiano scartato per ogni ruolo importante nell'impresa di famiglia perché ero destinato a un altro ruolo nella mia vita? Fino a questo momento non mi ero mai sentito ambizioso.

Dovrei parlarne con Josie, sentire il suo parere su Mark Perlman. Procedo a zig-zag tra la folla per cercarla e mi fermo di colpo.

Harper. Ed è da sola. Sento il polso che accelera. È ora di fare la mia mossa.

9

Garrett

È incredibile in un abito rosa monospalla che aderisce al suo corpo sexy. Un fitta potente di desiderio mi blocca per un momento. Devo riprendere il controllo, procedere lentamente, senza pressioni. Individuo la sua guardia, Joe, un passo dietro a lei. Sarà difficile abituarsi ad avere sempre un testimone, ma farò del mio meglio.

Un tizio alto e biondo in smoking si avvicina ad Harper. Lei sorride e gli parla. Sento immediatamente una strana fitta di gelosia.

Finisco la tequila, appoggio il bicchiere su un vassoio e mi avvicino. «Salve, dolcezza» dico con la mia voce più calda, facendo del mio meglio per non far trasparire la gelosia che sto provando. Il "dolcezza" è per mettere fuori gioco l'altro. Rivendicare la mia preda. Nel profondo, i miei istinti sono da puro cavernicolo.

Harper spalanca gli occhi nocciola. «Garrett.»

«Sorpresa di vedermi?»

Lei sbatte le palpebre. «Io, uhm, semplicemente non pensavo che fosse il tuo ambiente.»

«Beh, lo è.» *Non proprio.* Do un'occhiata al tizio che sta cercando di soffiarmi la mia potenziale accompagnatrice e poi torno a rivolgermi a lei. «È la mia famiglia il motivo di questo evento.» Indico col dito uno striscione sul davanti della Great Hall che dice: Royal Rourke Foundation Gala.

«Ah, sì, certo, scusa.»

In effetti, è la prima volta in cui mi faccio vivo a uno di questi affari, ma sono troppo concentrato nel cercare di liberarmi dall'intruso per spiegarmi. Mi rivolgo al tizio. «Sono Garrett Rourke. Conosci Harper?»

Lui sorride a disagio. *Bene, messaggio aggressivo ricevuto.* «Ci siamo appena incontrati, ma mi sembra di conoscerla grazie alla sua eccezionale performance in *The zone*.» Mi tende la mano. «Sono Jeff Briggs.»

«Lieto di conoscerti, Jeff. Harper e io dobbiamo parlare.» Gli rivolgo un'occhiata significativa.

«Garrett» dice Harper, che sembra sorpresa e inorridita insieme.

«È così» insisto, senza mai distogliere gli occhi da Jeff. Riuscirò a farlo allontanare a furia di occhiate.

Lui rivolge un sorriso ad Harper. «Lieto di averti incontrata. Sono disponibile se cercano attori per *Living Gold*. Jeff Briggs. Sono iscritto al sindacato attori.»

Harper fa un sorriso tirato. «Non ho voce in capitolo sul casting. Dovresti passare tramite il tuo agente per avere notizie di eventuali richieste.»

«Certo, pensavo solo che male non avrebbe fatto...» Smette di parlare alla mia occhiataccia, si volta e se ne va.

«Succede spesso?» le chiedo.

Lei sospira. «Tutte le volte.»

«Hai mai avvicinato degli attori alle feste, sperando in un'entratura?»

Lei sbuffa. «No. Mi sono fatta il mazzo, partecipando a un'audizione dopo l'altra. Non avrei mai...» Si ferma e stringe i denti. «Non ha importanza. La grande notizia è che noi abbiamo rotto.» Abbassa la voce. «Ti avevo detto di non parlare di me ai paparazzi quando avresti fatto la tua dichiarazione.»

Ahi. Dovrei cominciare a seguire questa roba più da vicino. «Pensavo di fare la cosa giusta e che li avrei distolti dalla nostra storia. Comunque, scusami. Adesso capisco che non dovrei mai dire loro niente di personale. Giuro che non succederà di nuovo.»

Lei annuisce. «Grazie.»

«Sei ancora arrabbiata perché mi ero eccitato all'idea di lavorare come modello?» Sono nervoso mentre aspetto la sua risposta perché potrebbe essere veramente un problema. «Non stavo cercando di rubarti la scena» aggiungo.

«Non sono mai stata gelosa o arrabbiata perché parlavano di te. Non è colpa tua. Speravo solo che Best Friends Care ottenesse più copertura nella stampa, perché era quello lo scopo della serata.»

Ha senso. Insisto solo per mettere le cose bene in chiaro. «Quando ti ho detto che la stampa pensava che fossi un modello, hai detto che era una stronzata e che non significava niente. Un bello schiaffone in faccia.»

Lei soffia fuori il fiato. «Stavo cercando di farti sentire meglio. Pensavo che la cosa ti avrebbe sconvolto perché fare il modello non è importante come quello che voi fate con i vostri progetti di sviluppo.» Indica intorno a noi. «Guarda dove siamo stasera proprio per quello. Tutta questa gente che sostiene una buona causa, costruire quartieri invece di demolire tutto per metterci dei grattacieli di proprietà di chissà quale remota società. Me ne hanno parlato Josie e Sean.»

Mi strofino la nuca. «È quello il problema con i messaggi. È troppo facile dare un senso sbagliato alle parole. Allora, sai che non sono un approfittatore come il tuo ex, giusto?»

Lei guarda oltre la mia spalla. «Ammetto di essere stata confusa da tutta la conversazione.»

«Il nostro litigio.»

«Sì, è quello che sembrava.» Mi guarda negli occhi, dolci, vulnerabili. «Speravo che fossi diverso.»

Annuisco, rilassandomi per il sollievo. Non era gelosa che le avessi rubato la scena. Era solo un'incomprensione. «Allora, siete solo tu e Joe, fuori per un appuntamento sexy?» Alzò il mento verso di lui, fermo, di guardia. Lui si gratta la guancia con il dito medio. Riesco a malapena a non ridere. Joe mi piace davvero.

Harper non lo nota. Sta fissando il suo bicchiere di champagne, ancora pieno, con le sopracciglia aggrottate. «Beh, dopo il modo disastroso in cui sono finite le cose dopo il nostro appuntamento di sabato scorso, ho pensato che fosse meglio non trascinare un altro sotto i riflettori.» Mi guarda negli occhi. «Non che quell'appuntamento in sé fosse stato brutto, solo le ricadute.»

Mi chino vicino al suo orecchio. «Non è stato un disastro, dolcezza.»

Lei rabbrividisce e incrocia le braccia. «Adesso puoi smettere di fingere che abbiamo una relazione.»

«Niente più agnellino?»

«Pensavo che fossi arrabbiato con me.» Si china verso di me per sussurrare: «Mi hai riappeso in faccia. E poi i paparazzi si sono appostati davanti al tuo appartamento, ed è stata colpa mia, e poi hai detto loro che era finita tra di noi».

Mi sposto per dirle all'orecchio: «Ci siamo lasciati trasportare un po'. A me piacerebbe ritentare». Mi raddrizzo. «Come stai adesso?» Josie mi aveva detto che Harper era un po' giù al lavoro questa settimana. Una parte di me spera che sia perché le mancavo.

«Non posso lamentarmi.»

«Ma se potessi lamentarti...» Mi metto una mano intorno all'orecchio e mi chino. «Dai, sussurralo.»

Mi tiro indietro quando resta in silenzio. Sta sorridendo.

Sorrido anch'io. «Ti sono mancato, vero?»

Lei scuote la testa. «Mi sono sentita maledettamente in colpa. Non voglio essere un'approfittatrice. Pensavo fosse quello che pensavi di me per averti chiesto all'ultimo minuto di accompagnarmi al galà, dicendoti che cosa dovevi dire per favorire la causa. E poi, beh, conosci il resto.»

«Ehi, che cosa hai veramente ottenuto da me, a parte un accompagnatore sexy?»

«Shh, sembra che ti abbia pagato.» Abbassa la voce. «Come un gigolò.»

«I peggiori cento dollari mai spesi. Non ho ottenuto nemmeno un bacio.»

«Cosa? Tu non mi ha pagato. Inoltre, avrei dovuto pagarti

io, non viceversa.» Smette di parlare e ride. «Oh, scusa. Il mio senso di colpa non mi fa apprezzare i tuoi scherzi.»

«Capisco il bisogno di stare attenti quando sei sotto i riflettori. Mio padre era stato educato per diventare re ed era sempre stato sotto l'occhio del pubblico dal giorno della sua nascita fino a quando ha abdicato al trono ed è stato esiliato. Fortunatamente è successo prima dell'avvento dei social media e di Internet, ma ha comunque fatto scalpore.»

«Sì, ho letto qualcosa. Sembra che sia felice della scelta che ha fatto.»

«È sposato con la donna migliore al mondo. È ciò che dice sempre di mia madre.» Tiro un ricciolo dei suoi capelli scuri. È morbido ed elastico. «Hai cercato notizie su di me?»

«Ho letto gli articoli di stampa la settimana scorsa ed è apparsa un sacco di roba sulla tua famiglia.»

«Quindi la risposta è sì.»

I suoi occhi scintillano mentre cerca di non sorridere. «Solo per vedere quanto fosse grave il danno.»

«Nessun danno. In effetti, guarda.» Prendo il biglietto da visita dalla tasca e glielo mostro. «Questo tizio vuole rappresentarmi e farmi fare una pubblicità. Pensi che dovrei farlo? Sembrerebbe scontato, con quello che pagano per un giorno di lavoro.»

Lei legge il biglietto da visita, stringendo le labbra. «È un'agenzia al top.»

«Pensi che dovrei provarci?»

«Hai mai recitato prima d'ora?»

«No, ma è una pubblicità. Quanto può essere difficile?»

Lei mi guarda stringendo gli occhi. «Recitare non è un gioco. Ci vogliono tempo e molte ore di studio per affinare le capacità.»

«Per dire qualcosa come: "Vi raderete meglio con Sharp Edge"? Ha detto che mi farà avere la pubblicità di un dopobarba.» Mi strofino la guancia ben rasata. «A quanto pare questa mandibola è la perfezione assoluta.»

Lei nasconde un sorriso sorseggiando lo champagne. Il mio fascino sta funzionando. «Davvero?»

«Certo. Toccala.» Chino la guancia verso di lei.

Lei mi sbatte la mano sulla mandibola, quasi uno schiaffo. «Wow.»

«Giusto?»

Lei china di lato la testa. «Sai qual è la probabilità di ottenere una pubblicità la prima volta che tenti? Più dopo la tua centesima audizione, se sei fortunato. Sei sicuro di volerci dedicare tutto quel tempo?»

Faccio spallucce. «Andrò a un'audizione. Se non l'otterrò, pazienza. Non ho intenzione di lasciare il mio lavoro. È solo l'idea di avere un po' di soldi per comprare una casa. Forse con un cortile, in modo da poter finalmente avere un cane.»

Lei si addolcisce. «Sì, è bello, veramente.»

Faccio un inchino formale, come fanno i miei cugini. «Con la tua benedizione.»

Lei esita.

Io aspetto, guardandola negli occhi. Non voglio che pensi che *io* sia un approfittatore. Se avrò successo o fallirò, sarà solo merito o colpa mia.

«Certo, male non ti farà andare a un'audizione» dice finalmente.

«Perfetto. Adesso, come faccio ad avere una parte nella tua sitcom?»

Lei mi guardo storto. «Non è divertente.»

«Harp, non ho bisogno di te per avere un'entratura. Avrei tranquillamente potuto chiedere a Josie di avere una parte nello show.» *Non che mi sia mai venuto in mente di tentare di fare l'attore prima d'ora.*

Lei si irrigidisce. «Ma non l'hai fatto, no? È stato solo quando eri sul red carpet con me che la stampa ti ha notato. E anche un agente dei migliori. Sii sincero, stai seriamente pensando a intraprendere quella carriera?»

«E che cosa ci sarebbe di sbagliato? Sei l'unica che può recitare in una relazione? Non è quello che dice la storia dei tuoi boyfriend. Perché io dovrei essere diverso?»

I suoi occhi lampeggiano. «Prima di tutto, noi non abbiamo una relazione.» Fa un passo indietro. «Scordatelo. Questa volta do retta al mio istinto.»

E poi si volta e se ne va.

Sul serio, se n'è andata.

E io che pensavo che stessimo andando d'accordo. Che problemi ha?

~

Harper

Sto comportandomi da furba, mi dico mentre cammino verso il giardino delle sculture europee per la cena, con Joe che mi segue. Con Garrett, vincono le emozioni e probabilmente sono fin troppo suscettibile e non desidero che faccia parte dell'industria per via di ciò che è successo con Colton e John, ma non potrei sopportare quel tipo di dolore un'altra volta. Mi sono ripromessa di dare retta al mio istinto quando mi invia un segnale d'allarme e in questo momento la sirena sta suonando a tutto spiano. Dio, lui pensa che sia così facile. Non ha idea degli anni estenuanti di audizioni che ho passato. Ero stata fortunata a quindici anni, avevo ottenuto una sitcom per adolescenti e poi un'altra. Poi c'era stato un lungo periodo di stanca prima di entrare a far parte del cast di *Capital Asset*. Avevo quasi rinunciato. Ma non potevo affrontare l'idea di tornare a casa sconfitta, specialmente quando significava dover affrontare mia nonna.

Entro nel cortile, dove sono stati sistemati dei tavoli rotondi con le tovaglie bianche, bicchieri di cristallo, piatti di porcellana e un grande centrotavola floreale. Ai bordi del cortile ci sono le statue di marmo. C'è un piccolo podio in fondo al cortile, probabilmente per un discorso. Grazie a Dio non tocca a me stasera.

Josie si alza e mi fa segno di andare al suo tavolo, dove c'è già Sean. Sono posti assegnati, e sono così felice di avere una faccia amica con me per la cena.

Appena la raggiungo, lei è estroversa e spumeggiante come sempre, mi abbraccia come se non mi vedesse da mesi. È buffo, perché l'ho vista ieri sera alla registrazione.

«Tu sei vicino a me» dice, sedendosi.

Mi siedo accanto a lei e do un'occhiata allarmata al cartellino dall'altra mia parte. Garrett. Sto per spostare più in là il cartellino con fare indifferente, quando si siede proprio lui. Arrossisco. Josie mi ha incastrato.

Josie sorride a Garrett. «Sono così contenta che abbiate fatto pace!»

«Harper non riesce a resistermi» risponde lui.

Come se avessimo una relazione! Penso di essere stata chiara quando me ne sono andata. E adesso come farò a sopportare tutta la cena con lui?

Lo fisso, cercando disperatamente una soluzione che metta un po' di distanza tra di noi. Non voglio lasciare Josie. E questa è la famiglia di Garrett, quindi lui non vorrà andarsene. Riuscirei a farlo sedere dall'altra parte, accanto a Sean?

Garrett mi rivolge un lento sorriso sexy che mi fa battere più forte il cuore. «Dolcezza.»

Sposto di colpo lo sguardo su Josie, ho la testa vuota, non riesco a trovare qualcosa di spiritoso da dire in risposta. È come un caldo abbraccio intorno al mio cuore. Josie aggrotta le sopracciglia, incuriosita. Non posso darle spiegazioni mentre lui è proprio qui. È tutto così imbarazzante.

Sean le dà una gomitata e lei si riprende, sorridendo radiosa. «Bene, bene, bene.»

Garrett appoggia il braccio sullo schienale della mia sedia, quasi toccandomi la spalla nuda. Sono super consapevole della sua presenza, ho i nervi scoperti.

Josie si alza di colpo, facendo segno a qualcuno dall'altra parte del cortile e afferrando Sean per un braccio perché la segua. Se ne vanno. Dato che le altre persone al nostro tavolo non sono ancora arrivate, decido che è ora di fissare dei paletti. «Non hai bisogno di fingere che abbiamo una relazione.»

Lui ha un sorriso sulle labbra, e gli occhi brillano alla luce tenue. «Lo so, tesoro.» La sua voce è calda come una carezza.

Sento un brivido percorrermi la schiena. «Allora... uhm...» *Pensa!* Il desiderio sposta tutta la mia energia a sud dell'ombelico. *Perché devo essere così attratta da lui?* «Puoi smettere di chiamarmi "dolcezza" e "tesoro" perché non siamo una coppia. E gli amici non lo fanno.» Non che voglia essere un'amica per lui. Voglio solo riuscire ad arrivare alla fine di questa cena senza farmi impegolare ancora di più con lui. Il mio istinto dice di no. Posso ignorare le altre parti che formicolano.

«Ahi, nemmeno tesoro va bene, allora? Accidenti.» Garrett scuote la testa, stringendo le labbra come se fosse veramente un peccato. Alza la testa, illuminandosi. «Che ne dici di baby?»

Nascondo un sorriso. «No.»

«Zuccherino?»

Mi scappa una risata, quasi un grugnito e mi sbatto la mano sulla bocca. «Niente nomi dolci di nessun tipo, per favore.»

Lui annuisce lentamente. «Solo amici. Capito.»

«Sono seria.»

«Come un infarto.»

«Giusto.»

Lui sorride. «Okay, agnellino.»

Mi mordo il labbro, divisa tra la voglia di ridere e quella di assicurarmi che capisca che ci sono dei limiti.

«Allora, dato che siamo amici...» dice lentamente con la sua voce sensuale.

Il mio cuore accelera e ogni parte di me sembra accendersi nell'attesa. Mi chino in avanti, morendo dalla voglia di sapere che cosa pensa che faremo come amici.

«Vi dispiace se mi siedo qui?» chiede una voce profonda. Un uomo attraente, con una barba ben curata, toglie il cartellino dal posto accanto a Garrett, se lo mette in tasca e ci mette il suo. Wyatt Winters.

Garrett sorride. «Wyatt, amico, certo, siediti.»

Non posso fare a meno di pensare al cartellino che si è appena messo in tasca. Indico la sua tasca. «Non hai intenzione di metterlo sul tavolo di qualcun altro? Quella persona probabilmente se ne sta andando in giro chiedendosi dove sedersi.»

«Giusto» dice Wyatt, prende il cartellino e ne fa un aeroplanino. Lo lancia e atterra nel centrotavola floreale qualche tavolo più in là.

Glielo indico. *Non va.*

Lui sospira, si alza e riprende il cartellino. «La tua ragazza è dispotica» dice a Garrett e mi fa l'occhiolino prima di andare all'altro tavolo.

Garrett mi sorride. «Non preoccuparti. Intendeva dire amica. Sai girl friend, amica donna, non girlfriend. Lo dico a tutti, non dimenticate lo spazio.»

Stringo le labbra. Mi sta prendendo in giro. Al contempo mi pare di perdere terreno mentre lui concorda felicemente con tutto quello che dico. Mi dà un buffetto sulla punta del naso e ride.

Wyatt torna a sedersi e si china oltre Garrett, offrendomi la mano. «Abbiamo cominciato con piede sbagliato, con le mie pessime maniere. Sono Wyatt.»

Gli stringo la mano. «Harper.»

Lui spalanca gli occhi. «Ti conosco, sei Amanda Boxer. *Cazzuta.*»

«Sì, Amanda è una dura» dico tranquillamente. «Adesso recito un ruolo diverso. È quello che fanno gli attori.»

Lui si appoggia allo schienale. «Certo, lo so. Ho incontrato un mucchio di attori a Los Angeles e Josie, ovviamente. Probabilmente il motivo per cui è qui la maggior parte di noi. È speciale, vero?»

Seguo la direzione del suo sguardo, verso Josie che sta entusiasticamente abbracciando una donna e poi gesticolando mentre la presenta al gruppo che la circonda. È come una lucciola, la sua luce attira tutti verso di lei. Io sono più un bruco in un bozzolo, che emerge solo come una creatura completamente diversa nella mia pelle da attrice-farfalla. *Stiamo diventando filosofiche, Harp?*

«È meravigliosa» dice Garrett. «È mia cognata, come la sorella che non ho mai avuto. Ho cinque fratelli maggiori.»

Wyatt gli strofina le nocche sulla testa. «Scommetto che ti prendevano regolarmente a calci in culo.»

Garrett sorride. «Più che altro mi portavano in giro e si prendevano cura di me, eccetto Brendan. Lui ha solo due anni più di me e litigavamo spesso. Adesso siamo molto legati.» Si volta verso di me. «E tu? Fratelli o sorelle?»

«Figlia unica.»

«Fortunata» dice Wyatt. «Io ho tre sorelle minori.» Spalanca gli occhi scuri e si china verso di noi. «Dio, che drammi! Gli strilli acuti.» Rabbrividisce. «È un miracolo che ci senta ancora. Quasi bene.»

Al nostro tavolo arriva un gruppetto di donne anziane e, dopo una breve presentazione, ricominciano a parlare tra di loro.

Wyatt si rivolge a Garrett. «Allora, torniamo al motivo per cui siamo tutti qui stasera, dimmi come decidete quale tipo di progetto fare per la comunità in ognuno dei lavori.»

Ascolto Garrett che spiega tutto il procedimento, dalla ricerca delle proprietà con un valore potenziale di diventare un progetto di sviluppo completo, al decidere che cosa fare con lo spazio perché renda al meglio. I progetti che hanno completato finora sembrano veramente belli. E hanno anche vinto dei premi. Si capisce che è fiero del loro lavoro. In effetti, era chiaro anche quando ci siamo conosciuti. Una delle prime cose che aveva fatto era parlare dell'impresa di famiglia.

«Allora, tu che fai?» chiede Wyatt.

Garrett fa una risatina, ma sembra forzata. «Il fratello minore che non può scegliere un incarico eccitante nella società. I miei fratelli maggiori hanno preso il comando, dicendo che ero troppo inesperto. Probabilmente era così quando siamo subentrati a nostro zio. Comunque, ho passato gli ultimo otto anni lavorando in cantiere. Forse continuerò così finché non avrò un'altra opportunità.»

Come recitare. Di colpo capisco perché vorrebbe tentare di fare qualcosa di diverso. È l'ultima ruota del carro e lo sa.

«Ad esempio, se un fratello maggiore va in pensione?» chiede Wyatt.

Garrett espira bruscamente. «Già. Saremo tutti vecchi quando succederà. Non lo so, amico. Prendo le cose un giorno per volta.» Picchietta sul tavolo. «Mi piace lavorare con i miei fratelli.»

Wyatt mi lancia un'occhiata incredula e poi si rivolge

nuovamente a Garrett. «Hai mai pensato a un lavoro diverso?»

Garrett esita prima di dire: «Sono cresciuto con quel lavoro. Noi restiamo insieme. E tu? Ora che sei in pensione, hai mai pensato a una seconda carriera?».

«In pensione?» ripeto. «Quanti anni hai?»

Wyatt scuote la testa. «Perché mi chiedono tutti quanti anni ho quando dico che sono in pensione? Un tizio non può prendere i suoi miliardi e chiuderla lì?»

«Wow» dice Garrett.

«No» dico io. «Sei giovane...»

«Trenta» dice Wyatt.

«Quasi giovane» mi correggo. «Hai anni e anni davanti a te per essere un membro attivo della società.»

«Contribuisco. Sono qui, no?» Indica il cortile. «Sono un filantropo.»

«Come hai fatto i miliardi?» gli chiede Garrett.

Sono curiosa anch'io, ma mi hanno insegnato a non parlare mai di soldi. Lascio che ci pensi il mio agente.

Wyatt apre il tovagliolo, ripiegato come un cigno e se lo mette in grembo. «Ho creato un sistema di realtà virtuale per cui una certa società di social media era disposta a pagare profumatamente. E ho creato e venduto qualche altra startup tecnologica prima di quello. Ho fatto i miei primi milioni a diciannove anni.»

Garrett lo guarda, ammutolito.

A mio modo di vedere, Wyatt è capace di fare di più. È un innovatore.

«Devi fare qualcosa» dico. «Nessuno può accontentarsi di vivere senza una meta, uno scopo, solo mostrandosi a una raccolta fondi qua e là.»

Arriva un cameriere con un vassoio di flûte di champagne. Io ne prendo una. Wyatt e Garrett rifiutano.

Bevo un sorso e guardo Wyatt, in attesa.

Lui si allarga il colletto. «Peggio delle mie sorelle con la tua espressione dura e criticona.»

Garrett lo guarda stupito. «Di che stai parlando? Ha il

volto di una di quelle dee rappresentate nelle statue.» Indica le sculture che ci circondano.

Mi sento stringere il cuore. Non mi hanno mai paragonato a una dea. «Grazie» dico sottovoce.

Garrett alza il mento nel gesto che dice, ovvio. Sembra un po' offeso al posto mio.

Wyatt si mette comodo, appoggiando il palmo delle mani sul tavolo. «Voglio solo volare basso in qualche cittadina sperduta, di cui nessuno ha sentito parlare, e rilassarmi. Forse farò delle donazioni anonime per aiutare la comunità in cui mi nasconderò, tipo far costruire un'ala della biblioteca o cose come quelle che fa Garrett, ma per il resto...», gesticola con una mano, «... voglio rilassarmi.»

Ci penso. La mia cittadina natale è proprio il tipo di posto di cui nessuna ha sentito parlare e alcune donazioni filantropiche sarebbero benvenute per chiudere i buchi di bilancio. La vecchia generazione di hippie che l'aveva fondata se n'è quasi andata tutta e avrebbero bisogno di sangue nuovo. Qualcuno come Wyatt, uno con idee nuove, che potrebbe aiutare la città a prosperare. Ovviamente ne rimarrebbe risucchiato. Impossibile non esserlo in una cittadina dove tutti si fanno gli affari degli altri. Era stato un rifugio per me avere una comunità per cui contavo qualcosa. Faccio una donazione tutti gli anni per sostenere il programma di arte della scuola. Un posto speciale dove ho scoperto il teatro per la prima volta.

«Scriviti questo» dico a Wyatt.

Lui prende una matita immaginaria da dietro l'orecchio, bagna la punta con la lingua e finge di essere pronto a scrivere su un foglio inesistente.

Mi fa ridere. «Seriamente. Prendi il telefono e scrivi. Summerdale, New York. Circa un'ora da qui nei sobborghi. Nessuno ne ha mai sentito parlare. La gente è un po' eccentrica, ma, se riesci ad accettare un postino a cui piace consegnare tamales insieme alla posta o la proprietaria di un caffè che si chiama Rainbow, è il posto perfetto per te.»

Wyatt prende il telefono e digita. «Sì, signora. Il mio nuovo rifugio.» Il suo volto s'illumina «C'è una comunità messicana? Mi piace l'autentico cibo messicano, più è piccante meglio è.»

«No. Bill non è messicano. È solo un grande fan dei tamales.»

«Maledizione.»

«Però sono veramente ottimi tamales.»

Garrett mi tocca il braccio. «Conosco Summerdale. La mia famiglia ci va per il fine settimana del Labor Day. Affittiamo una casa sul lago.»

Mi viene la pelle d'oca. È così strano che la famiglia di Garrett vada lì. Cioè, c'è sempre qualche casa da affittare accanto al lago, ma non è esattamente un posto turistico. E come ha fatto a trovarlo un tizio di Brooklyn?

Wyatt mette il telefono a faccia in giù sul tavolo e mi dà un'occhiata risentita. «Garrett ne ha sentito parlare. Sembra che Summerdale non sia più un segreto.»

«Non è popolare, per niente, te lo assicuro» dico, veramente sorpresa da questo punto di contatto con Garrett. «Come siete finiti ad affittare una casa sul lago proprio lì?»

«Strano collegamento, giusto? È cominciato con mio fratello Jack. L'ha affittata per fare uno scherzo, fingendo di aver comprato una casa per la sua fidanzata, per poi farlo diventare una proposta di matrimonio davanti a tutta la famiglia.»

Lo fisso a bocca aperta. «Una proposta in uno scherzo?»

«Mi piace la tua famiglia» dice Wyatt. «Brillante!»

Garrett sorride. «Potrei chiedere a Jack come ha trovato Summerdale, se vuoi. Probabilmente aveva solo cercato su Internet una bella casa da affittare che avrebbe potuto ospitare tutti noi e che fosse abbastanza lontano dalla città da sorprendere la sua ragazza, ma non troppo lontana che fosse difficile arrivarci per il resto di noi. Jack è il re degli scherzi. Quando vuole farne uno, si impegna a fondo, fino a renderlo perfetto.»

Io sono rimasta alla ragione per aver affittato la casa. «Una proposta in uno scherzo? E lei ha detto sì?»

Garrett ridacchia. «Sì. Si fanno continuamente scherzi. Ora sono felicemente sposati con un bambino in arrivo.»

«E la tua famiglia continua a tornare a Summerdale?» gli chiedo.

«Sì. Jack voleva mantenere la tradizione per ricordare un'occasione felice, quindi adesso passiamo insieme lì tutti i Labor Day.»

«Che casa affittate?»

Garrett fa spallucce. «Se ne occupa Jack. Io non tengo nota dell'indirizzo. Quest'ultima volta abbiamo preso in affitto una casa diversa, con una grande terrazza che dà sul lago al secondo piano.» Si rivolge a Wyatt. «Vale la pena di andare a vedere. Un mucchio di alberi, il lago, ovviamente, case sparse intorno al lago e sulla collina. C'è questa casa enorme in cima alla collina e, per qualche motivo, c'è perfino un faro nella proprietà. Proprio nel mezzo di un terreno senza sbocco sul mare.»

«Ovviamente serve per le navi gigantesche che si avvicinano passando per il lago» dice Wyatt.

Scuoto la testa. «Sul lago si può andare solo con barche a remi e canoe, non è così grande.»

Garrett mi stringe la spalla, inviandomi un'ondata di calore. La sua espressione divertita mi dice che Wyatt stava scherzando. Non sono abituata alla gente che scherza tanto.

Continuo a parlare della mia città natia sperando che Wyatt ne resti affascinato. «Nella casa in cima alla collina abitava un eccentrico recluso. È morto prima che nascessi e nessuno ha mai comprato la proprietà. La gente dice che è infestata dai fantasmi. Io sono sicura che sia solo invasa dai procioni e altre creature, ma mi ha sempre dato una sensazione di inquietudine.»

Wyatt agita le dita. «Oh, sembra l'episodio di Scooby Doo con il vecchio Jenkins.»

«Zoinks!» esclama Josie, apparendo improvvisamente e mettendo le braccia intorno a Wyatt e Garrett. «Avete intenzione di risolvere un mistero?»

«Sì, il mistero di un faro senza sbocchi sul mare» risponde Wyatt.

«Ah, state parlando di Summerdale?» chiede Josie. «Ci

siamo stati qualche settimana fa per la rievocazione del matrimonio dei miei cognati. Mi piace quel posto.»

«Rievocazione del matrimonio?» ripeto, incuriosita.

«Questa famiglia è folle» dice allegramente Josie. «Perfetta per me.»

Sean appare al suo fianco e si siedono al tavolo.

Wyatt li indica. «Perché non sono nato in una famiglia di pazzoidi? Mi sarei trovato molto più a mio agio.»

Sean sorride. «Può essere divertente ma anche esasperante. Hanno tutti una tale energia e la testardaggine, poi.» Si dà un colpetto con le nocche sulla testa.

«È solo a causa degli alti livelli di testosterone con tutti quegli uomini» dice Josie ridendo. «Adesso le cose si stanno livellando, con le donne che si sono unite alla famiglia.»

«Io sono entusiasta che lo abbia fatto tu» le dice Sean dandole un bacio.

Sospiro. Ho visto Sean e Josie insieme in queste ultime cinque settimane di lavoro e sembrano così perfetti insieme. Ridono sempre, parlano e sono affettuosi l'uno con l'altra. Invidio il senso di sicurezza e di fiducia che Josie dimostra accanto a Sean. Si sono incontrati prima che lei diventasse famosa e sa che lui la ama per lei stessa, non per ciò che può ottenere tramite lei. Immagino che se avessi sposato il boyfriend che avevo a quattordici anni (Levi aveva fatto un ottimo lavoro, scortandomi al ballo della terza media e seguendo tutte le regole che aveva imposto il generale Joan) avrei potuto avere le stesse cose. Ah. Divertente, ma non proprio. Non vorrei non avere avuto successo, ma sarebbe bello poter avere fiducia in un uomo in quel modo, sapere di avere qualcosa di reale.

Vengo distolta dai miei pensieri lugubri da una domanda inaspettata di Josie. «Harp, vuoi che cantiamo la nostra canzone dopo la cena? Questa gente lo apprezzerebbe.»

Mi blocco. Sia a Josie sia a e me piacciono i musical (lei ha una voce da sogno) e qualche volta cantiamo *For Good* dal musical *Wicked*, una bella canzone tra sorelle. Ma succede solo quando siamo insieme in una delle nostre roulotte. Io devo prepararmi prima di una performance. E la mia voce non è nemmeno paragonabile alla sua. C'è un motivo per cui non ho mai partecipato a un'audizione per la scena teatrale di New York. Mi piacciono i musical, ma so di non far parte della crème delle cantanti professioniste.

«Harp?» chiede Josie, agitandomi una mano davanti alla faccia.

«Forse solo tu» dico. «Hai una voce così bella.»

Lei mi guarda incerta. «Ma è un duetto. E hai una bella voce anche tu. Sarà divertente.»

Mi lecco le labbra improvvisamente secche. «No, grazie.»

«Dai, sarà bellissimo» insiste Josie.

Garrett si intromette. «La mia amica è decisamente contraria alle canzoni dei musical dopo cena.»

Mi volto a guardarlo, sorpresa che abbia parlato per me. Mi mette una mano sulla gola e il suo sguardo infuocato mi manda una fitta di calore che dalla gola scende fino ai piedi. «Un terribile caso di laringite.»

Sono così incantata che resto senza parole mentre lo guardo negli occhi.

Lui lascia cadere la mano. Io deglutisco e fisso il tavolo, scossa da quanto lo desidero. Non sapevo quanto finché non mi ha toccato. Quella che avrebbe potuto sembrarmi una posizione vulnerabile (la mano sulla gola) mi ha eccitato. Non è lampeggiato nessun segnale di pericolo. Solo puro desiderio.

«Il calore bruciante ti ha rubato la voce» scherza Josie. «Capito. Continua così.»

Arriva la cena e io mi metto finalmente il tovagliolo in grembo, ancora stordita.

La voce di Garrett mi romba nell'orecchio, mandandomi brividi lungo la schiena. «Tutto bene lì, agnellino?»

Annuisco rigida, non voglio rischiare di dare un'altra occhiata a quest'uomo seducente.

«Le intenzioni di Josie sono buone.»

Mi volto, siamo così vicini che vedo le sue pupille che si dilatano. Rispondo a voce bassa, quasi senza fiato: «Lo so».

«Anche le mie intenzioni sono buone. Giusto perché tu lo sappia.»

Abbasso gli occhi sulle sue labbra sensuali, e il desiderio di stargli più vicina mi fa chinare in avanti.

«Ti dispiacerebbe passarmi il burro?» chiede Wyatt.

Garrett si siede eretto e glielo porge. Il momento è passato. Stavo per baciarlo a un tavolo pieno di gente? So benissimo che non è il caso di far lievitare i pettegolezzi su di me e il principe segreto di Brooklyn. Che cos'è successo alle mie difese? Il mio istinto? Tutti i segni premonitori se ne sono volati via in un impeto di desiderio.

Sono nei guai.

10

Harper

Alla fine della serata, Garrett mi accompagna fuori. Siamo solo noi due, con Joe che ci segue a un metro di distanza. Siamo rimasti per un po' a chiacchierare con Sean e Josie, quindi siamo tra gli ultimi a uscire. Il museo è silenzioso e quasi vuoto.

«Questo posto mi ricorda il palazzo Amalie» dice Garrett. È il palazzo della sua famiglia a Villroy. Potrei aver dato un'occhiata a tutta quella roba dei reali.

«Ci vai spesso?»

«Non molto. La riconciliazione tra i due rami della famiglia è piuttosto recente. Ci sono stato per due matrimoni e il Natale scorso. Danno un ballo di Natale in tema Regency. Probabilmente ti piacerebbe. Quasi come il set di un film storico.»

Dove firmo? Mi piacerebbe visitare un palazzo e andare a un ballo. «Danno regolarmente dei balli a tema?»

«Non lo so. Sicuramente a Natale. È per via della moglie di mio cugino, Alice. È un'autrice di romanzi Regency.»

«Alice Segal?» potrei essere rimasta senza fiato.

«Sì.» Garrett scuote la testa, con un sorriso ironico sul volto. «Ci ha perfino dato una lista di letture raccomandate, incluso quelli di Jane Austen, ovviamente. *Orgoglio e Pregiudizio* non era male. Ho visto il film.» Al mio silenzio, Garrett si volta a guardarmi. «Harper?»

Richiudo la bocca che era rimasta aperta. «Sei imparentato con l'autrice dei libri *Il mascalzone e la governante*, *L'audacia del duca* e *La vittoria del visconte*? Adoro quella trilogia, specialmente quello sul mascalzone. Sul serio, ce l'ho come e-book, su carta e come audiobook, per averlo sempre a disposizione per tirarmi su di morale.»

«Mi sembra di capire che sei una mega fan.»

«Oh, sì! Wow, non riesco a credere che tu sia imparentato con Alice Segal. Pensi che firmerebbe la mia copia del libro *Il mascalzone e la governante?*»

I suoi occhi scintillano maliziosi. «Harper Ellis, romantica in incognito.»

«Mi piace un lieto fine, ecco tutto.»

Lui solleva le sopracciglia e dice con la voce roca: «A chi non piace?».

Chino la testa. Intendeva *lieto fine* in *quel* senso? Oh, è bravo con i doppi sensi. Devo essere più che cauta con lui.

Mi sorride beffardo. «E adesso, chi ha i contatti migliori?»

«Giusto, giusto.»

«Quindi ti piacciono i libri e la musica, che altro? A parte me, ovviamente.»

È così ovvio?

Mi sforzo di non arrossire. «Non ho tempo per molto altro, tra il lavoro, gli allenamenti e le serate fuori come questa.» Allenarmi è una pura necessità per me. Fa parte del lavoro, mantenere il mio aspetto per la telecamera e fare in modo che il guardaroba mi vada bene.

«Harper» dice piano.

«Che c'è?»

«Guardami. Io lavoro e mi tengo in forma. E ho comunque altri interessi.»

«Ad esempio?» gli chiedo.

Lui mi rivolge un lento sorriso sexy che fa volare le farfalle nel mio stomaco. «Come cucinare. Sono uno chef eccellente.»

Sbatto le palpebre, sorpresa. Guardando questa bestia

d'uomo con la mandibola squadrata e i bicipiti massicci, l'ultima cosa che si penserebbe è che sappia cucinare. Mi aspettavo che dicesse tirare di boxe o piantare chiodi con le mani. Qualcosa di macho, insomma.

«Non mi credi?»

Recupero in fretta. «No, ti credo. È una bella cosa. A me non piace cucinare, quindi è difficile per me capacitarmene.» *Bel salvataggio.*

«Ti piacerebbe la mia cucina. Vieni da me a cena qualche volta.»

«Sarebbe più facile se venissi tu a casa mia. Sai, per ragioni di sicurezza.» *Aspettate, l'ho appena invitato a casa mia?*

«Nessun problema. Dimmi solo quando.»

Deglutisco, improvvisamente diffidente. «È solo una cosa tra amici, giusto?»

«Se è ciò che vuoi» risponde lui tranquillamente.

«È quello che vuoi tu?»

Lui mi fissa negli occhi e dice dolcemente: «Voglio che tu ti senta a tuo agio».

Distolgo gli occhi, cercando di capire che cosa mi dice il mio istinto. Sono nervosa ed eccitata insieme all'idea di passare del tempo con lui. Nervosa perché mi hanno appena scaricato. L'ultima cosa che voglio che succeda è che Garrett e io facciamo un'altra scenata in pubblico. Abbiamo già avuto un litigio dopo il nostro primo appuntamento da amici. A questo punto credo che si offenderebbe se gli chiedessi di firmare un accordo di riservatezza. Non voglio essere *quel tipo* di persona.

La sua voce profonda mi romba nell'orecchio, mandando un brivido delizioso lungo la spina dorsale. «È solo una cena.»

Sii furba. Alza le difese. Non farti prendere dal suo sexy... tutto!

«Okay.»

Lui sorride, con gli occhi acquamarina dolci nei miei. «Perfetto. Che cosa ti piacerebbe mangiare? Posso preparare qualunque cosa, seguendo una ricetta su Internet.»

«Mi adatto.»

«Farò un piatto di gamberetti piccanti e purea di cavolfiori. Tu pensa alla birra.»

Faccio una smorfia. «La birra non è adatta a quel piatto.»

«Certo che è adatta.»

«Non ho la birra.»

«Vabbè, porterò io anche la birra. Tu porterai la dolce te stessa.»

«Io non sono dolce.» Mi hanno cresciuta per essere dura e forte, mai tenera e dolce. *Testa alta, non ho cresciuto una rammollita!*

Vattene dalla mia testa, nonna!

«Sì, okay» mi dice.

«Non sono dolce!»

Lui smette di camminare e aggrotta le sopracciglia. «Ero veramente furioso quando i paparazzi si sono presentati alla mia porta.»

«Mi dispiace» dico.

Lui si china lentamente verso di me e il mio cuore accelera i battiti. Abbassa gli occhi sulle mie labbra prima di spostarsi e parlarmi all'orecchio. «Dolce, te l'avevo detto.»

In qualche modo riesce a vedere oltre la durezza per cui mi conosce la gente per via del mio precedente personaggio, ma anche per la corazza che mi sono sforzata di crearmi. È così che ho superato la mia rigida educazione, come sono riuscita a sopportare un rifiuto dopo l'altro, come affronto i licenziamenti e gli show cancellati. Eppure, in fondo, ho sempre saputo che era solo una maschera per proteggere il mio lato sensibile. Non so come lo abbia capito così presto. Sento risuonare un allarme nella mia testa. Questo è un uomo che potrebbe avvicinarsi abbastanza da fare seri danni.

Continuo a camminare, con il cervello in fiamme, il cuore che batte come un tamburo.

Lui mi dà un'occhiata divertita. «Rilassati, sei con un principe in incognito. Che cosa ha fatto in tutti questi anni? Stava lucidando la sua montagna di monete d'oro? Se ne andava in giro pavoneggiandosi con il suo mantello reale di velluto? Picchiava in testa i suoi fratelli con lo scettro reale?»

Nascondo un sorriso. «Arrogante, eh?»

«Stai dicendo che ho un ego ipertrofico?»

«Sì!»

«Non posso farne a meno. È nei miei geni. Ce l'hanno tutti gli uomini della mia famiglia.»

«Sean non sembra così.»

«Sean è il peggiore! Mio Dio! Quasi non si riesce a restare nella stessa stanza con tutto il suo bla-bla-bla!»

Cerco di non ridere quando vedo Sean che si avvicina dietro di lui. «Che altro fa?»

«Ai tempi, se ne andava in giro tutto spavaldo con la sua cintura degli attrezzi come se fosse *l'uomo vero*, capisci?» Si raddrizza quando vede la mia espressione divertita. «È proprio dietro di me, vero?»

Annuisco.

Garrett si volta. «Ehi, Sean, stavo giusto cantando le tue lodi.»

«Bel salvataggio, babbeo.»

Garrett si guarda attorno. «Si è fatto vivo anche Jack?»

Sean gli mette una mano sulla spalla e parla rivolgendosi a me: «Jack è nostro fratello. Questo tizio ti sta importunando?».

«Un pochino.»

«Ehi!» protesta Garrett. «Sono il suo amico-accompagnatore. È il titolo ufficiale che mi ha assegnato. Come potrei importunarla quando è stata lei stessa a conferirmi tale onore?»

Sean sogghigna. «Sì, certo.»

Garrett punta il dito verso Sean. «Certo!»

Alzo le mani ridendo. «Okay, okay. Siete entrambi ridicoli. È così che parlano a Villroy?»

«Più come...» Garrett rotea le spalle e si mette eretto come se avesse un manico di scopa nel sedere. «Per ordine del re, questo appuntamento è ufficiale.»

«Bello» borbotta Sean.

«E tu sei il re?» gli chiedo.

Garrett fa un sorrisino sghembo, tenero. «Beh, non volevi chiamarmi agnellino.»

11

———————

Garrett

Sono gasatissimo. Ho appena filmato la mia prima pubblicità. *Ka-ching!* Trenta bigliettoni in banca. Mark Perlman sa il fatto suo. È il mio nuovo agente. Martedì mi ha fatto avere l'audizione per la pubblicità del dopobarba di cui mi aveva parlato e due giorni dopo l'ho filmata. Dice che di solito non succede così in fretta. Sono solo stato fortunato di esser capitato al momento giusto. Comunque, tutto quello che ho dovuto fare è fingere di radermi di fronte a uno specchio, a torso nudo, per poi strofinarmi la guancia, fingendo di mettermi il dopobarba e dire in tono sensuale davanti alla telecamera: «Sono pronto per la mia donna». Poi alzavo un dopobarba Axel. Mi raffiguravo Harper quando dovevo essere sexy. Deve aver funzionato perché, una volta finito, il direttore aveva urlato: «Sì, scatenate l'uragano!».

Mi ero quasi leso un muscolo cercando di non ridere. Era così entusiasta e mi aveva ringraziato profusamente perché, a quanto pare, è insolito ottenere il risultato con una sola ripresa. Nel complesso, un'ottima prima esperienza. È piuttosto divertente fare roba finta come lavoro. Mark dice che otterrò la tessera SAG per aver fatto questa pubblicità, che è la tessera del sindacato attori e significa che potrà procurarmi lavori migliori, meglio pagati, disponibili solo per attori iscritti al sindacato. Vuole che faccia un'audizione per la pubblicità di un'auto sportiva la settimana prossima e dice che il mio compenso è già salito. Che pacchia! Non avrei mai pensato di essere in grado di permettermi di comprare una casa ancora per anni e anni. E adesso, se ottenessi la prossima pubblicità, potrei già avere i soldi per l'acconto. Incredibile.

Non vedo l'ora di dirlo a Josie. Guido la mia Harley per le strade di Manhattan, diretto alla sala di registrazione sul Chelsea Piers dove stanno filmando *Living Gold*. Mi ha messo sulla lista per farmi entrare, non vede l'ora di sapere com'è andata la mia prima esperienza. Oggi hanno una prova senza pubblico, ma ha un'ora di pausa per il pranzo. Tempismo perfetto. Buffo che lo chiamino pranzo, quando è più vicino all'ora di cena. Ha a che fare con quale numero di pasto è, in base alle regole sindacali del numero di ore lavorate e ai pasti assegnati.

Non voglio mentire, la cosa migliore è che ha messo Harper e me su un piano di parità. Ho dimostrato che ce la posso fare con quella pubblicità, che porterà alla prossima. Non c'è modo che possa pensare che l'abbia usata per farmi strada. Questo lavoro extra è completamente diverso da quello che fa lei. Significa che può abbassare le difese con me. Mi è mancata questa settimana. Io sono un tipo che mostra le sue vere emozioni e non ho intenzione di giustificarmi.

Dopo aver dato il mio nome alla guardia al cancello e mostrato la carta d'identità, entro e parcheggio. La roulotte di Josie è quella più grande. Dice che si sa sempre a che punto si è nella gerarchia dalle dimensioni della roulotte e dal fatto di doverla o meno dividere con qualcun altro. È un pezzo grosso adesso, la nostra Josie.

Mi metto il casco sotto il braccio e busso alla porta di metallo.

Apre Sean. «Beast! Ho sentito che sei la nostra nuova stella!»

Scuoto la testa. «Era solo una pubblicità. Una battuta.»

Josie appare dietro di lui, sorridendo. «Vieni e raccontami tutto!»

Mi unisco a lei e a Sean a un tavolo quadrato, dove stanno pranzando e metto il casco sul pavimento. «Okay, innanzitutto, non avevo idea che ci volesse tanta gente per fare una pubblicità di due minuti.»

«Ah, sì» dice Josie. «È costoso. Ora moltiplica per un fantastiliardo per fare un film. È il motivo per cui le case di produzione insistono su serie collaudate e i remake di film di successo. Vogliono essere sicuri di recuperare il loro investimento.» Si china in avanti, con gli occhi azzurri che scintillano. «Allora, fammi il resoconto completo da quando sei arrivato sul set fino a ora.»

Do un'occhiata a Sean che sembra divertito. Sembra un po' troppo particolareggiato. Le racconto i punti salienti e confesso l'unica parte spiacevole: dover portare il trucco. Non sapevo che gli uomini avessero il trucco davanti alla telecamera. Un piccolo prezzo da pagare per un bell'assegno.

Lei batte le mani. «Di' la battuta.»

Io alzo un dito, evoco mentalmente Harper, con la sua bellezza classica, la sua massa di riccioli scuri, la vulnerabilità nascosta in fondo agli occhi, le sue morbide labbra rosa. Accidenti, la desidero tantissimo. Guardo Josie e dico la battuta: «Sono pronto per la mia donna».

Lei strilla. «Oh, mio Dio, ha un talento naturale. È stato *favoloso.*»

Distolgo gli occhi, imbarazzato ma anche felice. «Mark ha intenzione di assegnarmi un insegnante di recitazione personale.»

Josie mi stringe il braccio. «Servirà ad aumentare le tue capacità, ma, Garrett, hai già l'istinto giusto.» Si rivolge a Sean: «Non ti ha fatto venire i brividi?».

«In effetti no» dice lui seccamente.

Lei gli dà un colpetto sulla spalla. «Beh, tu non sei una donna. Le donne ameranno questa pubblicità e gli uomini vorranno essere lui. Che cosa indossavi?»

«Si supponeva che stessi rasandomi quindi ero a torso nudo.»

«*Quello* mi fa venire i brividi» dice Sean, impassibile.

Josie copre le orecchie di Sean mentre parla con quel

sussurro teatrale che è abbastanza forte da arrivare fino all'ultima fila di pubblico. Sean sbuffa. «Ti ho visto a torso nudo al lago. Sei favoloso. La telecamera ti adorerà.» Toglie le mani dalle orecchie di Sean e gli rivolge un sorriso malizioso.

Io mi strofino la nuca. «Grazie.»

«Hai finito di spogliare con gli occhi il mio fratellino?» chiede Sean in tono offeso.

«Gli sto dando il mio parere professionale e obiettivo!» esclama Josie. «Ora, se avessi conosciuto Garrett prima di te, gli avrei chiesto se avesse un fratello maggiore brontolone e sarei comunque finita con te, quindi puoi anche piantarla, signorino.»

Sean ridacchia, le prende il mento e la bacia.

Volto la testa. C'è solo una certa quantità di coppie ridicolmente innamorate che un uomo può sopportare.

«Harper è nella sua roulotte?» chiedo.

Josie sorride estasiata. «Glielo chiedo.» Prende il telefono dal tavolo e scrive un messaggio un po' troppo lungo per una domanda così semplice. *Quando imparerò?*

Reprimo un gemito. Speravo che Josie sapesse dov'era. «Che cosa le hai detto questa volta?»

Lei sorride. «Le ho solo detto che sei qui e che vorresti vederla. Ah, e anche che hai girato una pubblicità perché ero veramente eccitata per te. Ha detto di fermarti da lei mentre passi.»

Prendo il casco e mi alzo. «Sembrava irritata perché ho girato una pubblicità?»

Josie fa spallucce. «Non ha fatto commenti né in un senso né nell'altro.»

Espiro bruscamente. «Volevo essere io a dirglielo.»

Josie fa una smorfia. «Scusami. Ero eccitata. La prossima volta terrò la bocca chiusa sul tuo lavoro.» Mima il gesto di chiudere le labbra con una cerniera.

Sorrido, non è possibile restare arrabbiati con Josie. «Certo, ci vediamo.» Mi volto e vado alla porta.

«In bocca al lupo!»

Mi volto. «Per la mia prossima audizione o con Harper?»

Lei guarda Sean che inarca le sopracciglia, poi mi rivolge

un sorriso un po' deboluccio. «Sì.» Poi mi indica dove trovare la roulotte di Harper.

«Grazie.» Esco. È dolce che Josie ci voglia mettere insieme, ma è meglio che ne stia fuori. Non ho bisogno di rischiare di affrontare anche la sua delusione, oltre alla mia. Harper e io siamo ben lontani da essere una cosa certa.

Mi faccio strada tra le file di roulotte fino a quella di Harper. Joe è seduto sui gradini e sta mangiando un sandwich. «Ehi, Joe, com'è questo lavoro da guardia del corpo?»

«Bello. Ho un appartamento a Gramercy Park, di fianco a quello di Harper. Ho solo dovuto far scappare un paio di tizi con un'occhiata. Niente armi o stronzate simili.»

Mi sento stringere il petto. Detesto che abbia degli estranei che la molestano. «Sono contento che abbia te.»

Joe scende per lasciarmi passare. «Harper è veramente una bravissima persona. Alcune di queste attrici sono piene di sé, sai.» Si guarda intorno. «Non voglio fare nomi, ma la mia ultima cliente era veramente una chicca.»

«Posso immaginarlo. Vado...» Indico la porta.

«Certo, certo. La chiameranno tra un quarto d'ora.»

Busso alla porta. «Ehi, sono Garrett.»

«Entra!»

Apro la porta e la trovo sul pavimento con un maglione bianco con il collo a V e una lunga gonna nera vaporosa. È nella posizione del loto, con le mani appoggiate a palmo in su sulle ginocchia.

«Yoga?»

«Faccio yoga, ma in questo momento stavo facendo meditazione. Mi aiuta a concentrarmi e a prepararmi per tornare al lavoro.» Fa un respiro profondo ed esala lentamente prima di alzarsi aggraziatamente in piedi. Ha un profumo fresco, di fiori. Forse gelsomino? Una delle mie ex era patita di oli essenziali e aveva un mucchio di profumi diversi con cui sperimentava per i cosmetici che preparava in casa.

Harper mi guarda con un'espressione cauta in volto. «Allora, Josie mi diceva che ora sei uno di noi. Tesserino SAG in mano, pronto a conquistare il mondo.»

«Josie esagera. Sai come si eccita per tutto, vero? È come un cucciolo, che saltella in giro pieno di entusiasmo.»

Harper inclina la testa e va al mini-frigorifero a prendere una bottiglietta d'acqua. Me la porge e io la prendo, ringraziandola.

Prende una bottiglietta anche per sé e mi indica di sedermi sul divano. Lo faccio, appoggiando il casco sul pavimento. Lei mi raggiunge, si siede raccogliendo le gambe sotto di sé e si volta a guardarmi. «Sean mi ha lasciato i pioli per i ripiani che hai mandato e ho sistemato da sola l'altro ripiano. Mi sono sentita una vera esperta. Grazie per essertene ricordato.»

Nascondo un sorriso all'idea che spingere dei pioli nei fori preesistenti la renda un'esperta. «Nessun problema.»

Harper dà un'occhiata al mio casco. «Lasciami indovinare, guidi una Harley.»

«Sì. Ero talmente ansioso di condividere le mie notizie che ho dimenticato di agganciare il casco dietro la moto. Perché, ti sembro il tipo?»

«Tipo dall'aspetto di un duro, pieno di muscoli, uhm... direi di sì.»

Sorrido. «Ho fatto a cambio con il maggiore dei miei fratelli quando ha deciso che gli serviva un'auto per la sua bambina. Lui ha avuto la mia Mazda, accessoriata con un sistema stereo da urlo. Completamente sprecato per le canzoncine da bambini.»

Lei stringe le labbra, con un'espressione divertita in volto. «Una motocicletta e un'auto sportiva. Un po' cliché, direi.»

«E tu che cosa guidi?»

«Quando sono a Los Angeles guido una Prius.»

«Le auto elettriche sono forti.»

Lei mi dà un'occhiata imbarazzata. «È un po' un cliché per gli attori a Los Angeles.»

«Ah. Stai insultando il mio cliché Harley parlando di te stessa. Dimentichi che sono bravissimo a capire il linguaggio femminile.»

Lei sbuffa. «Grazie alla tua lunga lista di ragazze, suppongo.»

Bevo un sorso d'acqua, riflettendo su come rispondere. So

che non è il caso di parlare di ex a una donna che mi interessa. «Sono un monogamo seriale, quindi riesco a conoscere le donne abbastanza bene da capire il loro linguaggio.» Adesso sembro uno di quei tipi informati e consapevoli invece di un donnaiolo. «E non tradisco mai» aggiungo. *Diversamente dal tuo ex.*

Lei si agita a disagio per un attimo. «Bene. Allora ti piace recitare?»

Non riesco a capire se sia contenta per me o no. Il suo tono e la sua espressione sono neutri.

L'ultima cosa che voglio è che pensi che la stavo usando per avere un'entratura. «Non è che sia una professione, per me. Solo una pubblicità, una battuta.»

«Non hai risposto alla mia domanda.»

«È stato divertente» ammetto. *Una bomba e non vedo l'ora di rifarlo.* Lo tengo per me, il senso di colpa attenua la mia felicità. Non voglio che la prenda per il verso sbagliato e una parte di me ritiene di non dover apprezzare qualcosa che potrebbe allontanarmi dall'impresa di famiglia.

Harper sorride. «Sì, può essere divertente. Quando ho scoperto il teatro, da piccola, mi è sembrato di arrivare a casa. Potevo finalmente esprimermi come volevo.»

«Recitando la parte di un'altra?»

Lei si china verso di me, con gli occhi scintillanti. «Porti sempre una parte di te in un ruolo. E a volte sono le parti brutte che non puoi mostrare al mondo. È catartico lasciarle uscire.»

«Dubito seriamente che tu abbia delle parti brutte.»

Lei nasconde un sorriso dietro la bottiglietta d'acqua e beve un sorso. «Grazie. Ma sai che cosa intendevo dire! Tutti hanno un lato oscuro che non espongono. Gli umani sono complicati e capaci di azioni in uno spettro amplissimo, dalla bontà più pura alla malvagità più oscura.»

Scuoto la testa. «Non io. Non sono così complicato. E sono decisamente uno dei buoni.»

Harper si rilassa, appoggiandosi allo schienale. «Forse è un bene per te sentirti così. Per un uomo, a volte, tutto quello che serve è avere l'aspetto giusto perché la sua carriera decolli. Per le donne è molto più difficile a Hollywood.»

Sbuffo. «Io non sono a Hollywood. Era una pubblicità. Anche se ammetto che sono entusiasta dei soldi. Andrò a fare l'audizione per un'altra pubblicità la settimana prossima. Voglio dire, non ho mai pensato di potermi permettere una casa così presto. È sbalorditivo quanto si venga pagati per fare una cosa divertente.»

«Già, c'è quello.»

«È stato piuttosto divertente fingere di radermi, mettere il finto dopobarba mentre tutte quelle persone serie lavoravano intorno a me. L'intera faccenda è stata divertente in un modo surreale.»

Harper giocherella con l'etichetta della sua bottiglia d'acqua, mormorando: «Sono contenta che ti piaccia quello che ti è capitato».

Le parole non dette che rimangono sospese nell'aria sono: *grazie a me*. Devo essere sicuro che sappia a che punto sono.

Mi appoggio allo schienale e volto la testa verso di lei. «Agnellino.»

Lei alza gli occhi verso di me, con un sorrisino sulle labbra. «Sì?»

«Non la vedo come una carriera. È un lavoro extra. Lavorerò con un insegnante di recitazione solo per non fare la figura dello stupido a un'audizione. Questa pubblicità era solo una battuta ma se diventassero più complicate, come, ad esempio: "Date da mangiare queste crocchette al vostro cane; gli faranno fare una cacca ben formata", beh, sai, dovrei essere preparato.»

Harper scoppia a ridere.

Mi rilasso e sorrido. «Voglio ringraziarti per la parte che hai avuto nel far schiudere questa opportunità. So che è il fatto che fingevo di essere il tuo ragazzo al galà che mi ha fatto notare dal mio agente.»

Lei smette di sorridere, borbottando. «Il tuo agente, giusto.»

Riesco quasi a vedere le sue difese che si alzano. «Non è una cosa che avessi mai preso in considerazione né che volessi per me, ma mi sembra stupido buttar via un lavoro così lucrativo. Sai quanto guadagno con il mio solito lavoro?»

Lei scuote la testa. «Non ho bisogno di saperlo.» Alza la testa. «Siamo pari, giusto? Io ti ho usato per le pubbliche relazioni al galà e tu hai avuto la tua entratura. *Quid pro quo.*»

Le prendo la mano e lei la fissa, ma non la tira via. «Ora siamo entrambi in un posto migliore. Non abbiamo bisogno di fingere per salvarti la faccia e io non ho bisogno di niente da te, eccetto te stessa.»

Lei mi guarda negli occhi con un'espressione diffidente. «Che cosa significa esattamente?»

«Non mi interessa essere visto con te in pubblico. Lo faremo solo se lo vuoi tu. Io voglio la parte privata.»

Lei sorride un po'. «Parlare di parti private sembra un po' indecente.»

Per una volta non stavo tentando di infilare un doppio senso nel discorso. «Harper, non sto cercando di portarti a letto. Non ho mai avuto difficoltà in quel campo.»

«Ci scommetto.»

Le appoggio la mano sulla guancia e la fisso negli occhi. «Ci vedremo sabato per la cena, a casa tua. C'è qualcos'altro che vorresti fare?»

Lei sbatte gli occhi un paio di volte, sembra un po' una lepre catturata dai fari.

Aspetto, accarezzandole il lato del collo con il pollice. La sua pelle è così morbida.

Lei deglutisce. «La mia addetta stampa mi ha procurato i biglietti per *Wicked*. È il mio musical preferito.»

«Ci sto.»

«Garrett?»

Le spingo una ciocca di capelli dietro l'orecchio e mi chino verso di lei per sussurrarle: «Sì, agnellino?».

La sua voce è tenera, vulnerabile quando mi dice: «Non so se sono pronta per una relazione».

Le bacio la guancia, felice che mi stia dicendo cosa prova, invece di alzare le difese. «Un appuntamento alla volta. Ecco tutto. Il primo sabato sera.» Prendo il casco e mi alzo.

Lei fissa il casco che ho infilato sotto il braccio. «Andremo a teatro sulla Harley?»

«Dipende da quanto dista il teatro da casa tua. Vuoi andare a fare un giro in moto? Potremmo andare fuori città un altro giorno, per fare una bella cavalcata.»

Lei mi agita un dito in faccia. «Guarda che capisco quando stai cercando subdolamente di flirtare.»

Aggrotto le sopracciglia come se fossi confuso. Mi piace stuzzicarla in modo sexy.

Lei stringe le labbra, con gli occhi che scintillano divertiti. «Sei bravo. Quell'espressione di finta confusione era veramente buona, ma qui c'è un'attrice professionista.» Disegna un cerchio intorno a sé. «Sono una maga a capire i segnali.»

Faccio un inchino. «Allora lascerò fare all'esperta. La regina di Summerdale, il mio posto preferito.» Agito le sopracciglia.

Lei sbuffa. «Sei una bestia!»

Ammicco ed esco. Harper è così divertente.

12

Harper

Cammino avanti e indietro nel mio appartamento, pensando se sia il caso di aprire una bottiglia di vino così presto e poi rinunciando. È sabato sera, appuntamento numero uno con Garrett, e sta arrivando. Perché ha dato un numero agli appuntamenti? Quanti se ne aspetta? Che succede quando arriveremo a un certo numero? Passiamo a un altro livello di intimità? Non c'è mai stato un uomo che fosse così franco su quello che succederà tra di noi. La maggior parte di loro non parlerebbe mai di *relazione*, tanto meno prima del primo appuntamento. È quasi troppo bello per essere vero. Cucinerà per me e poi andremo a vedere *Wicked* a Broadway. Quanti uomini lo farebbero?

Torno nella mia camera e mi guardo nuovamente allo specchio a tutta altezza. Questo vestito è esagerato? Di solito mi vesto in modo elegante per andare a teatro e devo sempre apparire truccata e a posto quando sono in pubblico, ma manderà il segnale sbagliato a Garrett? Sembrerò troppo vogliosa? Indosso una blusa trasparente nera con una gonna ampia oro e nero. È un look un po' retrò. Gli accessori sono semplici: orecchini d'oro a cerchio, scarpe di vernice col tacco alto. Uno spruzzo del mio profumo preferito, gelsomino. Ho raccolto i capelli in uno chignon morbido. È un look semplice con un tocco di sensualità. Voglio andarci piano con Garrett, perché, beh, una parte di me spera che possa essere l'inizio di qualcosa di speciale. Devo capire bene se vale la pena di rischiare il mio tenero, vulnerabile cuore per lui. Non sono mai stata dura come volevo. Piangevo per tutto e pensavo di essere un fallimento. Ho scoperto che è utile nella mia professione, perché posso piangere a comando. Sono molto emotiva e sensibile e quindi ho dovuto crearmi un sistema di difesa.

Ricordo a me stessa di essere cauta. Lui adesso fa parte dell'industria dell'intrattenimento e questo significa che potrebbe ancora volere una spinta per salire il prossimo gradino. Spero che non intenda usarmi in quel modo, ma è successo troppe volte perché scarti completamente quella possibilità. Sto cercando di essere felice per lui perché è così eccitato. Sembra che gli interessi più che altro perché potrà permettersi di comprare una casa. È una cosa grossa, cui aspira molta gente. E non c'è niente di male.

Una piccola parte di me non può fare a meno di risentirsi per com'è stato facile per lui. Grazie al suo aspetto è stata una passeggiata. Io avevo dovuto affrontare un'audizione dopo l'altra, un rifiuto dopo l'altro. *A centinaia*, prima di ottenere una parte. Quando avevo quattordici anni, andavo in treno a Manhattan, avanti e indietro, da sola, per partecipare alle audizioni. Una ragazzina di quattordici anni che andava in treno e girava la città per trovare i posti dove si tenevano le audizioni! Ripensandoci, sembra veramente noncurante da parte di mia nonna. Probabilmente aveva pensato che i viaggi estenuanti e i continui rifiuti mi avrebbero fatto rinunciare presto alle mie aspirazioni. Ero stata fortunata a ottenere una parte dopo un anno. Garrett era entrato e aveva ottenuto una parte in una pubblicità la stessa settimana.

La vita è ingiusta, prima lo impari meglio è.

Grazie, generale Joan! La voce di mia nonna non mi lascia mai. Ha avuto un'influenza così forte. Le devo una visita. Ha ottantasette anni e non so quanto tempo mi resta con lei. Anche se è ancora forte e fiera come sempre. Io ho ventotto anni. Aveva dovuto prendersi cura di me a un'età nella quale la maggior parte delle donne non deve più pensare ai bambini, cinquantanove anni, pur di non permettere a mia madre di darmi in adozione. Siamo una famiglia, ecco tutto, è ciò che dice.

Mi chino verso lo specchio, controllando il mascara. Tutto a posto. Torno in soggiorno e mi siedo in un angolo del mio divano morbido verde chiaro. Il mio appartamento è tutto nei colori pastello. Il soggiorno è arredato per essere comodo, divano con poltrone in tinta, un mucchio di cuscini che ho sferruzzato io stessa e tappeti dalle morbide forme geometriche. È il mio rifugio, dove posso coccolarmi.

Controllo il telefono. Forse mi avviserà che farà tardi, o che non ce la farà a venire. Nessun messaggio. Sento una fitta di eccitazione. È un punto a suo favore. Non mi sta dando buca. *Dio, è patetico quanto siano bassi i tuoi standard.*

Apro *Il mascalzone e la governante* di Alice Segal sul telefono. Niente mi rilassa di più di perdermi nel divertente scambio di battute di quel tempo che fu. Oh! Dovrei preparare il cartaceo da dare a Garrett. Ha detto che lo avrebbe fatti firmare ad Alice. E se mi invitasse nel palazzo dove vive lei? Mi sembra che Alice e io potremmo essere amiche. Almeno la versione di lei che conosco attraverso le sue storie. È stupido, lo so. Lei non è i suoi personaggi, esattamente come io non sono i personaggi che recito. Anche se il mascalzone è basato su suo marito nella vita reale, il principe Lucas Rourke. Avrei dovuto collegare i puntini tra Lucas, Alice e Garrett molto prima. I Rourke di Villroy sono i cugini di Garrett ovviamente. A un certo punto, Lucas era lo scapolo reale più ricercato, perfetto per il personaggio del mascalzone che ha descritto. Adesso lui è completamente infatuato di lei (uno dei modi preferiti della sua eroina di descriverlo).

Prendo il libro dallo scaffale e lo stringo al petto. Dovrei farle firmare tutti i suoi libri. Li raduno e li metto in una borsa di tela per Garrett.

Suona il citofono e il mio cuore si mette a correre. *Calmati.* È una brava persona. Il mio cervello lo sa; ora devo solo convincere il mio cuore. Josie ne canta in continuazione le lodi. Mi ha anche detto che sua madre lo chiamava orsacchiotto. Mi sono sentita un po' imbarazzata per lui quando me l'aveva detto, ma riesco a capirlo. Un grosso, muscoloso orsacchiotto.

Premo il tasto del citofono. «Sì?»

«È arrivato il tuo amico» dice Joe. La mia nuova guardia del corpo insiste a controllare i visitatori, in modo che nessuno possa intrufolarsi con una falsa identità.

«Quello sexy» aggiunge Garrett.

Rido e apro la porta. «Ciao, entra.»

Ha una borsa termica su una spalla e un sacchetto marrone sotto l'altro braccio. «Avevo un po' di tempo, quindi ho preparato la cena in anticipo.»

«Oh, perfetto.» Lo indirizzo verso la cucina.

Lui appoggia tutto sul ripiano. «Ho preparato le enchiladas, perché sopportano meglio il viaggio.» Fa un sorrisino sghembo. «La verità è che non volevo cucinare qui e far finire qualcosa sul vestito prima di andare a teatro.»

«È proprio un bel vestito.» È nero, camicia bianca elegante, senza cravatta. È la camicia bianca aperta che attira la mia attenzione, dato che mostra il torace virile e abbronzato. Muoio dalla voglia di vedere di più. Josie mi ha detto che era a torso nudo nella pubblicità e che è stupendo. Non è ingiusto che il resto del mondo possa vederlo così e io no?

«Grazie. Tu sei bellissima.»

Faccio un respiro profondo, distogliendo gli occhi. «Vino?»

«La risposta giusta è "Grazie".»

Agito in aria una mano. «Non sono molto brava con i complimenti. Grazie per averlo detto.»

«È la verità.»

Mi mordo il labbro, sentendomi fremere dentro. Eccitazione? Nervosismo? Libidine? Un po' tutto insieme. «Vado a prendere il vino.»

Lui sorride. Ha la quantità giusta di barba, così sexy. «Ho portato la birra. Ti dispiace se la metto in frigorifero?»

«Prego.»

Inserisce la confezione da sei in frigorifero. Ha intenzione di berle tutte o tornerà per l'appuntamento numero due o tre... Sudo freddo. Perché una confezione da sei di birra sembra significare un impegno? E perché sono così terrorizzata? È come se non avessi mai avuto una relazione prima d'ora, o non sia mai stata innamorata. Ma ho avuto tante esperienze negative che trovo difficile riprovarci. *Perfettamente normale*, mi dico. Sono passate solo tre settimane da quando ho scoperto che Colton mi aveva tradita. Sono solo cauta.

Garrett beve un sorso di birra guardandomi da sopra la bottiglia. «Hai bisogno di aiuto per stappare il vino?»

«Scusa, mi sono distratta. Ce la faccio.» Vado al cassetto della cucina dove tengo il cavatappi, ma lo sta bloccando in parte con il suo corpo. «Potresti spostarti un pochino in modo che possa aprire il cassetto?»

«C'è una tassa.»

Alzo gli occhi su di lui, diffidente. «Che tipo di tassa?»

«Devi guardarmi negli occhi per più di tre secondi in modo da non sembrare terrorizzata.»

Mi sforzo di tenere gli occhi su di lui, pescando nel mio repertorio da dura. «Non mi terrorizzi. Non essere ridicolo.»

«Non ti farei mai del male.»

«Lo so. Spostati per favore.»

Lui mi pizzica il mento. «In nessun modo, okay? Puoi rilassarti.»

Ho il cuore che batte al doppio del normale. «Sono molto rilassata.»

«Okay, agnellino.» Abbassa la mano e si toglie di mezzo. «Dillo alla vena sul collo che sta battendo come un coniglio in trappola.»

Afferro il cavatappi. «Ah! Prima sono un agnello, adesso un coniglio. C'è un carnivoro da queste parti.» Prendo il vino dal frigorifero e tolgo il tappo con maestria. «Un coniglio spaventato riuscirebbe a fare questo?»

Lui stringe le labbra con gli occhi che scintillano divertiti. «Ne dubito. Niente pollici opponibili.» Sono tentata di bere direttamente dalla bottiglia. Adesso che me l'ha fatto notare, il nervosismo non fa altro che aumentare. «Vai a sederti al tavolo da pranzo. Servirò io la cena.» Indico il tavolo di legno chiaro nella sala di soggiorno.

Lui sogghigna prima di muoversi. È un po' sconcertante il modo in cui riesce a vedere oltre le mia capacità di attrice. La maggior parte degli uomini non ci riesce. Mmm... questo è un uomo per cui i miei finti gemiti orgasmici non funzioneranno. *Wow, fai un passo indietro.* Prendo un bicchiere da vino, lo riempio per sbaglio fino quasi all'orlo e bevo un bel sorso voltandogli la schiena. Non c'è bisogno che sappia quanto ne ho versato. E bevuto.

«Casa tua è esattamente come me l'ero immaginata» mi dice.

«Davvero?»

«Sì, colori tenui e femminili. Hai mai vissuto con un uomo?»

«Una volta. La sua roba non si adattava. Ed era anche brutta. Aveva portato una poltrona reclinabile di pelle nera e un tavolino di vetro con gli spigoli aguzzi.»

Lascio il bicchiere di vino sulla tovaglietta davanti alla sua, prendo i piatti e torno in cucina. C'è un muretto basso che divide la cucina dalla zona di soggiorno e riesco a vederlo che osserva il mio appartamento.

«Se mai verrai a casa mia, ho un divano simile al tuo» mi dice. «Solo che i cuscini sono quelli originali ed è beige. Questi li hai fatti tu?»

«Sì.» Do un'occhiata ai cuscini di maglia azzurro chiaro, bianco e giallo, in diversi disegni gaelici. Stavo sperimentando, ma mi era piaciuto com'erano venuti. «Ho imparato a lavorare a maglia sul set del mio primo show dall'attrice che recitava la parte di mia madre. Dice che impedisce di continuare a guardare in continuazione il tavolo del catering. Tengono sempre pronti spuntini e servono i pasti. Mi ha decisamente aiutato a non abbuffarmi tutti i giorni di M&M's.»

«Ci sono vizi peggiori.»

«Vero.» L'ho visto succedere. Le droghe portano a bruciarsi in fretta. Un mucchio di attrici fuma, in parte per evitare di mangiare, in parte per calmare i nervi. Io più che altro lavoro a maglia e leggo. Immagino di essere un tipo casalingo.

Tolgo il coperchio dalla casseruola delle enchiladas e avvicino la mano. «Sono ancora calde. Hanno un aspetto fantastico.» Ha persino cosparso la superficie di scalogno tritato. Ne preparo una grossa porzione per lui, immaginando che mangi molto perché è così grosso, e una più piccola per me.

Torno al tavolo con il cibo e mi siedo, mettendomi il tovagliolo in grembo. «Sarà meglio che faccia attenzione a non versarmi niente addosso.»

«Anch'io.» Si alza, si toglie la giacca e il gioco dei suoi muscoli attira la mia attenzione quando l'appoggia sullo schienale. Poi si siede, infilando il tovagliolo in cima alla camicia

Mi sorride. «Perché non stai mangiando, agnellino?»

Beccata. Sa che lo stavo osservando. *Devo essere più discreta.* «Ti stavo educatamente aspettando.»

Lui mi fa l'occhiolino. «Dolce.» Taglia la sua enchilada e ne mangia un boccone.

Lo imito. La combinazione di sapori si scioglie in bocca, bontà speziata con formaggio fuso. «Sono incredibili!»

«Grazie. Sono capace di seguire una ricetta.»

«Che altro sai fare?»

Lui mi guarda negli occhi. «Qualunque cosa desideri.» La sua voce è un po' roca e mi graffia dentro.

Sento improvvisamente caldo, il polso accelera. Apro la bocca e poi la richiudo.

Lui sorride e torna a mangiare. Quest'uomo sa esattamente che cosa mi sta facendo.

Eppure, non so perché, non riesco a rispondere al fuoco. Mi sfuggirebbe di mano. Finirei per afferrare la sua camicia e trascinarlo sopra il tavolo e farmelo. Non ho molto autocontrollo una volta che si passa al piano fisico. Poi il sesso e le mie emozioni mi incasinano il cervello e non riesco più a vedere la situazione con un minimo di obiettività. Probabilmente il motivo per cui mi hanno preso così spesso alla sprovvista con i tradimenti. Voglio vedere il meglio in un uomo, e alla fine mi deludono sempre.

Garrett solleva la sua birra. «Facciamo un brindisi.»

Alzo il bicchiere di vino, che ho completamente dimenticato di bere. «Certo.»

«Al nostro primo appuntamento, che possa essere meno imbarazzante degli altri primi.»

Stringo gli occhi a quell'allusione, e lui sorride. Facciamo cin-cin. «Sono a favore delle cose non imbarazzanti.»

«Bene.» Beve un sorso di birra, appoggia la bottiglia e toglie il tovagliolo dalla camicia. «Allora vediamo di toglierlo di mezzo.»

«Che cosa?»

Lui spinge di lato i piatti e mi fa segno con un dito di avvicinarmi. «Il bacio della buonanotte. In quel modo non ci sarà quella tensione imbarazzata alla fine della serata.»

Lo fisso, completamente sconvolta. Chi fa una cosa simile? Chi lo dice apertamente?

«Preferisci che venga io da te?» mi chiede.

Presume che io sia d'accordo sul bacio. Che sia solo questione di come.

«Harper, il cibo si raffredda.» Mi fa ancora segno di avvicinarmi. «E non vogliamo perderci lo spettacolo.»

Di colpo diventa urgente chinarmi verso di lui. Lui mi appoggia la mano sulla guancia e mi dà un bacio tenero. Sento un'ondata di sensazioni, come un bicchiere di whiskey, potente e caldo fin dal primo sorso, che mi riscalda fino alla punta dei piedi.

Garrett si tira indietro, fissandomi negli occhi. «Tutto okay?»

«Sì» dico piano.

Rimette il mio piatto davanti a me. «Niente più momento imbarazzante di cui preoccuparsi. Dimmi com'è andata ieri la registrazione.»

Alzo di colpo gli occhi. Sembra così tranquillo e a suo agio. Non ha sentito l'attrazione chimica? Lui mi fa segno di parlare, con gli occhi che bruciano nei miei. *L'ha sentita anche lui.*

Sospiro piano di contentezza. Sapete una cosa? Ha ragione. È meglio togliere di mezzo l'imbarazzo. Quindi gli racconto della registrazione e di come il comico che avrebbe dovuto riscaldare il pubblico si era dato malato e quindi Josie era uscita e lo aveva intrattenuto semplicemente conversando. Io non riuscirei mai a farlo, ma lei ha fatto moltissime improvvisazioni per prepararsi e fa cabaret per divertirsi. *Brividi.*

Il resto della cena passa in un'atmosfera talmente rilassata che sono sorpresa quando mi chiede se mi piacerebbe fare una passeggiata prima dello show oppure se preferirei restare qui.

Garrett mette il tovagliolo sul tavolo e si alza. «Abbiamo un po' di tempo dato che ho preparato la cena in anticipo.»

Sembra disinvolto. Troppo disinvolto. Mi fa pensare che abbia cucinato in anticipo in modo che potessimo avere più tempo da passare insieme. È astuto, trova modi di farci stare insieme. Ed è una cosa così brutta? Sembra sincero.

Curva le labbra in un sorriso divertito. «Stai pensando veramente troppo.»

«Probabilmente è meglio se restiamo qui. Joe dovrebbe seguirci se uscissimo.» Indico la porta.

«Okay.» Resta lì, con le mani in tasca e mi guarda.

«Pulirò io dato che tu hai cucinato e poi ti raggiungerò sul divano.»

«Ti aiuto.»

È strano che un uomo si offra di aiutare. Immagino di essere abituata a tizi viziati con il personale che si occupa delle cose di tutti i giorni. Garrett si arrotola le maniche prima di raccogliere i piatti. Ha gli avambracci abbronzati con i muscoli in evidenza. Muoio dalla voglia di accarezzare il contorno di un muscolo, lì e in tanti altri posti. Lo raggiungo davanti al lavandino dove sta risciacquando i piatti per metterli nella lavastoviglie. Non mi ha praticamente dato la possibilità di fare niente, eccetto ritirare i bicchieri. Finiamo in un attimo. Ci sono ancora avanzi, quindi rimetto il coperchio sulla teglia di vetro e la trasferisco nel frigorifero.

«Ti dispiace se lascio qui la teglia e la birra?»

«No, certo. Non è che puoi portarli a teatro. Te le farò riavere tramite Josie.»

«Oppure potrei passare a riprenderle.»

«Certo, come vuoi.» La mia voce tocca una nota acuta. Mi sembra di star già accettando l'appuntamento numero due a casa mia. Non so per quanto tempo riuscirò a resistere alla tentazione.

Lui sorride con gli occhi dolci. «Per una volta, non aggiungerci un significato civettuolo. Sono solo una casseruola, una borsa e cinque birre. Puoi tenerle o posso passare più tardi a prenderle. È solo roba, no?»

Lo fisso. «Come fai? Come fai a sapere che cosa sto pensando?»

«Sei sensibile, giusto?»

Chiudo la bocca. È uno dei miei peggiori difetti e ho passato tutta la vita a nasconderlo.

Garrett mi stringe un braccio. «So che sei sensibile. È nei tuoi occhi. Traspare in *Living Gold*. Lo sono anch'io. Quindi riesco a capirti esattamente come capisci me. Se cerchi di capirmi, cioè. Vedo che non ci stai veramente provando altrimenti prima non saresti stata un coniglietto terrorizzato.»

«*Non* ero un coniglietto terrorizzato» dico a denti stretti.

Garrett si china verso il mio orecchio e aspetto la battuta che mi lancerà di sicuro, invece le sue labbra mi sfiorano il collo. Sento le ginocchia molli.

Mi guarda negli occhi e mi accarezza il labbro inferiore con il pollice. «Giusto. Sei il mio agnellino.»

Resto senza parole. Mi prende la mano e mi guida verso il divano. Lo seguo ciecamente, ansiosa. Forse sono davvero il suo agnellino.

Mi fermo, improvvisamente nervosa. Sarà meglio che temporeggi, che accorci la finestra di opportunità dal bacio al restare nudi. «Devo rinfrescarmi.»

«Certo.» Si siede sul divano, si rilassa e prende il telefono.

Vado in bagno, cercando di riprendere fiato. Dopo parecchi minuti, esco con la bocca fresca di menta, trucco fresco e una nuova determinazione. Prenderò il controllo della serata. Non resterò seduta qui, un fascio di nervi, cercando di trattenermi. C'è qualcosa di molto specifico che voglio da lui.

Ritorno in soggiorno e resto in piedi davanti al divano, lasciando un tavolino tra di noi. «Abbiamo ancora un po' di tempo.»

«Sì.»

Mi faccio forza. «Vorrei vederti a torso nudo.»

13

———————

Harper

Lampeggia un sorriso, che Garrett nasconde in fretta. «Come mai?»

Li indico col dito. «Perché ti vedranno tutti a torso nudo in quella pubblicità. Quindi mi sembra giusto.»

Lui si alza, con gli occhi fissi nei miei mentre si avvicina. «Non saprei, Harper» dice lentamente.

«Decidi tu, ovviamente. Niente pressioni.» *Wow.* Mi sembra di essere io l'uomo qui, che sta orchestrando il viaggio verso l'intimità.

Garrett si ferma appena fuori dalla portata delle mia braccia e io fisso la pelle sopra la camicia. Aveva lasciato due bottoni slacciati. Sono tentata di slacciare io gli altri, ma voglio che si senta a suo agio. *Certo che si sente a suo agio! Si è tolto la maglietta di fronte a completi sconosciuti.*

Aspetta finché lo guardo negli occhi prima di dire in tono scherzoso. «Mi sembra un po' eccessivo per un primo appuntamento.» Si slaccia il terzo bottone, permettendomi di intravedere i pettorali. «Non so come mi sento.»

Un altro bottone.

Mi avvicino, affascinata. Ho già visto il torace di uomini muscolosi, ma niente che gli somigli. Sembra un guerriero:

spalle larghe e torace enorme. Potrei tranquillamente visualizzarlo con una spada in mano.

«Continua.»

«Ti piace lo spettacolo?» mi chiede con la voce roca, slacciando un altro bottone. Davanti ai miei occhi famelici appaiono gli addominali scolpiti.

«Ancora.»

«Sto finendo i bottoni.» Slaccia l'ultimo e la camicia resta aperta, ma ancora infilata nei pantaloni, nascondendomi lo spettacolo.

Gli sfilo la camicia dai pantaloni e la apro. *Wow, solo wow.* Valli e colline. I suoi addominali portano a una V profonda che sparisce sotto la cintura dei pantaloni. Sono divisa tra il chiedergli di togliersi i pantaloni oppure limitarmi a esplorare ciò che sta offrendo.

Lui mi appoggia la mano sulla guancia, riportando il mio sguardo su di lui. «Poi cosa viene?»

«Voglio toccarti, ma voglio che tu non ti muova.»

«Vai.»

Gli tolgo la camicia, sfiorando con le dita la sua pelle calda. Piego accuratamente in due la camicia appoggiandola sul tavolino prima di tornare a guardarlo. Adesso è tutto mio. Metto il palmo delle mani sul suo petto e poi le muovo, godendomi il gioco dei muscoli duri. Lui comincia a respirare più forte mentre io divento più audace, dando dei colpetti con le dita ai suoi capezzoli piatti, passandogli le mani sui lati, tracciando la V profonda che muoio dalla voglia di seguire fino in basso. Do un'occhiata al rigonfiamento nei suoi pantaloni prima di alzare lo sguardo sui suoi occhi.

«Sei favoloso esattamente come aveva detto Josie» dico, riportando lentamente le mani sopra le sue spalle massicce.

Lui chiude gli occhi con un'espressione tesa sul volto. «Per favore, non nominare Josie, è come una sorella per me. Mi incasina la testa.»

Gli avvolgo attorno le braccia, apprezzando i duri muscoli della schiena. «Scusami. Sembri un guerriero, forte e robusto. Ti vedrei bene a uccidere un drago.»

Lui continua a fissarmi negli occhi. «Ucciderei un drago per te, Harper.»

Sento i brividi, la parte primitiva di me adora il fatto che sarebbe il mio protettore. «Credo che lo faresti.»

«Sai che è una tortura restare qui, immobile, mentre tu mi tocchi. Adesso devo rimettere la camicia.»

«No, non ancora!» Gli getto le braccia intorno al collo, premendo tutto il corpo contro il suo. Lui mi avvolge le braccia intorno, tenendomi vicina, con un braccio intorno alla vita, l'altra intorno al collo. Sembra naturale come respirare, alzare la testa e premere le labbra sulle sue.

Lui geme e prende il controllo del bacio, le sue labbra diventano imperiose, la lingua si infila nella mia bocca. Sento una fitta incredibile di desiderio. Non assomiglia per niente al gentile bacio della buonanotte attraverso il tavolo. È bollente e famelico. Di colpo, non mi basta, cerco di avvicinarmi, fondermi in lui. Gli metto le mani sul sedere e lo premo saldamente contro di me. La sua mano grande scivola lungo la mia spina dorsale, si appoggia al mio sedere tenendoci premuti insieme. Oh Dio, il desiderio è travolgente. Il bacio infinito.

Un lungo momento dopo, stacco la bocca dalla sua, respirando forte. «Hai un preservativo?»

Lui mi fissa la bocca. «No.»

«Va bene. Prendo la pillola.»

Lui si volta. «Dammi un minuto.»

Fisso la sua schiena ampia e poi non riesco a fare a meno di toccarlo, baciarlo, leccarlo. Le sue scapole sono un'opera d'arte. Un guerriero, veramente.

«Harp, dobbiamo rallentare.» La sua voce sembra strozzata.

Gli giro attorno, mettendomi davanti a lui. «Non credo di avere mai desiderato qualcuno come desidero te.»

Lui mi stringe forte in un abbraccio, tenendo la mia testa contro il suo petto. Sento il forte battito del suo cuore sotto il mio orecchio. Non posso fare molto altro se non abbracciarlo anch'io, visto il modo in cui mi sta tenendo. Lo desidero ferocemente, ma c'è qualcosa di veramente bello essere tenuta tra le sue braccia forti. Comunque non attenua l'inferno che infuria dentro di me.

Dopo qualche minuto, mi prende il volto tra le mani e appoggia la fronte contro la mia. «Non voglio che la nostra prima volta sia affrettata.»

«Possiamo saltare il musical.»

«Avremo il nostro appuntamento» dice fermamente. «Voglio sapere che ti fidi di me abbastanza da darmi più del tuo corpo.»

Mi dimeno contro di lui, ho troppo bisogno di lui per una discorso razionale. «Per favore?»

Lui ridacchia. «Il torso nudo ti ha proprio eccitato, eh?»

«Sì.»

Mi volta, in modo da avere la mia schiena contro il suo petto, rialzandomi lentamente la gonna oltre i fianchi. Le sue labbra premono contro il mio collo, lasciando una scia bollente lungo la colonna della gola. Piego la testa per permettergli di continuare. Lui mi graffia leggermente con i denti mentre le sue dita scivolano verso l'interno della mia coscia. Sono tesa come una corda di violino, muoio dalla voglia che le sue dita arrivino alla mia centrale del piacere. Garrett fa lo stesso con l'altra mano, tracciando lentamente l'interno della coscia.

«Garrett, mi stai torturando.»

«Ah, adesso sai come mi sento io.»

«Per favore» sussurro.

«Avresti veramente trascurato il preservativo per me? Lo fai spesso?»

«Mai. Ma non ho mai voluto tanto qualcuno.»

Lui geme. «Non hai idea di cosa mi faccia saperlo.» Riprende la sua lenta tortura, con le dita che accarezzano pigramente l'interno delle mie cosce, ogni tanto deviando verso il fianco, avanti e indietro, avvicinandosi sempre di più, senza mai raggiungere il punto dove ne ho più bisogno.

Gli afferro la mano e la metto con decisione dove la voglio.

Garrett ridacchia. «Non sei per le cose lente, vero?»

Lui mi accarezza, tutt'intorno, stuzzicandomi, facendomi

impazzire. Poi si limita ad appoggiare la mano, completamente fermo.

Digrigno i denti. *Voglio ucciderlo. Lentamente.* È quello che mi sta facendo, uccidendomi con la frustrazione.

Gli afferro il polso e lo stringo, sperando che faccia succedere qualcosa. «Stiamo esaurendo il tempo e mi ci vuole sempre un po' di tempo.»

Lui dà una tiratina al lobo del mio orecchio con i denti. «Sei fradicia, ci sei quasi. Esploderai come un petardo con me.»

Sbuffo, sul punto di dire: *Sì, se farai qualcosa in questo secolo!* Solo che mi manca il fiato quando mi succhia il tendine del collo mentre al contempo le dita si tuffano tra le mie gambe, strofinandomi con un ritmo che fa muovere i miei fianchi a tempo. Chiudo gli occhi e mi lascio andare completamente, come non ho mai fatto prima, con la mente vuota, il corpo quasi floscio. La sua forza, il suo calore, la presa salda sul mio collo, le dita sicure, tutto mi rilassa e vengo ricompensata da una spirale di piacere, mentre la pressione aumenta.

Garrett sposta le labbra vicino al mio orecchio mentre le dita scivolano dentro di me con un movimento sicuro. Sento il piacere che si irradia mentre la pressione sale. «Così bella, così sexy. Mi piace sentire che ti lasci andare.»

«Sono vicina» ansimo, scioccata da quanto ci sia arrivata in fretta.

Lui toglie le dita. «Lo so, la prossima volta sarò dentro di te.»

Sento un'ondata di desiderio, la pressione, la voglia di sentirlo dentro di me quasi insopportabile. Mi spingo contro di lui istintivamente, sentendo la sua erezione massiccia contro il sedere.

Lui si sposta, non permettendomi di cercarlo. «Prendi solo quello che ti do.» Mi sfiora con le dita e quando mi rilasso contro di lui, aumenta il ritmo, strofinandomi con più decisione.

La mia testa s'inarca all'indietro. «Oh Dio, Garrett!»

La sua voce profonda ha un tocco di autorità. «Lasciati andare.»

Esplodo, con i fianchi che ondulano disperatamente, la marea di sensazioni che mi toglie il fiato. Un'ondata dopo l'altra di piacere. Respiro affannosamente mentre lui resta con me, guidandomi con le dita durante l'orgasmo finché sono spenta. Garrett appoggia saldamente la mano sul mio sesso e mi mordicchia il collo. Sobbalzo, elettrizzata e completamente schiava del suo contatto. Non so se ha intenzione di darmi di più oppure di lasciarmi andare. Non credo di poter venire un'altra volta, ma in qualche modo so che ne sarebbe capace.

Garrett toglie la mano e io lascio andare il fiato, afferrandomi al suo braccio, appoggiata contro di lui, che resta in silenzio.

Mi raddrizzo a fatica e mi volto a guardarlo. «Come stai?»

«Benissimo» mi risponde, tirandomi giù la gonna.

Do un'occhiata al rigonfiamento nei suoi pantaloni. «Posso aiutarti?»

«Un'altra volta.»

«Perché?»

«Perché voglio che tu sappia che posso dare senza chiedere niente in cambio.»

Resto a bocca aperta. È come se conoscesse tutte le mie paure e sappia come trattarle. Penso che nessuno mi abbia mai capito in questo modo. «Sei una brava persona.»

Lui mi pizzica il mento e mi bacia con tenerezza. Sento un'ondata di affetto e lo abbraccio.

Lui mi fissa negli occhi, continuando a tenermi per il mento. Ha la voce burbera. «Mi fa piacere che lo pensi.»

Lo bacio di nuovo, questa volta un bacio lento e dolce, continuando a sentire gli effetti dell'orgasmo.

Quando si stacca mi sorride. «Dovremmo muoverci. Ti aspetto in corridoio, mentre cerco di darmi una calmata.»

«Oh, conosco un posto migliore. Potremmo andare sul tetto. Ho un accesso privato a un piccolo giardino con un bel panorama.» Afferro le mutandine. «Lascia solo che vada a rinfrescarmi.»

«Attenta. Ricordi che cos'è successo l'ultima volta in cui ti sei rinfrescata. Mi hai aggredito. Poi che cosa succederà?» Indica i suoi pantaloni facendo una smorfia. «Un uomo può sopportare solo fino a un certo punto di essere in mostra. Non sono il tuo spogliarellista personale, sai.»

Mi fa ridere. «Mi piaci veramente, Garrett. Non sei come la maggior parte degli uomini con cui sono uscita.»

Lui mi sorride. «Posso dire lo stesso di te. E sono lieto di aver smesso di fingere che vogliamo solo essere amici.» Mi volta e mi dà una sculacciatina. Strillo, sorpresa. «Adesso vai, prima che perda completamente la testa per il desiderio.»

Vado in camera mia praticamente fluttuando in aria.

~

Garrett

Harper e io saliamo sul tetto per prendere un po' d'aria fresca e finalmente torno a sentirmi a mio agio. Non oso né toccarla né baciarla. Un uomo può sopportare la tentazione solo fino a un certo punto. Fortunatamente è ora di andare. Ho veramente voglia di vedere *Wicked* con lei, più che altro perché voglio vedere il suo musical preferito. Voglio sapere tutto di lei. È forte e vulnerabile allo stesso tempo. Voglio proteggerla, tenerla e, sì, averla sotto di me.

Quindi okay, l'idea di procedere lentamente è volata fuori dalla finestra. Adesso so com'è quando viene, che cosa provo io, il suo odore sexy. È il motivo per cui devo riuscire a infilarci anche degli appuntamenti. Non voglio che sia solo una vampata di calore che svanisce in fretta. Sarà complicato, perché non è più possibile tornare indietro. Questa donna non riesce a resistermi.

Andiamo verso l'uscita. Mi chino in avanti per aprirle la porta quando lei mi afferra la camicia, mi tira giù la testa e mi bacia. L'istinto prende il sopravvento e la inchiodo contro la porta, premendo il corpo contro il suo mentre prendo il controllo del bacio. Lei emette un gemito, un miagolio in fondo alla gola che mi fa tornare duro in un attimo. Ha le dita infilate nei miei capelli, la gamba avvolta intorno a me, i fianchi spinti in avanti, a cercare di più. Le spingo giù la gamba, sapendo di che cosa ha bisogno. Le infilo la mano tra le gambe e trovo carne bagnata e bollente. Stacco la bocca dalla sua.

«Niente mutandine» sussurro stupito.

«Ho così bisogno di te» dice in tono urgente, rialzandosi la gonna oltre i fianchi.

Do un'occhiata a che cosa mi sta offrendo e il sottile filo di controllo che mi restava si spezza. La sollevo, e lei mi avvolge con impazienza le gambe intorno alla vita. Mi sposto verso la parete, con le bocche fuse insieme, aprendo i pantaloni. Harper ha le mani dappertutto, i suoi baci sono frenetici, vogliosi. Le sposto una gamba, aprendola e premo contro il suo centro. Oh Dio. Con l'ultimo grammo di forza di volontà che mi resta, interrompo il bacio e le chiedo: «Sei sicura?».

«Sì!» Mi afferra il sedere e mi tira verso di lei. «Non resisto più.»

Spingo forte, la sensazione del suo corpo stretto che mi afferra quasi mi fa finire prima ancora di cominciare. Faccio un respiro profondo, contando all'indietro, cercando di durare.

Harper infila le unghie nelle mie spalle. «Sssìììì!» esclama con un lungo sospiro sibilante. «Oh mio Dio, sei meraviglioso.»

Io la bacio. «Sei meravigliosa anche tu.»

«Scopami.»

Spingo forte e veloce, i suoi dolci gemiti di piacere mi stanno facendo impazzire. Lei solleva i fianchi, venendo incontro a ogni spinta, prendendomi più in fondo. E continua, in una corsa verso l'orgasmo. Il suo corpo si serra intorno a me e poi grida, venendo. Io mi lascio andare, una forte spinta dopo l'altra finché esplodo, l'intensità è abbastanza forte da togliermi il fiato e annebbiarmi la vista. *Gesù*. Crollo contro di lei, respirando affannosamente e fradicio di sudore.

Lunghi momenti dopo, Harper alza la testa. «Temo che tu mi abbia rovinato per tutti gli altri uomini.»

Rido e la bacio. «Bene, perché non ti voglio con nessun altro uomo.»

«Vuoi il monopolio, eh?»

«Assolutamente.»

Lei sorride. «Sono contenta di averlo fatto. Non sarei riuscita a resistere a tutto uno spettacolo di Broadway con il desiderio folle che avevo di averti.»

Io le scosto una ciocca di capelli scuri dal volto. «Era lo stesso per me. E ti voglio ancora. Folle, vero?»

«Per niente.»

Mi tiro fuori e la rimetto in piedi. Ha le gambe molli e si afferra a me. «Tutto quel pilates e traballo ancora.»

«Non sei abituata ad avvolgere le gambe intorno a un bestione come me. Dovrei far parte della tua routine di pilates.» Mi rialzo i pantaloni e li allaccio. «Allarga quelle gambe, stringi e spingi.»

«Un allenamento alquanto lascivo. Mi piacerebbe.» Ha il volto luminoso, gli occhi che promettono di più. «Sei sicuro di voler andare a vedere lo spettacolo?»

Non riesco a resisterle. La prendo in braccio. Lei mi lecca i pettorali. «Arriveremo all'intervallo.» *Non posso sbagliare se penso con il mio uccello, giusto?*

«Oppure un'altra sera» sussurra.

Non riesco a rifiutarmi, anche se avevo le migliori intenzioni per questa sera. Il desiderio di congiungermi a lei è troppo forte. Costruiremo la fiducia a letto. Ci sarà tutto il tempo del mondo per parlare.

14

———

Garrett

«Quando sarà il secondo appuntamento?» mi chiede, strisciando sopra il mio corpo e stiracchiandosi come un gatto.

Le accarezzo la schiena. «Sabato prossimo, dolcezza. Andremo a vedere *Wicked*.»

Lei sorride, con gli occhi che brillano. «Sei terribile.»

«E tu sei mia.»

Lei abbassa lo sguardo e rotola via in fretta.

L'afferro e la stringo, con la sua schiena contro di me, prima di sussurrarle all'orecchio: «Sarò buono con te».

Lei ride, un po' a disagio. «Non sono abituata a tutte queste belle paroline.»

Espiro bruscamente. «Vedi, è proprio per questo che volevo andare adagio. Se avessimo avuto un vero appuntamento, avresti avuto il tempo di capire che potevi fidarti di me, basandoti solo sulle mie azioni.»

«Allora è colpa mia?»

«Esattamente.»

«Perché è colpa mia?» sembra irritata.

Le strofino il naso sul collo. «Mi hai fatto spogliare, mi hai palpeggiato e mi hai pregato di scoparti.»

Lei dimena il sedere appoggiandolo a me. «È proprio quello che ho fatto, eh?»

«E io ne ho adorato ogni minuto. Ora passerò qui la notte. Probabilmente ti terrò abbracciata per un po', ti scoperò tantissimo e poi domani faremo qualcosa che assomigli più a un appuntamento. Quindi sabato conterà come il terzo appuntamento.»

«Hai già pianificato tutto.» Sembra contenta del mio piano, anche se cerca di non farlo vedere.

«Sì.»

«Domani dovrei andare a trovare mia nonna.»

«Allora vuol dire che conoscerò tua nonna.»

Lei volta la testa e mi guarda con gli occhi sgranati. «Parli sul serio?»

«Perché no? Io piaccio alle donne di tutte le età.»

Lei si accoccola contro di me. «Presuntuoso.»

«È una delle cose che ti piacciono di me.»

«Devo avvertirti che è un tipo duro. Io la chiamo generale Joan. In segreto. Non chiamarla così.»

Ridacchio. «So come trattare le donne così.»

«Per via di me?»

La stringo un po'. *Adorabile.* «Ti ho detto fin dal primo giorno che sei dolce. Questa faccenda della dura è solo una recita.»

«La maggior parte della gente non lo capisce.»

La faccio rotolare sulla schiena, le accarezzo la guancia morbida e la bacio. «Io ti vedo esattamente come sei.»

Lei apre le braccia e mi unisco a lei, nel nostro bozzolo privato di calore, affetto e forse di qualcosa di più. Decisamente qualcosa di più.

～

Harper

Sono seduta sul sellino posteriore della Harley di Garrett, diretta a Summerdale a trovare il generale Joan. Ho lasciato Joe a casa perché nessuno mi infastidisce a Summerdale. Inoltre, non ci sarebbe stato sulla moto. Ah-ah. Garrett è abbastanza grosso da far scappare la maggior parte degli uomini. L'aria fresca, la velocità e l'uomo che sto abbracciando mi fanno sentire come se tutto andasse bene nel mondo. È l'ultimo fine settimana di settembre, un meraviglioso giorno d'autunno e le foglie stanno appena diventando d'oro, arancio e rosse lungo la strada.

Sono contenta che Garrett serva da cuscinetto durante la mia visita, ma mi dispiace per lui. Non sa a che cosa sta andando incontro. Quando si pensa a una nonna di ottantasette anni, si pensa a una persona piena di calore, rassicurante. Garrett sembra un duro, ma, da quanto sono riuscita a capire di lui, è veramente un grosso orsacchiotto. Non riesco ancora a credere che mi trovi dolce. Come riderebbe la nonna a quella descrizione. Ma Garrett insiste a chiamarmi dolcezza e il modo caloroso in cui lo dice mi fa sciogliere dentro.

Conosceva già la strada per Summerdale, dato che la sua famiglia viene qui per il fine settimana del Labor Day. Rallenta quando svoltiamo in Lakeshore Drive e indica le due case che la sua famiglia ha affittato nelle diverse occasioni.

Si ferma davanti a una grande casa a due piani. «Questa è quella in cui siamo stati di recente.»

Mi chino in avanti in modo che possa sentirmi. «Non so chi ci vive adesso. Svolta alla seconda a sinistra. La casa di mia nonna è l'ultima in fondo.»

Riparte. Summerdale è una comunità architettonicamente pianificata, fondata negli anni Sessanta da un gruppo di hippy che la vedeva come la loro utopia. Il lago è al centro della cittadina, con le case con grandi terrazze costruite tutto intorno. Grandi alberi circondano il lago. La città è disposta come la ruota di una bicicletta, con i raggi che si irradiano dal lago. C'è una strada principale su uno dei raggi, con un caffè, un piccolo supermercato, un ristorante con un bar popolare e un centro yoga. Altri raggi portano alle chiese, le scuole, il municipio e alle case come quella in cui sono cresciuta io, aggiunte negli anni Settanta. Ci sono piste ciclabili che collegano tutto.

È il tipo di posto in cui un ragazzino può andarsene in

giro in bicicletta per conto suo senza restrizioni. Il tasso di criminalità è bassissimo e la qualità della vita è alta. I fondatori sono oramai in pensione e si sono trasferiti altrove. Il valore delle case è salito man mano che si sono trasferiti qui dalla città i giovani professionisti con i loro figli. C'è ancora parecchia gente che è cresciuta qui ed è tornata per crescere i figli, o che non se n'è mai andata. Le mie tre amiche più care sono qui e spero di vedere anche loro durante questa visita.

Arriviamo presto alla casa bianca a due piani, in stile coloniale, in cui sono cresciuta. Sono lieta di vedere che il giardino è curato e la casa è in buone condizioni. Pago io un servizio di giardinaggio e un uomo tuttofare del posto. La nonna insiste a curare personalmente le aiuole, anche se ha un'anca messa male.

Garrett parcheggia la moto sulla strada e si toglie il casco, voltandosi a guardarmi. «Tu per prima» dice con un sorrisino sulle labbra.

«Niente allusioni sexy qui.» Scendo, sentendomi un po' traballante dopo le forti vibrazioni della moto. Mi tolgo il casco. Sembra tutto così silenzioso senza il rombo del motore. Lentamente, comincio a sentire i suoni familiari di casa, mentre una lieve brezza fa frusciare le foglie e gli uccellini cinguettano i loro richiami.

Mi liscio i riccioli come posso. «Come sto?»

«Bella, come sempre.» Garrett scende dalla moto, aggancia i caschi e torna da me, baciandomi la guancia.

«Ho i capelli da casco?»

Lui mi liscia i capelli con entrambe le mari. «A me sembra che vadano bene.» Ho decisamente i capelli da casco. Non c'è speranza con questi riccioli ribelli.

Do un'occhiata alla mia blusa azzurra alla paesana, jeans e stivaletti alla caviglia. La nonna non approva l'abbigliamento osé, che mostri troppo seno. È tutto coperto. Mi tolgo la giacca di jeans, la mia preferita, che non riesco a indossare spesso. Fa caldo adesso che non stiamo viaggiando con il vento che ci sferza.

«Pronto?» gli chiedo.

«Sembra che ci stiamo preparando per un'imboscata.»

«Ci sei quasi.» Lui ha una giacca di pelle nera, jeans sbiaditi e stivali da motociclista. Sexy da morire. Non avevo nessuna voglia di dirgli di cambiarsi, ma so che cosa penserà mia nonna. Peggio per lei.

Lui va verso l'ingresso. Gli afferro le manica della giacca. Garrett si ferma e si volta, incuriosito.

Mi metto in punta di piedi e gli sussurro all'orecchio: «Non offenderti per niente di ciò che dirà e, per favore, non giudicare me per quello che dirà lei. Non la pensiamo allo stesso modo su un mucchio di cose».

Lui fissa la mia mano che gli stringe la manica. «Qualcos'altro?»

«Lei non approva le motociclette. Dice che sono il mezzo più veloce per fare un rapido viaggio all'obitorio. Mi dispiace. So che sei esperto e che programmi viaggi solo a casa delle nonne, e non all'obitorio.»

Lui ridacchia. «Sì. Avresti preferito che noleggiassimo un'auto?»

«Oh, no. Mi è piaciuto tantissimo. Una volta in Italia ho guidato una Vespa. Un vero spasso.»

Garrett mi prende la mano e cammina con me lungo il vialetto. «Dimmi che non hai appena paragonato la mia Harley a una Vespa.»

Sorrido. «La tua moto è molto più potente.»

«È tutta un'altra cosa. Tu hai praticamente guidato un monopattino.»

«Non era un monopattino.»

«Velocità massima probabilmente trenta miglia all'ora.»

«Ah, sono sicura di essere arrivata a quarantacinque.»

«Chilometri?»

Arriccio le labbra, ripensandoci. Eravamo in Italia, quindi... Mmm...

Saliamo sul portico e fisso il campanello. Le avevo detto di aspettarci tra le due e le due e mezzo e siamo in orario. Dovrebbe essere sveglia. Di solito mangia presto e fa un pisolino due ore dopo il pranzo.

«Hai intenzione di suonare il campanello?»

«Tu hai suonato il mio campanello stamattina» dico, prendendo tempo con un'allusione. Qualunque cosa per ritardare il momento.

«Vuoi che lo faccia io?»

«Sono perfettamente in grado di suonare un campanello. Ah, e dovresti chiamarla signora Ellis.» Suono il campanello e mi faccio forza. Mi rifiuto di lasciarmi provocare o permettere a qualunque cosa dica di ferirmi. Abbiamo sempre avuto due personalità completamente opposte. Io sono sensibile, lei è dura, quindi doveva rendermi dura.

Qualche momento dopo la porta si apre e appare mia nonna, che ci fissa attraverso il vetro della controporta. È in ordine, come sempre, con un foulard turchese al collo, una lunga camicia di cotone giallo pallido a maniche lunghe e pantaloni neri. Ha i capelli bianchi, corti, con la riga di lato e appena ondulati. Gli occhi castani sono acuti, gli zigomi ancora di più. Mi dà un'occhiata prima di fissare Garrett, senza fare una mossa per aprire la controporta.

«Buongiorno, signora» dice Garrett attraverso la porta.

Lei si volta verso di me e grida attraverso il vetro: «Sembra un teppista!».

«Nonna! *Non* è un teppista. Puoi per favore farci entrare?»

Lei inarca un sopracciglio, apre la controporta e zoppica verso la sua poltrona preferita in soggiorno. È una poltrona bergère azzurra con un piccolo poggiapiedi. È più vecchia di me. Ho cercato di aggiornare l'arredamento ma si è sempre rifiutata, dicendo di non buttare i miei soldi in cose inutili.

Mi siedo di fronte a lei sul divano a fiori bitorzoluto, coperto di plastica. Garrett si siede accanto a me e la plastica scricchiola rumorosamente.

Mia nonna riporta l'attenzione su di me mentre dice, fissandomi con il suo tipico sguardo penetrante da generale Joan: «Sei in città da sei settimane e finalmente ce l'hai fatta a venire. Era ora».

«So che sarei dovuta venire prima» dico. «Ma la mia agenda è piena di lavoro.»

Lei sbuffa. «Hai trovato il tempo di stare con un uomo.» Si rivolge a Garrett. «Porti sempre in giro mia nipote su quel razzo che cavalchi? È così che funziona nel quartiere, eh?»

Mi strozzo con la saliva, mortificata per come sta parlando a Garrett, che è uno degli uomini più gentili che abbia incontrato da tanto tempo. Mi volto, pronta a scusarmi, ma quel pazzoide sta sorridendo.

Garrett appoggia i gomiti sulle ginocchia, chinandosi verso di lei. «Vivo in un bel quartiere di Brooklyn, signora. Lavoro nell'impresa di costruzione della mia famiglia. È la prima volta che la porto sulla mia moto, ma se Harper si sentirà a disagio, ovviamente troverò un sistema alternativo per arrivare dove vogliamo andare.»

Mia nonna sbatte le palpebre un paio di volte, probabilmente cercando di decidere se è stata sconfitta o se Garrett è sincero. Dopotutto non ha detto che non mi porterà più in moto. Ha detto che farà ciò io mi sentirò di fare. *Un punto per Garrett.*

«Nonna, vuoi che prepari un tè o prenda qualcosa da bere per tutti?» Non mi aspetto che ci serva lei, con quel dolore all'anca. Dice che è un dolore facile da sopportare e che non si fida che un medico la renda "bionica" con una protesi all'anca.

«Ci penso io» dice, alzandosi un po' a fatica. Dovrebbe usare un bastone, ma lo vede come un segno di debolezza. Rifiuta di credere di essere vecchia, respinge l'etichetta di cittadina senior e tutti gli sconti che potrebbe avere. Testarda, anche quando va a suo discapito.

Chiedo a Garrett che cosa vorrebbe bere e la seguo nell'arco che porta in cucina per aiutarla. Sono sicura che Garrett non possa vederci da lì ma che ci può sentire, perché è proprio attaccata al soggiorno. Prego solo che mia nonna non dica niente di offensivo su di lui.

«È bello vederti» le dico, abbracciandola.

Lei mi dà un colpetto sulla schiena, senza abbracciarmi e mormora: «È passato troppo tempo. So che non è divertente stare con la tua vecchia nonna».

Prendo due tazze da tè e un bicchiere per Garrett mentre lei riempie il bollitore. «Pensavo che non fossi vecchia, solo matura.»

«Solo un'espressione, per spiegarmi meglio. Ho ancora

tutte le rotelle al posto giusto.» Accende la fiamma sotto il bollitore, preme il tasto per accendere la rumorosa ventola sopra il fornello e mi guarda a braccia conserte. «Da quanto vedi questo tizio?» Alza la voce per superare il rumore.

Preferirei che spegnesse la ventola in modo da parlare a voce bassa, ma so che si agiterebbe, temendo che il propano porti a un'esplosione se non c'è la giusta ventilazione. Decido di risponderle in fretta e sinceramente, senza rivelare troppo a Garrett. «Non molto. Ci siamo conosciuti solo tre settimane fa.»

«Lavora veramente in edilizia?»

«Sì. Perché lo chiedi?»

Lei indica il soggiorno con un dito. «Come fai ad averlo incontrato quando tu lavori in TV e lui in un cantiere? C'è qualcosa che non torna.»

Le parlo di Josie.

Lei annuisce. «Meglio l'edilizia della recitazione.» Prende la lattina con le bustine di tè. «Tutti gli attori con cui esci sono solo pieni di sé.»

Stringo i denti. Può essere vero che sono uscita con dei tizi con un ego ipertrofico, ma sono un'attrice anch'io e nelle sue parole c'è una punzecchiatura anche per me. Pensa che sia ridicolo che venga trattata in modo speciale e pagata un sacco per fingere di essere un'altra. Non ha mai capito che è un'arte. Inoltre, la gente ha bisogno di intrattenimento.

«Garrett rispetta il mio mestiere» dico. «In effetti, ha appena girato una pubblicità.»

Lei stringe gli occhi e lancia un'occhiataccia in direzione del soggiorno. «Dopo aver conosciuto te?»

«Sì» dico, sentendomi sprofondare lo stomaco.

«È peggio ancora» dice. «Mollalo prima che ti sfrutti per arrivare in cima. Non sorriderai più quando la sua fama sorpasserà la tua.»

«Perché dovrebbe sorpassarmi?»

«Ma l'hai visto? Mi ricorda Gary Cooper, ha il potenziale di diventare una stella del cinema con quell'aspetto, quella spavalderia. Sai, Gary Cooper ha cominciato come stuntman, come il tuo uomo in motocicletta.» Conosco bene le vecchie stelle del cinema che le piacciono. Gary aveva il fascino del bell'uomo comune. Faccio un respiro profondo, cercando di avere pazienza. «Non è il mio uomo in motocicletta.»

«Comunque tu lo definisca. Dio non voglia che qualcuno dichiari il proprio impegno o dica a voce alta che sono insieme. Voi ragazzi rendete tutto così complicato.»

Riempio il bicchiere d'acqua, devo andare a controllare il povero Garrett. «Torno subito.» Esco dalla cucina per portargli da bere.

Lui prende il bicchiere con un sorriso. «Chi è Gary Cooper?»

«Un attore famoso negli anni d'oro di Hollywood, intorno agli anni Quaranta.» Abbasso la voce. «Seriamente, non ascoltare niente di quello che dice.»

Lui nasconde un sorriso dietro l'orlo del bicchiere. «Adesso capisco da dove viene la tua paranoia.»

«Non sono paranoica.»

Garrett diventa serio. «Non sei stata contenta di sapere che avevo un agente.»

«Mi è passata. Inoltre, non è come se non avessi avuto una lunga fila di approfittatori prima di te. In realtà c'è un fondamento. Sto cercando di essere più fiduciosa per te.»

Lui mi prende la mano e sfiora le mie nocche con un bacio. Sento immediatamente un fremito che risale il braccio.

«Harper!» sbraita il generale Joan. «Che cosa state facendo voi due lì fuori, senza supervisione?»

Sbuffo mentre Garrett ridacchia. Già, come se stessimo pomiciando sul suo vecchio divano coperto di plastica.

La raggiungo in cucina. «Come ti sei sentita ultimamente?»

Lei fa un gesto indifferente. «Bene. Non erediterai la casa tanto presto.»

Sorrido. «Com'è la pressione dell'acqua? Mi piacerebbe far installare una doccia con più getti.»

Lei socchiude gli occhi. «Ah, sei sempre la solita. Non posso far funzionare la lavatrice e fare una doccia nello stesso tempo.»

«Posso far venire un idraulico...»

«Bah.»

Sospiro. Mai mostrare debolezza, mai chiedere aiuto. È sempre stata così permalosa. Suo marito, mio nonno, è morto quando avevo cinque anni. Non lo ricordo bene, ma nelle fotografie sorrideva sempre, con il braccio sulle spalle di nonna. Lei sorrideva solo per lui. Mi sono sempre chiesta se era stato perderlo che l'aveva resa così dura. Sua figlia, mia madre, aveva avuto me e non era mai tornata. Siamo sempre state io e il generale. Ho alcuni zii più vecchi, figli della nonna, le loro mogli e i miei cugini, ma non vivono nelle vicinanze. Uno dei miei zii è il motivo per cui mi sono interessata all'organizzazione Best Friends Care.

Qualche minuto dopo, torniamo in soggiorno con le nostre tazze di Earl Grey. Garrett ripone il telefono quando rientriamo.

«Non mettere su Internet le foto di casa mia» gli dice la nonna.

Chiudo gli occhi. Sono sicura che tutti muoiano dalla voglia di vedere una casa degli anni Settanta con il mobilio originale e un montascale. Ho fatto installare il montascale elettrico l'anno scorso, quando avevo visto con quanta fatica saliva i gradini a causa dell'anca. La nonna aveva brontolato, ma lo usa.

«No, signora» dice Garrett. «Stavo solo controllando il punteggio della gara dei Giants.»

«Uomini e le loro palle» sbuffa la nonna.

Garret cerca di non sorridere e mi dà un'occhiata. Io scuoto la testa. *Non* lo intendeva in *quel* senso.

«Hai guardato *Living Gold?*» le chiedo. Non ne ha minimamente parlato durante la nostra conversazione telefonica e aspettavo il suo verdetto.

«Certo che l'ho guardato!» risponde indignata.

Una parte di me vorrebbe sapere che cosa ne pensa, un'altra parte, quella più saggia, mi dice di non fare domande alle quali non voglio risposte sincere.

«Harper è fantastica» dice Garrett.

Mia nonna lo adocchia prima di dire: «Va in onda troppo tardi, alle nove. Riesco a malapena a tenere gli occhi aperti».

«Ti ho detto che potremmo registrarlo in modo che tu possa guardarlo quando vuoi.» Le avevo fatto installare la TV via cavo, dopo molte discussioni sui canali inutili. Volevo che fosse in grado di vedere il mio lavoro.

Lei indica la TV e lo scatolotto che c'è sopra. «Troppi tasti su quell'accidente di telecomando. È più facile che lo cancelli invece di guardarlo.»

«Le mostrerò come si fa, signora. È complicato solo la prima volta.» Garrett non aspetta una risposta. Mi passa semplicemente il bicchiere d'acqua, si alza e va a prendere il telecomando sul tavolino accanto alla poltrona della nonna.

Mia nonna spalanca gli occhi. «Scusa, quello è il mio telecomando.»

«Lo so, signora Ellis. Guardi.» Garrett si inginocchia di fianco a lei, premendo i tasti e spiegando man mano.

«Non ricorderò mai tutte quelle idiozie.» Scuote la testa e beve il suo tè. Per lei la faccenda è chiusa.

Dopo essersi alzato, Garrett indica di nuovo i tasti. «Sono solo questo tasto e poi Play. L'ho impostato in modo che non possa cancellare, ma può cambiare quando vuole. Ha un telefono?»

«In cucina.» Intende dire il telefono attaccato alla parete.

Garrett mi rivolge un'occhiata divertita.

Io alzo una mano. «Ho cercato di darle un cellulare, ma si è rifiutata.»

«Non ho bisogno di quell'affare che suona tutto il tempo» dice. «Sono tutti schiavi dei loro cellulari al giorno d'oggi. Io no.»

Garrett si alza in piedi, va in cucina e torna un momento dopo con un foglietto. Glielo porge. «Questo è il mio numero di telefono, signora. Mi chiami se ha difficoltà a guardare la registrazione. Rivedremo insieme come farlo funzionare.»

Lei prende il foglietto e lo mette cautamente sul tavolino, prima di investirlo con il suo sguardo tagliente. La maggior parte della gente si tirerebbe indietro. Non Garrett.

«C'è qualcos'altro che posso fare per lei, signora?» le chiede.

«Può sedersi, ecco che cosa può fare» gli risponde la nonna.

«Sì, signora.» Garrett si siede accanto a me. Gli passo il bicchiere, stupita dalla sua calma davanti a quella donna così pungente.

«Il tuo costruttore può tornare comodo» mi dice la nonna. «Forse potrebbe dare un'occhiata al cancello sul retro. La serratura è allentata e a ogni soffio di vento quel coso si apre e si chiude sbattendo.»

Garrett si alza. «Sarò lieto di dare un'occhiata, signora. Dove sono gli attrezzi?»

«In garage» gli risponde. «Di là.» Indica la cucina.

Guardo stupita mentre Garrett sparisce attraverso la cucina. Innanzitutto, mia nonna non chiede mai l'aiuto di nessuno. Secondo, lui non è tenuto a lavorare qui. L'ho portato come ospite. C'è un tuttofare in paese che potrebbe sistemare le cose per lei.

Lei beve spensieratamente il suo tè.

«Perché non hai chiesto a Frank di riparare il cancello?» le chiedo.

«Frank si è fatto male alla schiena.»

«E Adam?» È il falegname del paese.

«Non mi fido di lui, non credo che saprebbe fare un buon lavoro. Lavora solo di taglio e sega.»

«Ma ti fidi di Garrett?»

«Hai notato come assomiglia a Gary il suo nome? Gary Cooper, quello era un vero uomo.» Annuisce una volta e poi si china in avanti. «Il tuo ragazzo ha buone maniere.»

«Sì, è vero.» Sorrido tra me e me, divertita per la piega che hanno preso le cose. Da parte del generale Joan è un complimento rarissimo.

«Continua a non piacermi la motocicletta» aggiunge. «Non farti più vedere su una di quelle.»

«Come ti aspetti che torni in città?»

«I mezzi pubblici sono troppo terra terra per te, eh?»

Stringo i denti. Non le ho mai parlato dei pericoli della fama, specialmente come reagiscono alcuni uomini vedendomi in giro, ma non è assolutamente possibile che prenda il treno per tornare in città, quando ho un mezzo di trasporto perfetto proprio qui.

«Non so perché insisti a dire che sono al di sopra di tutto» dico. «Io sono ancora la stessa persona che sono sempre stata.»

«No, non è vero. È inutile fingere che sia così.»

«Pensavo di portarti fuori a cena. Poi ho intenzione di andare a trovare Sydney, Audrey e Jenna prima di tornare in città.»

Lei sbuffa. «Non credo che al tuo nuovo boyfriend piacerà quello che servono così presto alla caffetteria. Vai dove vuoi. Voglio solo dire una cosa.» Fa una pausa, con lo sguardo fisso su di me. «Stai attenta con lui. Vedo come può piacere, ma non dimenticare mai il fascino dei soldi nella tua professione. Non credo che chi lavora in edilizia guadagni molto.»

Sento stringermi il petto. «Non mi ha chiesto nessun aiuto.»

«Sii furba, Harper. Che cosa ti ho insegnato?»

Digrigno i denti. «Non mostrare mai debolezza.»

«Giusto, se lo fai, gli altri se ne approfittano. Come i tuoi miseri ex. Continui a farti affascinare da una bella faccia. Non è *quello* che significa essere un uomo. È colpa mia se non hai avuto un modello maschile mentre crescevi.» Sbatte gli occhi un paio di volte e distoglie lo sguardo. «Tuo nonno avrebbe potuto esserlo per te. Lui era un vero uomo.»

Ho solo dei vaghi ricordi di mio nonno. Sembrava grande e audace a me, da piccola, con una grande risata tuonante. «Mi dispiace, so che ti manca.» Evito di menzionare i miei ex. So che la mia storia con gli uomini non è delle migliori. Sono troppo fiduciosa e incontro più che altro gente legata all'industria dell'intrattenimento.

Non le piace la mia compassione e stringe le labbra. «Spero di sbagliarmi su Gary.»

Non mi prendo la briga di correggere il nome. È quello che spero anch'io.

15

———

Harper

Dopo la visita alla nonna, Garrett si ferma nel parcheggio di una vecchia casa rivestita di pannelli di legno bianchi, con un'insegna sul fronte che dice: "The Horseman Inn" e sotto: 1788. Adesso è di proprietà di una mia amica, ristorante e bar. Ai vecchi tempi era solo una locanda. Pensavo seriamente che non sarei mai riuscita a uscire dalla casa della nonna. A Garrett aveva fatto riparare il cancello, sbloccare una finestra nella sua sala del cucito che era rimasta incollata dalla vernice, per poi procedere con l'interrogatorio sulle sue intenzione nei miei confronti. Gli ha veramente chiesto se era il tipo cui piaceva volare di fiore in fiore o il tipo da matrimonio.

E lui aveva risposto che era il tipo da matrimonio!

La nonna non era rimasta impressionata. Io ero quasi svenuta. È come uno dei personaggi dei libri di Alice Segal, solo che è reale. Non riesco a smettere di tenerlo abbracciato intorno alla vita. Siamo ancora sulla motocicletta nel parcheggio.

Garrett spegne la moto, si toglie il casco e mi guarda voltando la testa. «Questa cittadina deve avere una lunga storia.»

Sorrido sognante. «La locanda esisteva prima del paese, quando era una stazione di posta. Adesso è un ristorante con un bar sul retro. È della mia amica Sydney.»

«Vogliamo entrare oppure preferisci restare qui seduta ad abbracciarmi?»

Allento la stretta e mi tolgo il casco. «Non riesco a credere che tu abbia chiamato mia nonna Regina Joan.»

«Mi ricorda veramente mio padre, con quella voce autoritaria. Potrebbe avere sangue reale.»

Scuoto la testa sorridendo. «Se l'è bevuta alla grande.» Ero scioccata, mia nonna che si pavoneggiava.

Garrett sorride. «Ti avevo detto che piaccio alla donne di tutte le età.»

«So che l'avevi detto, ma lei è una categoria di scontrosità a sé stante.»

«La gente è tutta uguale. Vogliono solo rispetto ed essere trattati con gentilezza.»

Mi sento stringere la gola per l'emozione. È così... perfetto. È possibile essere così perfetti? Fa paura, ma voglio credergli.

«Pronta a scendere?»

Poco dopo mi apre la porta del ristorante ed entro nello spazio caldo e invitante. C'è il podio di una hostess sul davanti, ora vuoto, e appena dopo un enorme camino di pietra che nei tempi antichi serviva per cucinare. La sala da pranzo anteriore è vuota, visto che è pomeriggio tardi. Il bar è in fondo, lungo una grande sala aggiunta negli anni Settanta. È l'unico bar per chilometri e la gente del posto si riunisce lì spesso per guardare la partita sulle tre TV a schermo piatto dietro il bar.

Un giovanotto che non conosco sta apparecchiando i tavoli per la cena nella sala da pranzo. «Salve» ci dice. «Non apriamo fino alle cinque, ma potete servirvi del bar.»

Annuisco. «Grazie. Sono un'amica di Sydney. Mi sta aspettando.»

Prendo la mano di Garrett e lo guido attraverso un labirinto di tavoli di legno scuro. Sembra che Sydney stia tentando di dare un tocco di eleganza in più. Mi chiedo se avrà cambiato il menu. Una volta era il classico cibo casalingo: polpettone, pollo fritto, hamburger. Quasi tutti i piatti erano accompagnati dalle patate al forno o fritte.

Sbircio dietro l'angolo. «Ciao!»

Sydney sta lavorando dietro il bar, con i capelli color Tiziano raccolti in uno chignon disordinato. Lascia cadere lo straccio e alza le braccia. «Oh, mio Dio, è Harper Ellis.»

Mi metto a ridere. Le piace fingere di essere una fan. Alcune delle persone che stanno guardando la partita di football al bar si voltano a guardarci. Non li conosco, alcuni uomini sui trent'anni. Danno un'occhiata a Garrett e tornano alla partita.

Sydney si toglie il grembiule e si affretta a girare intorno al bar per venire ad abbracciarmi. «La famosa Harper Ellis! E questo è il principe segreto di Brooklyn?» Sorride a Garrett. «Ho una notifica di Google impostata sul nome di Harper dato che lei non si preoccupa di tenermi al corrente dei suoi successi.»

Garrett sorride e le tende la mano. «Sono io, anche se il segreto sul principe oramai è stato svelato. Garrett Rourke.»

«Sydney Robinson. Questo bel disastro è mio.» Si mette le mani sui fianchi e guarda il ristorante storico che ha ereditato dal padre. La t-shirt rosa con un cuore di strass, jeans aderenti neri e stivali con il tacco alto sembrano fuori luogo in quell'ambiente storico. Non che me l'aspettassi vestita da antica coloniale.

«È bello» dice Garrett, dondolando avanti e indietro sui talloni. «I pavimenti sono un po' ondulati.»

«Ah, sì» dice Sydney. «Pavimenti deformati, soffitti bassi, travi e colonne originali.» Indica tutto intorno. «Abbiamo tutti quei bei tocchi storici e tutti i mal di testa moderni. Lascia che metta qualcuno a sostituirmi al bar e potremo sederci.»

Fa prendere il suo posto al tizio che avevamo visto nella sala da pranzo. Poi toglie il telefono dalla tasca posteriore dei jeans e scrive. «Sto avvisando Jenna e Audrey che sei qui. Sono qui intorno. Jenna ha appena aperto una pasticceria nel vecchio caffè.»

«Aspetta, il caffè ha chiuso?»

Lei mi guarda inarcando le sopracciglia. «Ah, sì, l'anno scorso. Devi stare al passo coi tempi. Summerdale si muove in fretta.»

«E Rainbow?» Era una degli ultimi hippy che avevano fondato Summerdale nonché la proprietaria del caffè.

Sydney ci fa segno di sederci a un tavolo per quattro. «Si è ritirata in Florida come tutti i cittadini anziani. Tua nonna è l'eccezione.» Una volta seduti, appoggia il mento su una mano e chiede allegramente: «Com'è andata con lei?». Sa esattamente quanto può essere difficile il generale.

«Con me, come mi aspettavo» dico. «Ha fatto riparare a Garrett tutto quello che non si fida a far riparare da Adam, perché come si fa a fidarsi di un mastro falegname per i piccoli lavori?»

Garrett gonfia il petto. «Ci vuole un operaio edile super–specializzato per sistemare la serratura di un cancello.»

Sydney sogghigna.

«Ho puntato i piedi quando voleva che riempisse un buco che una marmotta aveva scavato sotto la recinzione. Ovviamente mi ha comunque detto di stare attenta. Pensa che tutti gli uomini abbiamo un secondo fine.»

Sydney stringe le labbra, riflettendo. «Sai, non posso dire che si sbagli. Alcuni sono più bravi a nasconderlo rispetto ad altri. Guarda mio padre, un tipo a posto. Nessuno sapeva che aveva quasi portato al fallimento questo posto prima di morire.»

La guardo con simpatia. Era molto legata a suo padre. Sua madre è morta quando aveva dodici anni. Morto suo padre, il fratello maggiore di Sydney era subentrato nel ristorante. L'anno scorso aveva detto che era una causa persa e che voleva vendere. Sydney era tornata a casa, decisa a continuare con quel pezzo di storia e l'eredità di suo padre.

Sydney continua. «Ho un background in marketing, quindi avevo pensato che tutto ciò che ci voleva fosse un po' di passaparola e pubblicità. Vabbè, ci vogliono anche i soldi. Non sto avendo molta fortuna con le banche, visto quanto siamo indebitati.»

«Quanto?» le chiedo.

Lei alza una mano. «No, non ho intenzione di chiedere l'elemosina alla mia amica che ha avuto successo.»

«Potresti ripagarmi.»

«Questo è un affare locale. Investimento locale per i residenti. Tu continua a dare a Best Friends Care. Adesso sei internazionale, amica mia.»

Chiacchieriamo per un po', rivangando i vecchi tempi.

Sydney agita la mano, indicando dietro di me. «È qui e ha portato il suo principe segreto!»

Mi alzo per salutare Jenna e Audrey. «È passato troppo tempo.»

Jenna è alta e snella, cosa sorprendente per qualcuno cui piace fare dolci. Sarebbe logico pensare che abbia le maniglie dell'amore. Indossa un maglioncino a collo alto nero con i jeans e stivali neri. Audrey è più sobria, con una tunica beige sopra i leggings. I capelli neri formano un bel contrasto. Gestisce la locale biblioteca.

Le abbraccio entrambe.

Audrey guarda verso l'area del bar e si volta immediatamente. Non l'avevo notato quando siamo entrati, dato che Sydney mi aveva distratto con il suo entusiasmo e i suoi grandi abbracci. Il fratello maggiore, Drew, è seduto in un angolo, con una birra in mano, gli occhi fissi sulla partita. È l'oscurità mentre Sydney è la luce. Difficile biasimarlo dopo aver servito come Ranger dell'Esercito in parecchie missioni. Non che sia mai stato un tipo solare. Ha cinque anni più di noi e si accorgeva raramente delle amiche della sua sorellina. Audrey ha una cotta segreta per lui da quando riesco a ricordare. Gli scriveva regolarmente quando era in missione ma, a quanto pare, in nessuna delle sue e-mail gli aveva mai fatto capire che cosa provava per lui.

Quando siamo seduti a un tavolo più grande, con acqua gelata e pretzel, Sydney dichiara: «Garrett è molto più carino di Nick». È il mio ex di qualche anno fa. Lo aveva conosciuto quando era venuta a trovarmi a Los Angeles.

Jenna dà una bella occhiata a Garrett. «Sembra non sia vero che più belli sono più sono stronzi, eh?»

«Uhm... grazie?» dice Garrett.

«Abbiamo capito subito che non eri uno stronzo» dice Sydney, chinandosi oltre me per parlare direttamente a Garrett. «Innanzitutto, hai accompagnato Harper al galà quando si è trovata improvvisamente single.»

«Sembra quasi una sitcom» dico. «*Improvvisamente single.*»

«E parlando di sitcom, ci piace *Living Gold*» dice Audrey. «L'abbiamo visto tutti insieme quando è andato in onda, qui al bar.»

«Oh, grazie, ragazze.» Dicono che a loro piace qualunque cosa in cui reciti io.

Garrett appoggia il braccio sullo schienale della mia sedia, appoggiandomi la mano sulla spalla, scaldandola. «Ci siamo riuniti anche noi a casa dei miei genitori, dato che mia cognata, Josie Abbott, recita nello show.»

«Oh, mio Dio, l'adoro!» dichiara Sydney.

«Com'è?» chiede Jenna.

Si rivolgono tutte a Garrett, eccitate di sentirlo parlare di Josie.

Io agito la mano davanti alle loro facce. «Ehi, gente, ho solo lavorato con lei per le ultime sette settimane.»

«Sì, sì» dice Sydney, continuando a guardare Garrett, che sorride.

«È favolosa. Veramente effervescente ed estroversa.»

«Si capisce» dice Sydney. «Diversamente dalla nostra Harp, che esce dal suo guscio solo quand'è in scena.» Mi dà una gomitata.

«Sydney era la mia co-protagonista nel club teatrale a scuola» dico a Garrett.

«Giusto» dice Sydney. «Ma Harp era sempre la stella.»

«Sydney sa cantare ed è divertente» dico.

Sydney si toglie la fascia dal capelli e scuote melodrammaticamente la sua lunga chioma color Tiziano. «E ci si sarebbe aspettati che Broadway chiamasse dopo la nostra produzione di *Grease*, al primo anno.» Mi fa la linguaccia. «Harper ci ha abbandonati per Hollywood dopo il primo anno.»

«Siamo così orgogliosi di lei!» esclama Jenna e Audrey annuisce vigorosamente.

«Mi sarebbe piaciuto vederlo» dice Garrett. «Io finora ho pronunciato una sola battuta.»

Lo indico con il pollice. «Garrett ha appena filmano la sua prima pubblicità.»

Le mie amiche smettono di sorridere. So che mi sono lamentata del fatto che i miei ex si fossero approfittati di me, ma Garrett è diverso. Quest'uomo ha fatto i lavoretti in casa di mia nonna nel suo giorno libero.

Ha cucinato per me.

È un tipo da *matrimonio*.

Mi colpisce di colpo, stordendomi... mi sto innamorando di lui. È troppo presto, spaventoso, ho la sensazione di aver perso il controllo, ma è così. In quel momento, le mie difese crollano completamente. Non riesco a combattere questa cosa. È troppo potente, diversa da come mi sono mai sentita prima d'ora.

«Ah, fai parte anche tu dell'ambiente?» chiede Sydney, in tono tagliente.

«A dire la verità ci ho appena messo piede» risponde Garrett. «Dopo il galà, mi ha contattato un agente. In realtà lavoro nelle costruzioni, la recitazione è una cosa extra. Ho avuto la mia prima sessione con un insegnante di recitazione e mi sono reso conto che non è semplice come credevo.» Si stringe nelle spalle. «Più imparo, più ammiro Harper e quello che riesce a fare con un ruolo.»

Sorrido e sono sicura che sia un sorriso sognante. «Grazie.»

Sydney mi dà un'occhiata interrogativa, sta controllando se mi sta bene la faccenda della pubblicità.

Le segnalo annuendo che va tutto bene.

Il tizio dietro al bar ci chiede: «Posso portarvi qualcos'altro?».

Sydney balza in piedi. «Prenderò una bottiglia di champagne per festeggiare il nuovo show di Harper.» Si china verso di me sorridendo. «Quello buono.»

«Offro io» dico.

«Niente da fare, ragazza. Questo maledetto posto è mio. Praticamente lo posso dedurre dalle tasse.»

«Champagne deducibile dalle tasse?» chiedo scherzando. «Chi ti tiene la contabilità?»

«Ah!»

Appena è fuori dalla portata d'orecchi, mi rivolgo alle mie amiche abbassando la voce: «Come se la sta cavando veramente? Riuscirà a tenere aperto questo posto?».

Jenna e Audrey si scambiano un'occhiata.

Audrey parla per prima. «Sta organizzando una grande festa per l'ultimo dell'anno, con un'asta silenziosa per raccogliere fondi. Ma non sono sicura che sarà sufficiente per tenere aperto questo posto.»

«Forse sarebbe meglio se chiudesse» sussurra Jenna. «So che è un pezzo di storia, ma se lo vendesse, qualcuno coi soldi potrebbe subentrare e trasformarlo in qualcosa di diverso. Come ho fatto io con il caffè, trasformandolo in una pasticceria.»

«Ma tu non lavoravi nell'IT?» chiedo a Jenna. «Era un lavoro ben pagato.»

«La mia anima stava morendo» mi risponde.

«Oh.»

Lei fa un gesto indifferente. «Tu non sai che cosa significhi, perché hai seguito il tuo cuore fin dall'inizio. Il resto di noi si guarda attorno dicendo: tutto qui quello che c'è?»

«Anche tu, Audrey?»

«Sono felice di gestire la biblioteca, ma perfino io a volte mi chiedo se l'erba non sia più verde altrove. A fare qualcosa di eccitante.»

La fisso stupita. «Cosa, per esempio?» Per Audrey sono sempre esistiti solo libri, libri e ancora libri.

«Ballare sul palo» dice Sydney con una risata, tornando con lo champagne. «La nostra piccola Audrey sul palo.»

Audrey scuote la testa, arrossendo e dando un'occhiata a Garrett, che sta sorridendo. «Quella sei tu Syd.»

«Pagherei per vederlo» dico io.

Sydney tende la mano a palmo in su. «Paga.»

«Solo Audrey» dico.

Audrey scuote vigorosamente la testa, agitando le mani. «No, no.»

E tutti ridono.

Sydney apre la bottiglia di champagne facendole fare un botto e applaudiamo. Quando tutti abbiamo un bicchiere in mano, Sydney alza il suo. «Ad Harper, la ragazza del paesello che ce l'ha fatta alla grande!»

Io alzo il mio bicchiere. «A voi, donne meravigliose. Mi siete mancate. Giuro che tornerò a trovarvi più spesso.»

«Bevo a quello!» dice Sydney.

Facciamo tutti cin-cin e beviamo.

«Dovresti venire un giovedì sera» dice Sydney. «Abbiamo fondato un club del libro.»

«Cioè, vuoi dire che l'ha fondato Audrey, vero?»

«Vero, ma lo teniamo qui. L'ho rinominato: "Il club del vino del giovedì sera", perché, chi vogliamo prendere in giro? Audrey è l'unica che finisce i libri. Il resto di noi beve vino e spettegola. Due piccioni con una fava, sosteniamo The Horseman e ci sentiamo più intellettuali. Il gruppo sta crescendo e il vino scorre a fiumi.»

Audrey sospira e guarda il soffitto.

«Mi piacerebbe partecipare al "Club del vino del giovedì sera",» dico, «peccato che non possa. Ci sono le prove in costume il giovedì e poi devo essere fresca a pronta per la registrazione il venerdì. Niente lunga serata a bere vino.»

Sydney si butta i capelli sulla spalla e sbatte le palpebre guardandomi. «Un giorno, quando sarai scesa dal tapis roulant di Hollywood, avrai tempo per partecipare a eventi sociali più glamour.»

Garret ridacchia. Adesso sa come sono gli eventi da red carpet.

Parliamo per un po'. Sono curiose di sapere di più sul lato regale di Garrett e lui non le delude con i particolari su Vill-roy. Prima di andare, cerco per l'ultima volta di contribuire al salvataggio dell'Horseman, ma Sydney non ne vuole sapere. Alla fine, le dico: «Sarò qui per la tua favolosa festa dell'ultimo dell'anno e non potrai impedirmi di fare le mie offerte all'asta. In effetti, ho intenzione di donare anch'io qualche cosa».

I suoi occhi azzurri si illuminano. «Oh, Harp, sarebbe fantastico. So che la gente ti lascia in pace quando sei qui, ma sei famosa e so che averti qui attirerà una folla.»

Sospiro melodrammaticamente. «Sono tutti pazzi di me, eccetto il generale Joan.» *E vorrei che non mi importasse tanto della sua approvazione.*

«Sei invitato anche tu, Garrett» dice Sydney.

Lui sorride. «Grazie.»

Scuoto la testa. «Probabilmente scorterà qui mia nonna. L'ha chiamata Regina Joan e lei è praticamente andata in deliquio.» Trascuro di menzionare il mio deliquio.

Sydney batte una mano sul tavolo. «No! Il generale Joan in deliquio?»

«Garrett le piace più di me. Le ha insegnato come registrare *Living Gold*, sistemato il cancello sul retro e sbloccato una finestra.»

Sydney lo adocchia. «Anche a me sta cominciando a piacere più di te. Che cosa potresti sistemare qui intorno?»

«Di che cosa hai bisogno?»

Alzo una mano, stoppandolo. «No, no, no. Puoi chiamare Adam o un costruttore locale. Lui adesso viene via.»

Lei prende un biglietto da visita dalla tasca e glielo passa. Lui si alza e lo infila nella tasca posteriore. Quest'uomo. Troppo generoso. Il mio cuore si è ufficialmente sciolto. Nessun muro resisterebbe con lui.

Abbraccio le mie amiche salutandole e torno da Garrett. Lui mi mette un braccio intorno alla vita e dice a Sydney: «Tornerò con la mia cassetta degli attrezzi. Magari prima della festa dell'ultimo dell'anno».

«Adoro quest'uomo!» esclama Sydney. Poi gli ficca un dito nel petto. «Solo non ferirla. Ha già dovuto subirne troppa di quella merda.»

«La tratterò bene» dice solennemente Garrett.

Gli do una stretta intorno alla vita. *Liquefatta.*

Sydney si avvicina sorridendo e gli dà scherzosamente un pugno sul bicipite. Ha dei fratelli, quindi questo è il suo modo per essere amichevole. Quando mi aveva dato un pugno alla scuola materna, dicendo che voleva essere mia amica, ero andata a casa e avevo pianto. Non volevo un'amica che mi prendesse a pugni. Mia nonna mi aveva detto di darle anch'io un pugno, con la stessa forza (che non era molta, più che altro erano stati feriti i miei sentimenti) e siamo amiche da allora.

Garrett si limita a sorridere e a salutarle con la mano. Immagino sia abituato ai pugni, con cinque fratelli maggiori.

Usciamo dalla porta. Non sarei dovuta restare lontana così a lungo. Ho permesso che la tensione causata dalle visite a mia nonna mi allontanasse dalle mie amiche. Non c'è niente come avere amiche che conosci da tutta una vita. So che vedono la vera Harper.

Garrett riprende i caschi. «Allora, pensi che ci sarò l'ultimo dell'anno?»

«Lo spero» dico senza riflettere. Mancano tre mesi. Di solito non ammetto così presto in una relazione le mie speranze per il futuro, ma è la verità.

Lui mi bacia. «Mi piace che la pensi così di me. Adesso torniamo a casa. Non vedo l'ora di averti di nuovo.»

Sento un brivido. Gli metto le braccia intorno al collo e lo bacio appassionatamente.

«Harper Ellis!» esclama una stridula voce di vecchia.

Mi stacco di colpo, guardandomi attorno frenetica, cercando mia nonna. Sydney sbircia da una finestra aperta del ristorante. «Ah! Ci riesco ancora!» È bravissima nelle imitazioni.

Scuoto la testa. «Molto divertente. No!»

«Meglio essere discreti» dice. «Si metteranno in moto le lingue e le sentirai dal generale.»

Garrett ridacchia e mi porge il casco. «Pettegolezzi da piccola città, eh?»

«È spaventoso come si diffondono in fretta.» Saluto Sidney mentre torna all'interno.

Suona il telefono di Garrett, che lo prende dal taschino. «Uh-uh. È tua nonna. Probabilmente vuole sapere perché mi stavi molestando nel parcheggio.»

«No! Non rispondere.»

Lui sorride e sale sulla moto. «È mio fratello.»

Gli do una sberla sulla spalla, salgo dietro di lui e premo la guancia bruciante contro la sua schiena. I rischi di tornare a casa. Sentirsi un'adolescente beccata con il cattivo ragazzo.

Solo che, questa volta, in effetti è un bravo ragazzo.

16

Garrett

Stasera è il nostro secondo appuntamento e finalmente andremo a vedere *Wicked*. Non vedo l'ora di condividere la mia grande notizia con Harper. Busso alla porta del suo appartamento. Mi sta aspettando. Ho già superato la sicurezza dell'edificio, la sua guardia sa che sto arrivando e anche lei. Quei livelli di protezione non mi infastidiscono. Qualunque cosa per tenerla al sicuro. Joe è al mio fianco e aspetta che apra.

Harper apre la porta con un grande sorriso e fa un passo indietro. «Entra.»

Faccio un cenno a Joe e richiudo la porta alle mie spalle. «Ciao, bellezza.»

Lei si mette in posa angolando il fianco nel suo abito rosso scuro senza maniche, poi mi abbraccia, baciandomi con abbandono. Le avvolgo le braccia intorno, preso e perso, come al solito. Lei si strofina contro di me e io le metto la mano sul sedere. Harper geme contro la mia bocca e sono già pronto a prenderla di nuovo.

Interrompo il bacio, deciso a uscire con lei. «Harp?»

Ha gli occhi nocciola che brillano, le guance arrossate. «Una sveltina?»

Sorrido. «Dai. Si infurieranno se continuerai a riservare quei posti senza poi occuparli.»

Lei fa il broncio. «Hai ragione. Dopo.»

La bacio mordicchiandole il labbro. «Non vedo l'ora.» Mi allontano da lei, cercando di raffreddarmi.

«Prendo la borsa e avverto Joe.»

Qualche minuto dopo, siamo in ascensore con la sua guardia e stiamo scendendo. Ci vuole un quarto d'ora per arrivare a teatro. Harper indossa uno scialle bianco di pizzo sulle spalle, abbastanza traforato da lasciar intravedere la pelle nuda. È così sexy. Mi racconta la sua settimana al lavoro e l'eccitazione per aver visto una delle più famose stelle del cinema, Claire Jordan, che era venuta sul set a trovare Josie, che la conosce per via traverse tramite la famiglia Rourke. È la prima volta che ne sento parlare. A quanto pare mia cugina, la principessa Sylvia, aveva usato una wedding planner americana per il suo matrimonio americano (il marito è americano), e questa era un'amica di Claire. La catena di contatti si era estesa da Sean a Sylvia, alla wedding planner, a Claire, a Josie e Harper. Il mondo è piccolo. Mi fa pensare che a un certo punto avrei incontrato Harper grazie a quei contatti. Qui c'è il fato al lavoro.

Harper continua. «La parte migliore, e non ne avevo idea, è che Claire ha una sua casa di produzione con base nel Connecticut.»

«Bello.»

«Sì, le ho detto che mi sarebbe interessato fare la regista e mi ha risposto che le piacerebbe parlare con me di un progetto. Ha parecchio in ballo: film, show TV, perfino un reality show basato sulle auto classiche. Hai mai sentito parlare di *Hot Finds*? Vanno in giro cercando auto classiche da...»

«Restaurare. Sì. Adoro quello show con Ty e Park.»

Lei saltella sui talloni. «Cioè, non mi aspetto che mi *consegni* un film da dirigere, ma un episodio di uno show consolidato mentre sono in pausa con *Living Gold* potrebbe essere un inizio. L'ultimo episodio è alla fine del mese. Poi dovremo aspettare per sapere se ci saranno altri episodi.» Mi sorride. «Potrebbe significare restare da queste parti per un po'.»

«A me va benissimo.»

Si aprono le porte dell'ascensore e Joe esce prima di noi. Va alla porta di ingresso, esce e l'aspetta. Io tengo la porta aperta per lei e la seguo. L'auto è proprio di fronte, una Mercedes color argento.

«Amanda» grida un uomo. «Portami con te.»

Harper spalanca gli occhi quando vede l'uomo di mezz'età, scarmigliato, con una camicia a maniche corte tutta macchiata e pantaloncini da jogging. Joe lo affronta, dicendogli di stare indietro. Harper si affretta a salire sul sedile posteriore e io la seguo.

«Quello è il tizio che si è intrufolato nel mio appartamento» mi dice, allungando il collo per vedere dov'è andato. «Vuole che Amanda lo frusti.»

Joe sta venendo verso di noi e non vedo più quel tizio.

Mi volto verso Harper. «Joe l'ha fatto scappare.»

Lei mi afferra la mano, aggrappandosi forte. «Era stato arrestato. Immagino sia uscito di prigione.»

«Hai ottenuto un ordine restrittivo nei suoi confronti?»

«Sì.»

«Denuncialo.»

Joe sale sul sedile anteriore. «Andiamo.» L'autista si immette nel traffico. Joe si volta verso Harper. «Lo denuncerò per aver violato l'ordine restrittivo. Ha dei problemi mentali. Gli ho detto che non sei Amanda e di lasciare in pace Harper Ellis altrimenti sarebbe stato arrestato. Mi ha abbaiato contro ed è scappato.»

«Intendi dire come un cane?» gli chiedo.

«Già. Harper, ti proteggo io. Non permettergli di rovinare la tua serata. È fuori di testa. Non credo che intenda farti del male, ma che voglia che lo addestri, come fosse un cane.»

Harper sospira tremante. «Beh, non ho intenzione di farlo.»

«Non può nemmeno entrare nel palazzo» dice Joe. «Dimenticalo.» Mi dà un'occhiata come per dire *intervieni*.

Le appoggio la mano sulla guancia e la bacio. «Chiunque

tenti di avvicinarsi a te dovrà affrontare due bestioni pronti a prenderli a calci in culo.»

Lei mi rivolge un sorriso tremolante, appoggiandomi una mano sul petto. «Mi ricorda quando ti ho scambiato con la mia guardia del corpo.»

Appoggio la mia mano sopra la sua. «Il più bel giorno in assoluto.»

Harper mi slaccia la camicia abbastanza per infilare la mano e accarezzarmi il petto. «Sei una fantastica distrazione» mormora.

Le accarezzo i capelli, infilandoli dietro l'orecchio. *Spero di essere più di quello.*

Lei toglie la mano e mi riallaccia la camicia. «Allora, ti ho parlato della mia settimana. La tua com'è andata?»

«Bene, prima di tutto, sono diventato di nuovo zio.» Non riesco a fare a meno di sorridere mentre prendo il telefono per mostrarle la fotografia delle mie due nipotine gemelle. «Sono le figlie del mio fratello maggiore, Dylan, Maya ed Eva. Gemelle eterozigote, anche se è difficile distinguerle a questo punto. Maya indossa il cappellino a righe gialle ed Eva quello a righe rosa. Mamma e figlie stanno benissimo.»

«Congratulazioni! Allora, quanti nipotine e nipotini hai?»

«Tre nipotine, tutte dalla famiglia di Dylan, ma ce ne sono altri in arrivo. La moglie di mio fratello Jack dovrebbe partorire la prima settimana di dicembre e anche la moglie di Connor è incinta, ma le manca ancora un bel po'. Comunque, faremo una festa per la sorella maggiore, domani, a casa dei miei genitori. È una tradizione di famiglia fare una festa per il fratello maggior prima che il neonato arrivi a casa, per farlo sentire speciale. Ne ha avuta una ognuno dei miei fratelli maggiori quando arrivava il figlio seguente a scalzarli dalla posizione del piccolo di famiglia, eccetto il qui presente, dato che sono il minore. Vuoi venire?» Voglio presentarla alla mia famiglia perché ho una bella sensazione per quello che ci riguarda.

Lei spalanca gli occhi, restando a bocca aperta.

Le spingo in alto il mento, chiudendole la bocca, e la bacio. «Perché sei così sorpresa?»

«Vuoi che conosca i tuoi genitori e, praticamente, tutta la tua famiglia?»

«Sì. Sarà divertente.»

Lei mi fissa. «Sembra una cosa seria.»

«Io ho conosciuto tua nonna.»

«Quello era più come... beh, ti sei offerto...»

«Ero più un cuscinetto?»

«Sì.»

Rimetto in tasca il telefono, nascondendo la mia delusione. «Va bene. Non sei obbligata a venire.»

«No. Verrò. Non sono abituata a conoscere i genitori dei miei boyfriend. Adesso sono nervosa. Devo portare qualcosa.»

Le sorrido. «Non è necessario. E non preoccuparti, ci sarà anche Josie. I miei fratelli sono come me, solo non così strafichi.»

Lei scoppia a ridere.

«E, seconda bella notizia, mi hanno preso per un'altra pubblicità. Sono elettrizzato. Si filma venerdì. È per un'auto elettrica che farò sembrare splendida solo fingendo di guidarla. Il copione dice che la parcheggio in città, la collego a una stazione di ricarica e poi me ne vado con la mia bella ragazza. Niente battute, quindi è facilissimo. Ho chiesto se potevi recitare tu la parte della mia ragazza, ma l'avevano già assegnata.»

Lei si morde il labbro.

La guardo negli occhi. «Sei arrabbiata perché ho chiesto una parte per te oppure perché ho avuto la parte?»

Lei mi stringe il braccio. «Nessuna delle due cose. È stato carino da parte tua pensare a me.»

«Sono elettrizzato. Dopo questa pubblicità, avrò fatto abbastanza soldi per dare un acconto per una casa. È un sogno che si avvera.»

Harper appoggia la testa contro la mia spalla e io le metto il braccio sulle spalle. «Sono felice per te.» Non sembra entusiasta, ma ci sta provando. Ci vorrà del tempo prima che si fidi di me. Lo capisco e ho intenzione di metterci tutto il tempo che serve. Quello che non voglio è rinunciare a quella che si prospetta come una nuova carriera lucrativa. Il mio agente sta lavorando sodo per trovarmi dei lavori sempre migliori e mi piace lavorare con l'insegnante di recitazione, che mi incoraggia costantemente.

Sto cominciando a pensare che recitare potrebbe essere una vera possibilità. Per la prima volta in vita mia ho un'ambizione, qualcosa per cui lavorare veramente. Ed è una cosa tutta mia. Nel mio lavoro attuale, chiunque può rimpiazzarmi. È un fatto. I miei fratelli potrebbero trovare un altro operaio per la squadra. Se avessero veramente voluto che restassi con loro, mi avrebbero dato un titolo e un posto diverso. Non dovrei sentirmi così in colpa cercando di fare qualcosa per conto mio.

La mia famiglia e Harper devono accettare entrambi la nuova direzione che sto per intraprendere perché non ho intenzione di rinunciare se dovesse presentarsi qualcosa di importante.

~

Harper

Sto cercando di capacitarmi di questa serata vorticosa. Ero eccitata di vedere Garrett; poi ho dovuto ricordare perché ho una guardia del corpo quando Walter si è nuovamente avvicinato a me, poi Garrett se n'è uscito all'improvviso con l'invito *vieni a conoscere i miei genitori*, che è già di per sé una cosa stressante, e *poi* mi dice di aver ottenuto un'altra pubblicità. Sono felice per lui, davvero. Come sarebbe possibile non esserlo, visto com'è eccitato? Non posso farci niente se la mia prima reazione istintiva è stata la diffidenza. Sto cercando di superarla. Non voglio rovinare una cosa bella perché il mio istinto continua a mandarmi segnali di avvertimento. In questo caso si sbaglia. Devo crederlo.

Ci fanno entrare a teatro da un'entrata posteriore per poi passare da una porta laterale e scortarci ai nostri posti centrali. Cerco di rilassarmi. È il mio show preferito, dopotutto. L'ho visto nove volte. Mi piace la musica, ma più che altro adoro la storia della strega cattiva incompresa, che tutti giudicano perché ha un aspetto diverso. È nata con la pelle verde. È un promemoria di prendere in considerazione il carattere di una persona più del loro aspetto fisico. Come attrice, io lavoro sodo per arrivare all'essenza di un personaggio.

Lo spettacolo comincia poco dopo e mi ritrovo a osservare Garrett di sottecchi tanto quanto guardo il palcoscenico. Sembra che lo stia assorbendo. Spero che gli piaccia. Mi piacerebbe portarlo ad altri spettacoli di Broadway.

Appena scende il sipario per l'intervallo e si accendono le luci, gli chiedo: «Che cosa ne pensi finora?».

«Splendido. Mi piace veramente la musica dal vivo e questa è una forma d'arte a sé stante, il modo in cui raccontano una storia usando proprio la musica. E le voci delle due protagoniste, incredibili!»

Sorrido felice. Lo capisce. «Sì, solo i migliori arrivano a Broadway. Non c'è mai una brutta performance. Almeno, non che l'abbia vista io.»

Lui mi dà di gomito. «Quante volte hai visto questo musical?»

«Stasera è la decima volta. E lo vedrei ogni settimana se potessi. Dopo lo spettacolo, dovrei incontrare alcuni del cast e fare delle fotografie con loro.»

«Non me l'avevi detto. Chiederò loro di autografare il mio programma.»

«Certo.» Mi chino verso di lui. «E poi potremo tornare a casa mia e ricominciare da dove abbiamo smesso.»

Lui sorride e mi dà un colpetto sul naso. «Bestiolina arrapata.»

«Colpevole» gli rispondo ridendo. Nessuno mi ha mai chiamato bestiolina.

Dopo lo spettacolo, che era incredibile, aspettiamo che il pubblico esca prima di andare dietro le quinte per incontrare il cast. Sono eccitatissimi dopo la performance ed è veramente bello incontrare tutti di nuovo. Ho già visto tre volte questo particolare cast.

L'attrice che recita la parte della strega buona firma il

programma di Garrett e un fotografo che ha chiamato la mia addetta stampa fa una foto di loro due insieme. Mi unisco a loro e fanno altre fotografie. Poi ci fotografano con la strega cattiva e con l'intero cast.

«Dopo usciamo tutti insieme» dice Glinda la Buona, cioè Laurie. «Volete venire con noi?»

Garrett mi mette un braccio intorno alla vita. «In effetti, Harper non vede l'ora di riportarmi a casa sua.»

Gli schiaffeggio scherzosamente il petto, segretamente contenta che non voglia tuffarsi nella scena delle feste. Voglio che desideri solo me, non tutto il contorno sfavillante.

«Oh, Harp, sembra che tu abbia un uomo vero tra le mani.» Laurie si lecca il dito e finge di scottarsi quando gli tocca la spalla. E Garrett ride.

«È stato bellissimo rivedervi tutti. Siete stati fantastici» dico. «Divertitevi stasera!»

Ci avviamo ma non prima che lei risponda canticchiando. «Anche tu, sexy mama.»

Garrett mi tiene per mano, intrecciando le dita con le mie mentre raggiungiamo Joe e ci dirigiamo verso l'uscita posteriore. Nessun maniaco o paparazzo e arriviamo sani e salvi all'auto. Sospiro di sollievo.

«Capisco perché ti piace quello show» mi dice Garrett. «Tu sei la strega cattiva e tua nonna quella buona.»

Resto senza fiato. Non riesco a credere che l'abbia capito. È vero. Le loro vite sono intrecciate, in conflitto, una che fatica e l'altra che trova tutto facile. Mi sono sempre sentita cattiva, incapace di rispettare i suoi altissimi standard.

«Che cos'è successo ai tuoi genitori?» mi chiede dolcemente.

Non solo è estremamente intuitivo e sensibile, ma si cura anche moltissimo di me. Mi fa venire voglia di confidarmi.

Gli sussurro all'orecchio: «Ti racconterò la mia storia se tu mi racconterai la tua. Non qui».

«Certo. Ma la mia storia è noiosa.»

«Ah, non c'è niente di noioso nell'essere nato in una famiglia reale. Le tue cognate sono considerate principesse?»

Lui alza le sopracciglia. «In effetti sì.»

Non dico un'altra parola. Sappiamo entrambi perché l'ho chiesto. Se le cose continueranno ad andare bene tra di noi, un giorno potrei diventare anch'io una principessa. Non direi di no all'indossare una tiara e stare a palazzo a Villroy.

«Desidero moltissimo andare a quel ballo in tema Regency» gli confesso.

«Tu mi vuoi solo per via di Alice.»

«Due piccioni con una fava.»

Lui ride. «L'ultima volta ha vestito la sua bambina, Sigourney, con un abitino azzurro abbinato al suo. Fa veramente di tutto. Ti porterò la prossima volta, ma a una condizione.»

«Quale?»

«Che mi prometti di non dimenticare la mia esistenza una volta incontrato il tuo idolo.»

Sento scoppiare in me una bolla di pura felicità. «Sì.» Arrossisco per l'eccitazione, ma poi ricordo mia nonna. «Però non posso. Mia nonna mi aspetta per Natale ed è in là con gli anni. Non so quanti Natali mi restano con lei.»

«È forte come un toro. Può venire con noi sul jet reale. Scommetto che andrebbe perfettamente d'accordo con i miei cugini. E con mio padre, poi!»

«Forse.» Non posso chiederle di viaggiare per ragioni egoistiche. E se si ammalasse? Sarebbe colpa mia.

«Certo, vedremo quando sarà il momento.»

Una volta tornati nell'intimità del mio appartamento, Garrett si mette comodo sul mio divano e dà un colpetto allo spazio accanto a sé. «È il momento delle storie» dice. «Tu mi racconterai la tua e io ti dirò la mia.»

Di colpo, mi sento nervosa. Mi risuona nella mente l'avvertimento di mia nonna: mai mostrare debolezza. E poi la voce della mia addetta stampa: ogni persona che fai partecipe della tua vita privata deve firmare un accordo di riservatezza. Mi sono resa vulnerabile con lui. E devo farmi coraggio e continuare a farlo. È l'unico modo per legare veramente con l'uomo di cui, sospetto, mi sono innamorata.

Lo raggiungo sul divano e faccio un respiro profondo. «Non ho molto da dire. Non ho mai conosciuto mio padre. Era sposato, con una sua famiglia.» Deglutisco il groppo che ho in gola, sorpresa che mi disturbi dopo tutti gli anni in cui non ha mai voluto conoscermi. «Mia madre era molto giovane quando sono nata e mi ha lasciata, da neonata, alle cure di mia nonna, sua madre.»

«La tua madre biologica ti è mai venuta a trovare?»

Sorrido appena. È carino che si riferisca a lei in questo modo. Non mi è mai sembrata una vera madre. «No, non credo che si sentisse benvenuta. Penso che mia nonna l'abbia fatta scappare.»

«Hai mai tentato di metterti in contatto con lei?»

Detesto ammetterlo perché dimostra quanto poco lei ci tenesse. «No. Avevo in programma di contattarla da adulta, ma poi... mi ha contattato lei quando ho avuto il mio show, a quindici anni. Ci siamo incontrate a Los Angeles. Mi ha chiesto dei soldi e quando ho rifiutato, mi ha detto che mia nonna mi aveva messo contro di lei. In quel momento stavo risparmiando ogni centesimo, terrorizzata all'idea che mi licenziassero e che non avrei più lavorato.»

Garrett mi bacia. «Mi dispiace.»

Il groppo in gola ritorna. «Non parlarne con nessuno, okay. È una cosa tra noi due.»

«Certo. A chi dovrei raccontarlo?»

«C'è gente che pagherebbe oro per un po' di pettegolezzi scandalosi su di me.»

«Harp, non credi di conoscermi un po' meglio di così?»

Sbatto le palpebre per ricacciare indietro le lacrime. «A volte è difficile fidarsi. Sto tentando, okay?»

«Tutto ciò che mi dici si ferma qui. Non sto cercando di ottenere niente da te, eccetto la tua... compagnia.»

«Che cosa stavi per dire?»

Lui scuote la testa, sorridendo. «No. Non è il momento per scherzi salaci. Allora, la mia storia è semplice. Ti ho detto che mio padre era stato esiliato. Da quel punto in poi, dalla mia prospettiva la vita è stata normale. Quando sono nato io, mio padre lavorava per la ditta di costruzioni di mio zio, occupandosi del lato finanziario e mia madre allevava noi sei ragazzi. Hanno smesso di fare figli dopo aver raggiunto la perfezione, come puoi vedere.» Indica se stesso con entrambe le mani.

«Ovviamente» dico ridendo.

«E ha continuato a lavorare nell'impresa mentre mio zio ci insegnava il mestiere. Quando è andato in pensione, ha lasciato la ditta a me e ai miei fratelli. Siamo tutti proprietari in parti uguali. I miei fratelli maggiori si sono ricavati una nicchia nella nuova società che abbiamo formato per lo sviluppo immobiliare, la Rourke Management. Io non ci sono riuscito e continuo a lavorare con la squadra. Pensavano che non avessi abbastanza esperienza per una posizione di alto livello e adesso tutte quelle disponibili sono state prese.» Sembra amareggiato.

«È la seconda volta che menzioni il fatto di essere stato scavalcato.»

«Sì, beh, immagino di averci pensato spesso ultimamente. Improvvisamente, sono diventato ambizioso e ambisco a qualcosa di più.»

«Come una carriera da attore.»

«Non posso negare che sarebbe meraviglioso.» Mi rivolge un sorriso sexy, mentre mi fa scivolare verso l'alto il vestito con le sue mani grandi. Mi solleva e mi fa sedere a cavalcioni sulle sue gambe. «Adesso passiamo alle cose importanti.»

Gli metto le braccia intorno al collo e lo bacio, felice che le confidenze intime siano finite. Questo è molto più facile, solo la sua bocca sulla mia, le sue mani che mi accarezzano dappertutto.

Si alza, con me aggrappata a lui e va verso la camera. Basta parole. Solo passione. Mi dico di non preoccuparmi per la sua recente ambizione. Non posso permettere che si metta tra noi due.

17

Harper

Sono nervosa, ho veramente i nervi a fior di pelle, mi sto avvicinando al livello del panico da palcoscenico mentre aspetto sui gradini davanti alla casa a schiera dove è cresciuto Garrett. Difficile pensare che sei ragazzi vivessero in questa piccola casa, specialmente se sono tutti grandi e grossi come lui. Riesco solo a immaginare gli anni da adolescenti, con tutto quel testosterone: sudore, voci urlanti, ragazzi che mangiavano tutto quello che capitava loro davanti. Mi sto raffigurando la loro madre come una donna anziana, esausta, quindi quando la porta si apre e vedo una bella donna sui cinquant'anni con capelli scuri lunghi fino alle spalle, occhi di un azzurro brillante e pelle chiara e liscia, con un maglione rosa chiaro, pantaloni diritti e stivali neri, potete immaginare il mio stupore. Sembra che potrebbe recitare in una pubblicità per una crema antirughe. Voglio i suoi segreti di bellezza. Seriamente.

«Salve, benvenuta!» esclama, facendo un passo indietro per farci entrare. «Sono così felice che siate potuti venire per il giorno speciale di Olivia.» Pronuncia il nome "Olivia" a voce particolarmente alta. È la bambina di Dylan. Mentre venivamo, ho mandato a memoria tutti i nomi della famiglia.

Sento la musica che suona in sottofondo. Qualcosa di allegro su un delfino. Musica da bambini?

Entro e vedo un'adorabile bambinetta con una tiara argento glitterata e una calzamaglia rosa con un tutù in tinta che piroetta per la stanza. Sorride alla nonna, ci vede e corre ad afferrare la gamba dei pantaloni di un uomo anziano. Dev'essere il padre di Garrett. La somiglianza è impressionante, anche se Garrett è pieno di muscoli. Hanno gli stessi occhi acquamarina, gli zigomi alti e la mandibola squadrata.

Garrett fa le presentazioni. I signori Rourke mi salutano cordialmente, includendo Joe. Ho portato con me la mia guardia del corpo per la mia pace interiore. Non volevo che qualcuno ci seguisse qui o si presentasse a casa loro, indesiderato ospite. Garrett mi ha detto che i suoi genitori non avrebbero battuto ciglio riguardo a Joe, dato che a palazzo le guardie sono la norma. Suo padre è cresciuto con loro.

«Dylan passerà più tardi, in tempo per la torta» dice la signora Rourke. «Ariana resterà ancora un giorno in ospedale con le gemelle. Quindi oggi è tutto per la sorella maggiore.»

Garrett mi indica di seguirlo, con un regalo per Olivia infilato sotto un braccio. Si accuccia davanti a lei, ancora aggrappata alla gamba del nonno. «Felice giorno della sorella maggiore, Olivia! Questa è la mia amica Harper.» Mette il grosso pacco sul pavimento davanti a lei.

Mi abbasso anch'io al suo livello. «Ciao! Devi essere così eccitata di essere una sorella maggiore.»

Lei annuisce e fissa il regalo avvolto in una carta con tanti palloncini colorati.

Garrett glielo indica. «Questo viene da me e Harper. Forza, aprilo.»

Lei strappa la carta, togliendone un pezzettino. Un altro strappo e un altro pezzettino minuscolo. Ci vorrà un po'.

Garrett si alza e io lo imito. Il signor Rourke resta in piedi dietro a Olivia, che sta alacremente togliendo la carta al suo regalo, un minuscolo pezzetto per volta. «Dylan vorrebbe parlarti più tardi, riguardo la posizione di capo cantiere.»

«Che cosa significa?» chiede Garrett. «È il lavoro di Jack.»

«Jack ha deciso di restare a casa con il bambino per un paio di anni, mentre Riley lavora a tempo pieno.»

Garrett spalanca gli occhi. «Davvero? E Dylan vuole *me* come capo cantiere?»

«Ovvio.»

«Ma che cosa succederà quanto Jack tornerà?»

Il signor Rourke sorride. «Se le cose continueranno come adesso, l'impresa avrà spazio perché tutti cresciate con lei.»

Garrett aggrotta le sopracciglia, sembra pensieroso. Adesso riesco a capire che cosa pensa. È la promozione che aveva sempre voluto, ma adesso ha anche questo lavoro extra che spera abbia successo, il che significa che lascerebbe l'impresa di famiglia proprio quando hanno più bisogno di lui. Mi ha detto che la moglie di Jack aspetta un bambino a breve.

Garrett sospira e guarda Olivia. «Vuoi un po' di aiuto?»

Lei scuote la testa e la tiara cade in avanti. Se la toglie dagli occhi e usa entrambe le mani per sistemarsela in cima alla testa. Ha i capelli castano scuro e ondulati. Non ho mai avuto i capelli sciolti da piccola. Il generale Joan riteneva che i miei pazzi riccioli dovessero essere ordinati e raccolti, sempre. Coda di cavallo o trecce.

«Quanti anni ha?»

«Venti mesi» mi risponde il signor Rourke. «Mia moglie e io stiamo vedendo con piacere *Living Gold*. In effetti, lei era una fan già da prima per *Capital Asset.*»

«Grazie. Lo apprezzo.» Garrett mi ha addestrato bene su come ricevere i complimenti. Ah-ah.

Guardiamo tutti Olivia. È riuscita a togliere la carta e ora sta cercando di togliere il cartone dal regalo: un set sportivo con un pallone da calcio, uno da basket e uno da football, tutti di gommapiuma.

«Aprite, per favore» dice, guardando noi adulti.

Il signor Rourke prende la scatola. «L'imballo è duro da aprire. Fammi prendere le forbici.»

Proprio allora si apre la porta ed entra un bell'uomo con una giacca di pelle nera e i jeans. «Dov'è la mia ragazza?»

«Papà!» strilla Olivia correndo da lui a tutta velocità. Dev'essere Dylan.

Sento gli occhi che pungono vedendoli insieme. Lui la prende in braccio e la stringe. Lei appoggia la testa sulla sua spalla, tenendolo stretto, un'espressione estatica sul volto. Dylan la fa volare, la riprende e la bacia sulla guancia. «Mi sei mancata queste due notti, tesoro. Ti sei divertita con i nonni?»

«Sì, con tutti i nonni.»

«Wow, si è riunita tutta la banda solo per te.» L'appoggia su un fianco. «Devi essere una bambina molto speciale.» Solleva una mano per salutare Garrett e si avvicina per dargli una pacca sulla schiena.

«Sì. Sono una sorella grande. Aiuto Eva e Maya.» Arriccia il naso e dice: «Sono solo bambine». Parla veramente bene per non avere ancora due anni. Per qualche motivo, pensavo che i bambini non pronunciassero frasi intere fino almeno ai due anni. Non che abbia esperienza con i bambini.

«Sono così fortunate ad avere te.» Suo padre la rimette a terra e lei corre in cucina, dove il signor Rourke sta ancora litigando con le fascette di plastica che tengono insieme il set di palle.

Tende una mano verso di me. «Ehi, sono Dylan.»

«Harper» dico, stringendogli la mano. «Ti ho riconosciuto dalla fotografia del matrimonio a Villroy. Grandissimo evento.»

Lui sorride, con gli occhi azzurri che scintillano. «Sì, davvero. Ero il principe ereditario, finché non lo sono più stato. Comunque, la riunione è stata una bella cosa. Josie mi dice che le piace lavorare con te a *Living Gold*. È uno show divertente.»

«Grazie.» Incrocio le dita e le alzo. «Speriamo che ci sia molta gente che la pensa allo stesso modo.» Gli indici di gradimento non sono stati granché ma, secondo il mio agente, molti spettatori preferiscono guardare tutti gli episodi insieme quando è disponibile l'intera stagione. «Saprò all'inizio di novembre se ci sarà una seconda stagione.»

Garrett aggrotta le sopracciglia. «Tocchiamo ferro che sia così, ma sai che cosa farai se non è così? Resterai in zona?»

Dylan si congeda e raggiunge sua figlia in cucina, stringendo affettuosamente la spalla a suo padre prima di spostarsi al lavandino per preparare una tazza con beccuccio con l'acqua per sua figlia. Che papà meraviglioso. Sarebbe stata diversa la mia vita se avessi avuto due genitori amorevoli come Olivia? Anche Garrett li ha avuti. Forse non avrei sentito il bisogno di rifugiarmi in un personaggio diverso, o andare così lontano quand'ero così giovane. Mi riscuoto. Mi piace il mio lavoro. E la mia infanzia mi ha dato la spinta per arrivare dove sono oggi. Meglio così.

Garrett mi prende la mano e mi porta verso un morbido divano blu scuro. «Harp?»

Accavallo le gambe e mi volto verso di lui. «Sì?»

«Non hai risposto alla mia domanda. Resteresti in questa zona se *Living Gold* non avesse una seconda stagione?»

«Sì, se ci fosse lavoro. Spero di trovare lavoro come regista, ma non lo so. Devo andare dove c'è lavoro. Lo sai, hai visto con Josie.»

«Vero. Curo abbastanza spesso la loro casa.» Mi stringe la mano. «Spero che resteremo in contatto se dovremo separarci.»

Mi sento stringere il petto. È così aperto. Non so nemmeno che cosa dire. «Grazie.»

La signora Rourke apre la porta della cucina. «Venite, tutti quanti.» Mi guarda. «Qualcuno ti ha offerto da bere?»

Garrett balza in piedi. «Ci penso io.»

Lo seguo in cucina. C'è gente che sale dal piano di sotto e affolla la cucina radunandosi intorno all'isola. Che cosa facevano dabbasso? Non ho sentito niente. Ovviamente c'era la musica per bambini che suonava forte e io ero distratta dalla gente che ho incontrato.

Garrett fa il giro della stanza, presentandoci ai suoi fratelli e alle loro mogli, ma c'è una donna che non ha bisogno di presentazioni.

«Una di noi, una di noi» intona Josie, con gli occhi azzurri che scintillano quando mi abbraccia. «Cosa sono, due interi giorni da quando ci siamo viste? Che c'è di nuovo?»

Rido. «Non molto. Ho visto *Wicked* ieri e adesso sono qui.»

«Oh, mi piace *Wicked*. Ma il ruolo dei miei sogni è Dolly, di *Hello Dolly*. Quale ruolo vorresti recitare a Broadway?»

«Elphaba, in *Wicked*, ma non ho la voce.»

Lei mi guarda piegando la testa. «Davvero? Ti ho sempre visto come Marian, la bibliotecaria in *The music man*.» Si rivolge a Garrett: «Ha quella dolcezza in lei. Marian si trasforma da una rigida bibliotecaria in una donna fiduciosa e più felice».

«Perché? Perché mi piacciono i libri?» le chiedo.

Gli occhi di Josie scintillano divertiti. «Mmm-mmm.»

Unisco i puntini. «Perché sono rigida e diffidente. Cribbio, Josie, grazie.»

Garrett punta un dito verso Josie. «Hai fatto centro.» Mi mette un braccio intorno alla vita. «Dovresti fare un provino per quella parte.»

Stringo le labbra. «Certo, lo farò subito.»

«Dico sul serio.»

Mi volto a guardarlo, cercando di frenare la rabbia. «Non puoi semplicemente decidere di recitare una parte. Deve esserci una produzione in atto, deve coincidere con i miei programmi e devono essere d'accordo che ce la posso fare.» *E non sono rigida e diffidente. Non rigida, sicuramente, e sto veramente cercando di essere meno diffidente. Non sai quanto mi sono resa vulnerabile con te?*

Garrett mi guarda preoccupato. Continuo a dimenticare che mi capisce come nessun altro.

«Fai in modo che succeda» dice Josie. «Se lo vuoi davvero, cioè. Io ti immagino così. Quindi...» Fa una smorfia. «*Living Gold* sembra un po' a rischio. Pensavo fosse bello, ma forse non sta toccando la corda giusta nel pubblico. Gli ascolti stanno scemando settimana dopo settimana.»

Mi si stringe lo stomaco, ma cerco di mantenere un'espressione positiva. «Il mio agente dice di aspettare e vedere se migliora. Potrebbero salvarlo quelli che vogliono vedere tutti gli episodi insieme.»

«Sto leggendo alcuni copioni che mi ha mandato Claire» mi dice.

«Bene.» *Io non ho ricevuto nessun copione.*

Lei percepisce immediatamente il mio disagio. «Per me

Claire è come una mentore. Ehi, potrei essere io la tua mentore. Ti piacerebbe?»

Come faccio a dire di no? Solo perché sono più vecchia di lei e lavoro da più tempo? Lei ha avuto due ruoli abbastanza importanti, mentre io ho avuto solo particine. Forse *dovrebbe* essere la mia mentore. «Certo.»

Lei mi stringe il braccio «Oh, sembrava che fossi piena di me, vero?» Indica a Garrett di spostarsi e mi mette il braccio sulle spalle. «Sappi solo che sono qui, qualunque cosa ti serva, okay?»

«Certo, grazie.» Mi cede improvvisamente il ginocchio e strillo. Una palla da calcio mi ha appena colpito dietro il ginocchio.

Olivia la segue correndo e calciandola per tutta la cucina.

«Di fuori, signorinella» sbraita il signor Rourke. «Chi vuole giocare a calcio con Olivia?»

Tutti gli uomini la seguono fuori dalla porta. Wow. Un'intera squadra di calcio di uomini virili che segue una bambinetta in cortile.

«È una perfetta giornata autunnale» dice la signora Rourke. «Sediamoci in terrazza. Prendo le verdure.»

Una volta sedute sulla terrazza posteriore con le donne, mi diverto veramente a chiacchierare e mangiare verdure intinte in una salsa ranch. Siamo io, la signora Rourke, Josie e le mogli. Rebecca e Riley sono entrambe incinte e ne stanno parlando. Riley dovrebbe partorire alla fine del mese. Rebecca non ha ancora nemmeno la pancia. È alta e snella, quindi penso che il bambino abbia ancora tutto lo spazio che gli serve per distendersi.

Chiacchieriamo e guardiamo sette uomini, incluso Joe, seguire una bambina con una palla di gommapiuma per tutto il cortile, fischiando e applaudendo quando la calcia verso la piccola rete che qualcuno ha trovato nello sgabuzzino. Sta vincendo lei.

Arrivano i vicini di casa, i Bianchi, che poi si rivelano essere i nonni di Olivia. Dylan ha sposato la ragazza della porta accanto. Sono così curiosa di conoscere sua moglie. Sua madre è sfacciata e schietta, con la frangia scura e i grandi occhiali. Suo padre è un tipo silenzioso che sorride molto.

La signora Rourke mi presenta.

«L'attrice superstar» dice la signora Bianchi. «Due in famiglia adesso. Mi sa che tra un po' ci trasferiremo tutti a Hollywood.»

«Non sono una superstar» dico, segretamente entusiasta che mi ritenga tale. Hollywood non mi ha accordato quello status.

«Certo che lo sei» mi dice. «Ti ho visto in due sitcom popolari in TV. Adesso puoi aiutarmi a portare i manicotti?» Ha in mano due vassoi coperti.

«Certo» dico, sorpresa che l'abbia chiesto a me, visto che ci siamo appena conosciute. Suo marito ha in mano una caraffa d'acqua con fette di frutta che galleggiano.

La seguo dentro la casa.

Lei parla voltando la testa. «Ho portato l'acqua salutare. Bisogna far entrare di straforo un po' di vitamine extra per tutte le donne incinte. Mia figlia dice che le gemelle saranno le ultime, ma non c'è scarsità di nipotini da viziare per me ora che i Rourke più giovani si stanno sistemando. Qui siamo tutti una famiglia.»

«È veramente bello.»

Appoggio sul ripiano dell'isola i vassoi ancora caldi.

Lei prende alcuni piatti di plastica e comincia a servire usando una grossa spatola. «Allora, tu e Garrett fate sul serio?»

Quasi mi soffoco con la saliva. È il tipo di cose che mi sarei aspettata di sentire dalla madre di Garrett, non dalla vicina di casa. «Non lo so.» *Dov'è Garrett?*

«Mmm-mmm. Da quanto tempo vi frequentate?»

Do un'occhiata alla porta sul retro, sperando che Garrett noti che la vicina di casa mi sta facendo il terzo grado. «Uh, ci siamo conosciuti un mese fa, ma direi che usciamo ufficialmente insieme da...» smetto di parlare, senza sapere come dire che eravamo già usciti insieme, da amici, quando poi in realtà si sono rivelati come veri appuntamenti, meno il sesso.

Lei mi inchioda con uno sguardo d'intesa. «So tutto sugli

appuntamenti del giorno d'oggi. Mia figlia è vissuta nel peccato prima che Dylan facesse di lei una donna onesta. Ha funzionato, quindi chi sono io per dire che è sbagliato? A meno che lo chieda a Padre Richards.» Prende abilmente una grossa porzione di manicotti e la depone su un piatto. «Ora, Josie si sposta di frequente. Avete parlato di che cosa significherà per te e Garrett?»

Ha intenzione di condividerlo con la signora Rourke? «Uhm, dice che spera che resteremo in contatto.»

Lei sorride. «Garrett è un tesoro. Lo sai, giusto?» Aspetta che annuisca prima di continuare. «Lo è sempre stato, anche se cerca di nasconderlo con i grossi muscoli e l'espressione da duro. È l'unico che scambia regolarmente messaggi con sua madre, tenendola al corrente di tutto. L'abbiamo saputo immediatamente, quando ti ha incontrato.»

Sento le guance che si scaldano. «Oh, è carino.» *Non riesco a credere che abbia detto a sua madre di avermi incontrato! Che dolce!*

Lei mi punta addosso la spatola. «Se non fai sul serio, dovresti lasciarlo andare. Lui ha intenzione di sistemarsi, come i suoi fratelli. A ventisei anni si è pronti a sistemarsi. Tu quanti anni hai?» Alza la testa, con gli occhi scuri che scintillano curiosi attraverso gli occhiali.

«Ventotto» rispondo automaticamente, anche se non mi piace rivelare la mia età. Può essere un fattore limitante per un'attrice.

«Speri di avere dei figli?»

Do un'occhiata per la porta posteriore. *Garrett!!!! SOS!* «Non lo so» mormoro.

«Non aspettare troppo. Ariana ha cominciato solo a trentun anni. Ora è stata furba, ha usato quei nuovi test di ovulazione e ha fatto tutto al momento giusto. Ovviamente aiuta che gli uomini Rourke siano virili.»

Quasi sbotto dicendole che prendo la pillola quando mi rendo conto che non sono affari suoi. *Perché questa donna mi sta facendo l'interrogatorio? Mayday! Me ne devo andare.*

La signora Rourke arriva di corsa. «Sono venuta ad aiutare.»

Sospiro di sollievo. Il resto della famiglia arriva dietro di lei. Il mio interrogatorio è finito, grazie al cielo. Aiuto a passare in giro i piatti di manicotti e la gente comincia ad avviarsi verso il tavolo da pranzo. La signora Rourke e io li seguiamo per ultime.

«Ti piace l'arte moderna?» mi chiede, indicando un quadro sulla parete. È veramente brutto, scarabocchi viola e rossi con una vistosa macchia di vernice gialla in centro. «Ce l'ha regalato Garrett.»

Garrett dichiara dal tavolo: «Era un regalo di compleanno di Jack a Connor, che l'ha lasciato a casa mia. A me l'arte moderna non piace».

«È insolito» dico diplomaticamente.

La signora Rourke sorride, ammirandolo. «L'ha dipinto un artista famoso. Chissà, un giorno potrebbe valere qualcosa.»

La signora Bianchi arriva dietro di noi e adocchia il quadro. «Francamente, io non ci vedo niente, non pagherei un centesimo per averlo.»

La signora Rourke stringe le labbra e continua verso il tavolo da pranzo.

Li raggiungo. Stanno tutti parlando e ridendo, eccetto Jack, che sembra imbronciato e continua a lanciare occhiate al quadro. Era il proprietario originale del quadro, l'aveva comprato per Connor. Una volta finiti i manicotti, la curiosità ha la meglio su di me.

«Jack, rivolevi tu il quadro?» gli chiedo. «L'avevi regalato a qualcuno che poi l'ha regalato a sua volta, quindi forse speravi...»

Lui si acciglia, tirandosi indietro i capelli scuri disordinati. «No, assolutamente.»

«Mi ripeti chi è l'artista, tesoro?» chiede Riley. La moglie, incinta, glielo sta chiedendo a occhi stretti, quasi sfidandolo a dirlo. C'è decisamente tensione nell'aria.

«Non lo conosceresti» borbotta lui.

«Mi piacerebbe saperlo» dice la signora Rourke. «Garrett non lo sapeva. Chi è, Jack?»

«Potremmo controllare online» dice il signor Rourke. «Magari dovremmo regalarlo a un museo.»

I signori Rourke si avvicinano al quadro sulla parete del soggiorno e lo fissano piegando la testa da un lato e poi dall'altro.

«Non è firmato» dice il signor Rourke. «Forse è sul retro.» Fa per togliere il quadro dalla parete quando Jack lo ferma, correndo da lui.

«Non toccarlo!»

«Che c'è?» chiede il signor Rourke.

«Temi che possa diminuirne il valore?» chiede la signora Rourke.

La signora Bianchi si unisce a loro, scuotendo la testa. «Credo che non ci sia niente che possa diminuirne il valore. Sembra che qualcuno abbia rovesciato della vernice da un quadro che stavano dipingendo. Oppure l'ha fatto un bambino. Senza offesa, Olivia.»

Olivia corre da noi sentendo il suo nome e suo padre la segue.

Poco dopo sono tutti in soggiorno e fissano il quadro. Riley si siede sul divano e sospira. «Jack, diglielo, per favore. Questa storia è andata avanti per troppo tempo.»

Jack si strofina la nuca e la guarda. «Ry...» dice in tono piagnucoloso.

«Che c'è, Jack?» chiede la signora Rourke con un sorriso. «L'hai pagato tanto? Te lo restituirò, se lo vuoi.»

«Ha dovuto scavare a fondo per quel quadro» dice Riley.

Jack le dà un'occhiataccia.

«Oh, Jack, non ne avevo idea» dice la signora Rourke. «Oddio, magari dovremmo venderlo e accantonare il ricavato per l'educazione dei bambini.»

Jack chiude gli occhi. «È spazzatura, okay?» Apre gli occhi, con un'espressione di profonda disperazione. «L'ho preso dalla spazzatura e l'ho dato a Connor per il suo compleanno. Solo uno scherzo. Lui l'ha accettato come se fosse vero e l'ha appeso alla parete.»

«Bastardo» dice Connor, con un accenno di divertimento nella voce. «Ho dovuto fissare per anni quella roba orrenda sulla parete del soggiorno.»

Jack ride e poi smette di colpo all'occhiataccia di sua

madre. «Quindi poi Connor l'ha lasciato a Garrett, che l'ha scaricato a te.»

La signora Rourke parla a denti stretti. «Pensavo che semplicemente non apprezzassero l'arte. Almeno, era nella spazzatura di un artista?»

Jack fa spallucce. «Non lo so. L'ho trovato per strada. Ne dubito. Mi dispiace, lo metterò nella spazzatura, al suo posto.» Lo stacca dalla parete ed esce dalla porta sul retro.

Garrett si china verso di me. «Jack è il re degli scherzi. Non credo di averlo mai sentito scusarsi.»

«Lo sapevo!» si vanta la signora Bianchi. «Non avevo detto che era spazzatura?»

«No, non avevi detto che era spazzatura» sbuffa la signora Rourke.

La signora Bianchi alza le spalle. «Ho detto che non valeva molto. Come se un bambino avesse rovesciato il suo succo e poi ci avesse fatto pipì sopra.»

«*Non* è quello che hai detto» risponde la signora Rourke scaldandosi.

«Conosco l'arte, Tara» dice compiaciuta la signora Rourke. «Sai, tutti *pensano* di avere buon gusto, ma solo pochi ce l'hanno veramente.»

La signora Rourke s'inalbera. «Ho studiato storia dell'arte al college, sai.»

La signora Bianchi fa un gesto indifferente. «Sono sicura che quei pezzi antichi siano facili da valutare. Per l'arte moderna ci vuole un occhio speciale.» Si picchietta la stanghetta degli occhiali.

Le due donne battibeccano a voce sempre più alta su chi conosce meglio l'arte e in qualche modo il discorso scivola su chi contribuisce di più alla cena della chiesa per i senza tetto del Giorno del Ringraziamento.

Jack torna mentre il loro battibecco tocca una nota altissima sul valore dell'arte di strada, che la signora Rourke valuta come arte e che la signora Bianchi ritiene un crimine bello e buono. Gente, non ci vuole molto per mettere in moto quelle due. Scambio un'occhiata con Garrett, che fa spallucce e poi mi sussurra all'orecchio: «C'era una faida. Ti spiegherò dopo».

Jack si affretta ad andare dalle donne che sono ancora vicine a dove c'era il dipinto sulla parete e alza le mani. «Per favore, ditemi che non ho riacceso la guerra con questo dipinto.»

«Che guerra?» La signora Bianchi alza le mani. «Non c'è mai stata una guerra. C'era solo della *gente* che è stata falsamente accusata e della *gente* che ha lanciato le accuse.»

Il signor Rourke parla in tono autoritario: «Signore, non penso che dovremmo rivangare vecchie recriminazioni».

La signora Bianchi indica la signora Rourke. «Le ho regalato un cucchiaio da portata per risolvere la questione.» Incrocia le braccia e annuisce. «Appena ho saputo che le nostre famiglie sarebbero state unite per sempre tramite i nostri figli, ho fatto la cosa giusta. Ho comprato e incartato il cucchiaio che dichiarava le avessi rubato per ricucire il rapporto.» Dà un'occhiataccia alla signora Rourke. «È stato accolto con ben poco entusiasmo.» Si liscia i capelli. «Ho detto abbastanza.»

«Ti eri complimentata per il disegno» esclama la signora Rourke. «So che sai di quale cucchiaio sto parlando.»

«Mamma» dice Jack a voce alta.

«Che c'è?»

«Sono stato io.»

Lei aggrotta la sopracciglia. «In che senso sei stato tu?»

Jack sospira. «Ho rubato io il cucchiaio da portata.»

La signora Rourke scuote la testa. «Jack, è successo tanti anni fa, non potevi avere più di...»

«Cinque anni» dice lui.

La signora Bianchi sorride compiaciuta. «Non mi sorprende per niente. Te l'avevo detto che non sono una ladra.»

La signora Rourke china la testa di lato, ancora confusa e fissa Jack. «Quindi mi stai dicendo che quando avevi cinque anni hai rubato il mio cucchiaio da portata dopo la cena a casa dei Bianchi? Era un cucchiaio molto grosso. Come mai non te l'ho mai visto in mano?»

Jack si passa una mano sul volto. «L'ho nascosto in una scatola in un ripostiglio nella loro cantina. Pensavo fosse divertente guardare tutti che si chiedevano dove fosse. Come facevo a sapere che avrebbe portato a decenni di guerra tra voi due?»

Sua moglie, Riley, si inserisce nel discorso. «Era troppo fifone per parlare dopo tutto quel tempo. Tenete presente che stava pensando con il cervello immaturo di un bambino di cinque anni.»

La signora Rourke lo guarda furiosa. «E in segreto stava morendo di risate e per anni anche. Oh, Jack.» Si rivolge alla signora Bianchi. «Non ne avevo idea. Non so nemmeno che cosa dire. Tutto questo tempo...»

La signora Bianchi le dà una stretta sulla spalla. «Non c'è bisogno di dire niente. Adesso siamo una famiglia.» Tende la mano e la signora Rourke la prende. «Adesso andiamo a cercare il tuo cucchiaio da portata.» Dà un'occhiata a Jack. «Andiamo, devi cercarlo tu, imbroglione. E poi potrai ripulire tutto il ripostiglio il prossimo fine settimana, per farti perdonare.»

«E anche il mio» dice la signora Rourke.

A Jack cadono le spalle, ma poi si illumina. «Non posso. C'è un bambino in arrivo e Riley ha bisogno di me.»

Riley sorride divertita. «Manca ancora qualche settimana, baby. Posso fare a meno di te.»

Jack le punta il dito addosso prima di accettare il suo fato e seguire le due donne fuori dalla porta d'ingresso.

Appena la porta si chiude, Garrett dice ridendo: «Classico di Jack». E tutti ridono con lui.

Poco dopo, la signora Rourke ritorna brandendo trionfante il cucchiaio da portata.

«È un bel disegno gaelico» dice la signora Bianchi.

La signora Rourke lo lava e lo mette nel cassetto, chiudendolo con un sospiro. Poi si rivolge a noi. «È l'ora della torta della sorella maggiore.»

18

Garrett

Sono sdraiato sul letto di Harper, sfinito e sto cercando di riprendere il fiato. Si è buttata su di me appena siamo tornati a casa sua e adesso, nel felice post-orgasmo, mi sento piuttosto ottimista su come stanno andando le cose tra di noi. Sembra che trovi divertente la mia famiglia; sempre meglio che pensare che siano dei pazzoidi. Dato che sembrava a suo agio, siamo rimasti fino a tardi, a chiacchierare con tutti. Penso che la mia famiglia approvi ed è importante in una famiglia come la mia, dato che passiamo tanto tempo insieme, al lavoro e praticamente in ogni altra occasione.

E Dylan mi ha preso da parte per offrirmi la promozione a capo cantiere con un aumento del salario. Ha detto che era più che ora e che aveva sperato di poter promuovere Jack a capo progetto e me a capo cantiere un po' prima, ma che, semplicemente, i numeri non lo permettevano ancora. Significa molto per me. Avrei dovuto parlare della sensazione che avevo di essere stato scavalcato, ma, una volta acquisita più esperienza, continuavo a ripetermi che era perché avevano bisogno di qualcuno come me su cui contare perché la squadra facesse un buon lavoro. Sembra che il mio fratellone vegliasse su di me come sempre. Ho accettato il lavoro, ovviamente. Recitare è solo un lavoretto extra. Ma sarà difficile per me decidere, se arrivassi a dover scegliere tra accettare un ruolo importante o restare nell'impresa di famiglia. La mia lealtà nei confronti della mia famiglia è profonda e, una volta tanto, so che hanno veramente bisogno di me.

Harper comincia a muoversi al mio fianco. Dolce Harper. Forse è il momento buono per dirle quanto tengo a lei.

Lei si mette di colpo seduta e si sbatte una mano sulla bocca.

«Harp?»

Corre in bagno, sbattendo la porta alle sue spalle. Sento il rumore distintivo di conati di vomito. Mi sento stringere lo stomaco in reazione.

Le do qualche minuto prima di scendere dal letto, infilarmi i boxer e bussare alla porta. «Stai bene?»

«Bene.» Altri conati.

Faccio una smorfia. Visto? Bene non significa mai bene.

Sento l'acqua scorrere nel WC e poi aprire un rubinetto. Apre la porta, con la pelle bianca come il gesso, gli occhi vitrei. «Potrebbe essere avvelenamento da cibo. Quei manicotti.»

«Li ho mangiati anch'io e sto bene.»

Lei mi dà un colpetto sul braccio e mi sfiora passando. «Vado a letto.»

La seguo, tornando a quello che stavo per dirle. «Questa sera è stata speciale...»

«Oh, Dio.» Harper mi passa accanto mentre corre verso il bagno, sbattendo la porta, chiudendola a chiave e accendendo la ventola.

Mi preoccupa. E se svenisse? Mi permetterebbe di aiutarla? La serratura sembra una di quelle semplici. Credo che riuscirei ad aprirla con un pezzo di filo o una graffetta, se dovessi farlo.

«Chiama se hai bisogno di aiuto» dico attraverso la porta.

«Per favore, vai via. In effetti, vai a casa. Non voglio testimoni. La faccenda diventerà brutta.»

«Posso prendermi cura di te.»

«Ce la faccio da sola.»

«Resto.»

Silenzio.

Torno a letto, ma non dormo. Allungo l'orecchio per sentire se è crollata o se mi chiama. Forse barcollerà semplicemente fuori dal bagno e tornerà a letto.

Finalmente, dopo un sonnellino, mi sveglio alle tre di notte e busso alla porta del bagno, senza ottenere risposta.

Cerco qualcosa per scassinare la serratura del bagno. Trovo una graffetta su un copione sopra la cassettiera. Andrà bene. La raddrizzo, faccio saltare la serratura e poi apro lentamente la porta.

Harper è addormentata sul pavimento davanti al WC, sopra un grande asciugamano. Poverina.

La prendo in braccio e lei geme nel sonno. La sistemo nel letto. Ha la pelle fredda e sudata. La copro con una coperta e metto una cestino della spazzatura dal suo lato del letto nel caso ne abbia bisogno.

Alle sei si sveglia e vomita nel cestino. Poi crolla di nuovo. Mi alzo, prendo il cestino e vado a svuotarlo in bagno.

«Che cosa ci fai ancora qui?» gracchia quando torno. «Se non è avvelenamento da cibo, prenderai qualunque cosa abbia io. È qualche virus intestinale.»

«Sono sicuro che se si tratta di un virus l'ho già preso anch'io.» Rimetto il cestino accanto al letto, con un nuovo sacchetto di plastica che ho trovato sotto il lavandino del bagno. Odora di limone.

Lei cerca debolmente di allontanarmi. «Non voglio che mi veda così.»

«Sei solo malata. Sei sempre la vecchia Harper.»

«Santo Garrett» borbotta prima di addormentarsi di nuovo.

Prendo il telefono e cerco su Google che cosa fare per un virus intestinale e per l'avvelenamento da cibo, giusto per stare sul sicuro. Normalmente contatterei mia madre, ma è troppo presto per chiamarla. Conoscendo mia madre, vorrebbe venire qua e prendersi cura lei stessa di Harper. È un tipo pratico e non si tira indietro davanti alla roba pesante. Ha dovuto affrontare parecchie malattie, ossa rotte e ferite sanguinanti con me e i miei fratelli. A volte penso che sarebbe stata un ottimo medico di pronto soccorso. Non c'è niente che la turbi.

Un'ora dopo, suona la sveglia sul comodino di Harper e lei si sveglia di colpo, sedendosi e gemendo. «La stanza sta girando.»

L'aiuto a sdraiarsi di nuovo. «Ti sei alzata troppo in fretta.»

Lei geme. «Spegnila.»

Mi sporgo sopra di lei e spengo la sveglia.

«Devo andare a lavorare» mi dice.

«Sei malata.»

«No, mi sento meglio.» Ma non si muove.

«Sei ancora debole. Sei rimasta sveglia tutta la notte a vomitare l'anima.»

«Non solo quello. Penso di aver perso cinque chili ieri notte. Mi devo almeno lavare i denti.»

«Ti aiuterò ad arrivare in bagno. Piano piano.»

Giro intorno al letto per aiutarla a sedersi lentamente. «Dimmi quando riesci ad alzarti. Non voglio che svenga.»

Qualche momento dopo mi dice: «Sto bene». L'aiuto ad alzarsi e l'accompagno in bagno. Prende lo spazzolino e il dentifricio dall'armadietto ma prima ancora di portarselo alla bocca, vomita nel lavandino.

Le tengo indietro i capelli e le metto una mano sulla fronte in modo che non sbatta contro il rubinetto.

Finisce di vomitare, sciacqua il lavandino e poi e si sciacqua la bocca.

«Non puoi andare a lavorare. Avvisali che sei malata.»

«Non posso prendere un giorno di malattia. La gente dipende da me. Il cast, la troupe, gli scrittori. È il giorno della lettura del copione.»

L'accompagno nuovamente a letto. «Che succede durante la lettura del copione?»

«Si raccolgono tutti per leggerlo. La troupe prende gli appunti per la parte tecnica; gli scrittori su quello che funziona e non funziona. Subito dopo rivedono il copione. Hanno bisogno di me.» Crolla sul letto.

«Chiamerò Josie e lei glielo spiegherà.»

«Dammi mezz'ora» dice debolmente. «Sono forte. Ce la farò.»

«Qualcuno ti ha mai detto di smetterla di recitare la parte della dura?»

«No. Sono così stanca» dice, rotolando sul fianco.

«Vuoi passare questo virus all'intero cast, alla troupe e agli scrittori?»

Lei sospira. «No.»

«Chiamerò e dirò loro che sei malata. Probabilmente è questione di ventiquattro ore. È quello che durano i virus intestinali, secondo Internet.»

«Ok»

La lascio riposare a letto, sistemando le tende per tenere fuori la luce. Poi vado in soggiorno, chiamo Josie e spiego.

«Oh no, è terribile» dice. «Devo mandare della zuppa di pollo?»

«Gliela prenderò io. Sono sicura che per domani starà bene.»

«Okay, tienimi informata. E se ti ammali anche tu, fammelo sapere. Manderò lì tua madre.»

Sorrido. Notate che non si è offerta volontaria. «Grazie.»

Quando Harper si sveglierà, cambierò le lenzuola e pulirò il bagno. Nel frattempo, faccio il caffè e mangio qualche pezzo di pane tostato. Poi ricordo la sua guardia del corpo. Mi fermerò nel suo appartamento fra un po' e lo informerò su che cosa sta succedendo. Lei potrà anche non volere che mi occupi di lei, ma non me ne andrò finché non starà meglio.

Harper

Sono seduta con Garrett alla penisola in cucina dove di solito faccio colazione e mi sto ingozzando di zuppa di pollo. Mi sembra di essere stata travolta da un camion, ma almeno il virus sembra che se ne sia andato. Circa ventiquattr'ore di miseria. È lunedì sera tardi e spero che domani, dopo una buona notte di sonno, sarò in grado di tornare al lavoro.

«Non riesco a credere che tu sia rimasto» dico. «E hai pulito. Sei veramente in odore di santità. Davvero, non era necessario che lo facessi.»

«Io mi prendo cura delle persone che amo.»

Volto di colpo la testa verso di lui, con il cuore che batte forte.

Lui sorride. «Perché sembri così sorpresa?»

«Non stiamo insieme da molto.»

«Un po' più di un mese, ma mi sembra che abbiamo imparato a conoscerci veramente.»

Fisso il ripiano, controllando il mio istinto. Niente bandierine rosse. *Lo amo.* Mi si chiude la gola per l'emozione e sembra che non riesca a parlare.

«Non c'è bisogno che lo dica anche tu.»

Alzo la testa e mi schiarisco la voce. «Provo qualcosa per te. Solo che per me è difficile.»

«Certo, capisco. I tuoi fardelli emotivi. I tuoi ex. Gli uomini, in generale.»

«Tu non hai niente che ti freni?»

«No, proprio no. Le cose per me sono sempre state chiare. O funziona o non funziona. Qui, adesso, mi sembra che funzioni. Più ancora, direi che è qualcosa di speciale. Pensi che pulisca il bagno a chiunque?»

«No.» La mia voce esce sottile.

«Non è stato bello.»

«Lo so. Oh, mio Dio, non avevi bisogno di farlo.»

«Pensi di farcela ad andare a lavorare domani?»

«Devo. Inoltre, sto meglio.»

«Hai mangiato appena poca zuppa. Sembra che una brezza appena un po' forte potrebbe farti cadere.»

«Ce la farò.» Lo bacio. «Grazie di tutto.»

Lui sorride guardandomi teneramente. «Prego.»

Dopo il nostro pasto, solo zuppa e cracker per me (lui ha mangiato pollo alla griglia e verdure), ci sistemiamo sul divano per guardare un film. Lo lascio scegliere a lui e mi sorprende che scelga un film di *Star Trek*.

«Sei un Trekkie?»

«Mi piacciono i film sullo spazio, di tutti i tipi. È praticamente l'ultimo posto in cui puoi vedere un eroe ribelle. In ogni altro luogo è sempre la stessa cosa.»

«Un po' come nei vecchi film western, con il rude cowboy che viveva la vita a modo suo.»

«Esattamente.»

Mi accoccolo contro il suo fianco, sentendomi più soddisfatta e felice di quanto riesca a ricordare. «Penso di amarti anch'io» sussurro.

Lui mi bacia i capelli. «Lo so.»

Sono troppo stanca per preoccuparmi di ciò che significa per il nostro futuro, quindi mi limito ad appoggiarmi a lui e a godere di questo momento.

Sto preparandomi per andare a letto più tardi quando Garrett si precipita in bagno. «Fuori» sbraita, precipitandosi verso il WC.

Non riesco a uscire dalla porta prima che lui vomiti la cena. Oh Dio. Ritorno in tutta fretta al lavandino e rigurgito la mia. Il suono del vomito di Garrett ha innescato di riflesso il mio. Sciacquo in fretta e corro fuori dalla stanza, chiudendo la porta.

Riesco ancora a sentirlo e la nausea ritorna. Scappo in soggiorno. Non sono più malata, è solo vomito per simpatia. Orribile. Ora se tentassi di prendermi cura di lui come lui ha fatto con me, peggiorerei solo le cose.

Aspetto finché esce dal bagno barcollando. Spero che non crolli. Non riuscirei mai a sollevarlo.

Si mette a letto. «Decisamente un virus, altrimenti la mia reazione non sarebbe stata così ritardata. Metti il cestino dalla mia parte.»

Obbedisco in fretta. «Mi dispiace, ma non riesco ad ascoltarti vomitare, perché fa vomitare anche me. Dormirò in soggiorno, ma chiamami se hai bisogno di me. Cercherò di aiutarti.»

Garrett si limita a grugnire.

È una lunga notte. Riesco a sentirlo che barcolla in bagno e resta lì a lungo. Ascolto attentamente, nel caso cada. Se succederà, il rumore sarà forte. Ma non succede. Continua solo ad andare avanti e indietro per tutta la notte. Spero che stia meglio quando arriverà la mattina, e gli ordinerò la zuppa di pollo, proprio come ha fatto lui con me. Non ho mai dovuto prendermi cura di nessuno prima d'ora. Mia nonna non si è mai ammalata quando ero una bambina. Almeno per quanto ne sapessi io. Forse lo nascondeva bene. E non ho nemmeno mai vissuto con qualcuno che si fosse ammalato.

Garrett si alza a mezzogiorno e viene in soggiorno. «Sto cominciando a sentirmi di nuovo un essere umano. Hai perso un altro giorno di lavoro?»

«Sì. Non volevo andarmene nel caso avessi bisogno di me.»

Lui crolla sul divano accanto ame. «Virus orribile. Spero solo di non averlo passato a qualcuno alla festa.»

«È possibile che l'abbiamo preso noi da qualcuno alla festa.»

«O potrebbe essere qualcuno del cast di *Wicked*. Ho stretto un mucchio di mani. Chi lo sa? Controllo con la mia famiglia.» Prende il telefono, manda alcuni messaggi e appoggia la testa sullo schienale qualche momento dopo. «Stanno tutti bene.»

«Come hai fatto a scoprirlo così presto?»

«È ora di pranzo, al lavoro. Ho mandato un messaggio di gruppo ai miei fratelli. Poi ho controllato con mia madre. Grazie a Dio. Non volevo che fossero stati esposte le due neonate. Adesso sono a casa.»

«Vuoi guardare la TV?»

«Certo, mi distrarrà un po'.»

Gli passo il telecomando e lui gira sul canale delle auto, dove i meccanici stanno restaurando un'auto dicendo agli spettatori come fare. Che modo maschile di rilassarsi.

Mi passa un braccio sulle spalle.

Mi sento così vicina a lui. Nessuno si è preso cura di me come lui. Eccetto mia nonna, ma lei era obbligata. Mi vuole bene, a modo suo. Semplicemente, non è il modo di cui avevo bisogno io. Devo riuscire a perdonarla. Siamo troppo diverse, proprio solo per come siamo fatte.

Ma Garrett e io siamo come il fango che si appiccica. *Come sei romantica, Harp.*

«Sei stato così bravo a prenderti cura di me.»

Lui sorride ironico. «Tu come infermiera fai veramente schifo.»

«Lo so. Mi dispiace. La nausea per empatia era troppo forte perché riuscissi a fare qualcosa.»

«Va tutto bene. Sono sopravvissuto. Sono abituato a mia madre, che è come un medico di pronto soccorso e Florence Nightingale in una sola persona.»

«Avresti preferito che ci fosse tua madre?»

«No, preferisco sempre un'infermiera scadente ma sexy.» Mi bacia e passa una mano sotto la mia maglietta.

Lo spintono via ridendo. «Il prossimo fine settimana. Non c'è verso che riesca a fare sesso dopo tutto quello che ho passato. E anche tu. Non ti senti esausto e debole?»

«Ti lascerò fare tutto il lavoro.» Mi solleva e mi mette a cavalcioni sulle gambe baciandomi teneramente. «In questo modo puoi curarmi fino a rimettermi in forze.»

Chi l'avrebbe detto. Dopo tutto sono un'infermiera fantastica.

19

———

Harper

Le tre settimane seguenti sono un tempo sfuocato che passa tra lavoro e vedere Garrett ogni volta che posso. Emotivamente, sono sulle montagne russe. Non mi sono mai sentita così prima d'ora. Mi sento in paradiso quando sono con lui e divento irritabile quando siamo divisi. Dev'esser amore: stancante ed esilarante insieme.

Finisco di filmare *Living Gold* di venerdì, la nostra penultima registrazione, e mi trascino verso la mia roulotte, allungandomi sul divano. Dovrei andare a casa, ma ho bisogno di un momento di pausa. Non riesco a ricordare di essermi mai sentita così esausta. Devono essere gli effetti persistenti del virus intestinale, insieme al fatto che sono veramente innamorata per la prima volta. Le altre volte ero io che cercavo di convincermi di essere innamorata. Questa volta è tutto reale.

Sento bussare alla porta della roulotte.

«Avanti.» C'è Joe di fuori, quindi ha sicuramente controllato chi è.

La porta si apre ed entra Josie. «Stai bene? Non mi sei sembrata la solita, energica Harper.»

Mi siedo. «Non sto benissimo, ma migliorerà. Sono gli effetti persistenti di quel virus intestinale. Mi aveva veramente steso e ci vuole tempo per riprendere le forze. Non ho ancora nemmeno ripreso la mia solita routine di allenamento.»

Lei si siede accanto a me e mi dà una stretta al braccio. «Forse dovresti vedere un medico. E se fosse qualcosa di più serio?»

«Garrett ha avuto lo stesso virus e sta bene. Lo scorso fine settimana ha corso una cinque chilometri. Per divertimento.»

Lei scuote la testa. «Che gradasso. Te l'ha detto lui che era per divertimento?»

«Sì.»

«Lui e i suoi fratelli sono tutti atleti. Devono flettere quei muscoli ogni tanto. Ovviamente il tuo uomo li flette continuamente con tutto quel sollevare pesi. Scommetto che riuscirebbe a sollevare entrambe noi, una per mano.»

«Come quei tipi al circo» dico ridendo.

«Giusto?» Torna seria. «Hai sentito se lo show riprenderà o no?»

«Niente ancora. Tutto quello che so è che gli ascolti non stanno salendo come speravano.»

Lei si torce le mani. «Mi sento responsabile. È la prima volta che sono la protagonista in uno show. Forse non attiro abbastanza.»

«Josie, non sei tu. Sei fantastica. Veramente. Chissà perché uno show riesce a toccare la corda giusta e un altro no. È fuori dal nostro controllo.»

Lei annuisce, con l'espressione seria. «Che cosa farai se non viene ripreso?»

«Mi rifiuto di pensarci finché non lo saprò di sicuro.»

«La mia agente mi ha mandato una pila di copioni da guardare. Penso sia un brutto segno.»

«Non necessariamente. Magari sta solo pensando a un lavoro durante la pausa.»

«Vuoi che metta una buona parola per te con Claire? Hai detto che speravi di poter fare la regia di qualcosa per lei.»

«Ho i suoi dati. Mi metterò in contatto al momento giusto.»

«Sei terribilmente tranquilla su tutto.»

«Beh. Ho due vantaggi. Primo, questa è la mia quarta sitcom, quindi so che non durano per sempre. Secondo, non riesco nemmeno a pensare di trasferirmi per lavorare. Le cose vanno veramente bene con Garrett.» Mi si riempiono gli occhi di lacrime. Divento così emotiva tutte le volte che viene fuori il suo nome. «Verrà più tardi per cucinare la cena per me.»

Lei batte le mani e mi abbraccia. «Sono così felice per te! Non dirlo agli altri, ma Garrett è il mio preferito tra i fratelli di Sean. Ha un cuore talmente grande, sai?»

Annuisco e mi scappa una lacrima.

«Oh, no! Perché stai piangendo? È una bella cosa!»

Tiro su col naso. «Lo so, non sono mai stata veramente innamorata prima d'ora.» Prendo un fazzolettino e mi asciugo gli occhi. «Pensavo di esserlo, le altre volte, ma adesso è molto più intenso. Immagino che quando qualcuno ti entra nel cuore, le tue difese crollino.»

Lei sorride. «È come Marian, la bibliotecaria alla fine di *The Music Man*, quando si apre ed è più felice proprio per quello. Sarà meglio che chiami Broadway e dica loro di chiamarti per un revival di quello show. Saresti perfetta per quel ruolo.»

«È stato così per te e Sean?»

Lei diventa pensierosa, stringe le labbra concentrandosi. «Non esattamente. Io non avevo nessuna difesa intorno alle mie emozioni. Più che altro, avevo bisogno che prendesse sul serio il mio lavoro, anche se in realtà ero io quella che doveva farlo. Era un momento in cui ricevevo solo rifiuti. Fortunatamente lui è un tipo solido e tranquillo e i suoi sentimenti per me non sono mai cambiati. Una volta che ha *finalmente* ammesso di provarli.»

Il suo telefono vibra e lei controlla lo schermo. «A proposito del mio tesoro. Devo andare. Goditi la cena stasera. Che cosa ti preparerà?»

«Risotto, credo.»

«Oh, voglio venire da te! Ho mangiato il suo risotto una volta. Sapevi che ogni volta che ci cura la casa, ci lascia la cena per la prima sera in cui torniamo?»

«Non lo sapevo, ma non mi stupisce.» Esito. «Tu e Sean siete i benvenuti, se volete unirvi a noi.»

«Ah, grazie. Si capisce che vuoi avere il tuo tesoro tutto per te.»

«Mi è mancato questa settimana.»

«Come sei dolce!» Si alza e si abbraccia da sola, dondolandosi. «Ricordo quei deliziosi momenti, la sensazione di innamorarsi. Adesso è tutto...» imita la voce burbera di Sean, «... ti amo, adesso spogliati.» Si sbatte una mano sulla bocca. «Oops, troppe informazioni. Devo andare!»

Rido accompagnandola alla porta. Poi vado anch'io, con Joe alle calcagna, per andare a incontrare il mio amore.

Garrett

Busso alla porta del mio amore, fresco di doccia, con due sacchetti del supermercato in mano.

Lei apre. «Ti amo.»

Sorrido come uno sciocco. «Ti amo anch'io, dolcezza.» Appoggio i sacchetti sul ripiano della cucina e mi volto verso di lei, che si lancia tra le mie braccia. «Volevo dire che ti amo veramente. Mi manchi terribilmente quando non siamo insieme e sono felice appena vedo di nuovo la tua faccia.» Mi tempesta la faccia di baci.

È quella giusta. L'ho finalmente trovata. Faccio l'unica cosa logica. La prendo in braccio e la porto verso la camera. «La cena può aspettare.»

«Ti desidero tanto.»

La spoglio appena entriamo in camera e lei mi aiuta a togliermi i vestiti. Ci abbracciamo frenetici mentre l'incendio divampa tra di noi. Poi cadiamo sul letto, in un intreccio di braccia e di gambe.

La copro, appoggiando il peso sui gomiti.

Harper mi passa le dita sulla nuca. «Qualunque cosa succeda, non dimentichiamo mai questo momento.»

Mi blocco. «Che cosa dovrebbe succedere?»

«Circostanze al di là del nostro controllo. Non lo so. Prendimi.» Mi afferra il sedere e tira forte.

La penetro con una forte spinta. È così bello senza il preservativo. È l'unica donna che ho mai avuto così. Si è fidata di me fin dall'inizio. Ci è solo voluto del tempo perché andasse oltre il lato fisico.

Mi muovo lentamente, fissandola negli occhi. «Non potrei dimenticare un singolo momento.»

«Nemmeno io» sussurra Harper, con gli occhi lucidi di lacrime non versate.

Tra di noi passa qualcosa di profondo. Le nostre emozioni che si fondono. Niente potrebbe essere meglio.

«Di più» ordina.

Le do quello di cui ha bisogno, infilando una mano sotto il suo fianco e angolandola in modo da prenderla più in profondità. Nel modo che serve a entrambi.

I teneri suoni del suo piacere alimentano il mio. Mi muovo più in fretta finché stiamo entrambi respirando affannosamente. Harper getta indietro la testa, gemendo il suo orgasmo e io mi lascio andare con un suono aspro, con il piacere che mi inonda. È così maledettamente bello.

Crollo sopra di lei, che mi stringe forte. Non vuole lasciarmi andare e non lo voglio nemmeno io.

Qualche momento dopo lei allenta la presa e rotolo di fianco. Si asciuga le lacrime.

«Che cosa c'è che non va?» le chiedo, appoggiandomi a un gomito.

«Niente» dice ridendo. «Ultimamente le emozioni sono più forti. Sono sicura che sia colpa tua. Che hai fatto in modo che ti amassi tanto.»

«Sei sicura che sia tutto?» Josie mi ha raccontato che sono tutti nervosi per via degli ascolti della sitcom. Se verrà cancellata, ci saranno più di cento persone a spasso. Incluso il mio amore. Non voglio che sia dall'altra parte del mondo per lavoro, ma al contempo non potrei mai frenarla. Ci inventeremo qualcosa.

«Sì. Cioè, il futuro del mio lavoro è incerto, ma è la vita

che ho scelto. E comunque non vorrei recitare la stessa parte per il resto della mia vita. Diventerebbe veramente noioso.»

La bacio. «Hai fame?»

Lei si preme contro il mio fianco. «Tienimi stretta ancora un po'.»

Non è da lei. Sono io il coccolone, non lei. Le metto un braccio intorno, preoccupato. «Se otterrai un lavoro a Los Angeles o da qualche altra parte, potremmo avere una relazione a distanza. Torneresti prima o poi, no? Josie ha trovato più lavoro a New York di quanto avesse pensato in origine.» Ora che prenderò il posto di Jack come capo cantiere, sarò radicato qui. Posso ancora accettare lavori da modello e pubblicità in loco. È il grosso vantaggio di lavorare per la famiglia. Sono flessibili e a loro non dispiace se prendo un giorno libero ogni tanto.

«Non pensiamoci. Voglio solo godermi il presente.»

Vorrei poterlo fare anch'io, ma le sue lacrime mi stanno innervosendo. «Ti infastidisce che la stampa ti abbia etichettato Principessa Harper?» I paparazzi hanno scattato delle foto mentre uscivamo dal suo palazzo. Ci chiamano il duo reale. Sembra quasi che siamo dei supereroi, quindi non mi dispiace.

«Meglio così che non che la gente pensi che sono la tipa tosta che recitavo in TV. Metà delle volte mi chiamano Amanda. Principessa Harper suona regale e molto più dolce.»

«Okay. Ma io sono tutte orecchie se c'è qualcosa che ti preoccupa. Non ricordo che tu sia mai stata così piagnucolosa.»

Lei sospira. «Sono esausta, se devo essere sincera, tra il lavoro e recuperare da quel virus intestinale.»

Sono stupito. «Sono passate tre settimane. Pensavo che ne saresti uscita in fretta, come ho fatto io.»

«Forse è lo stress di sapere che lo show finirà presto. Venerdì sarà l'ultimo episodio. Ci sarai per la registrazione e la festa di fine riprese?»

Le accarezzo la guancia e la bacio. «Assolutamente sì.»

Lei mi stringe. «Sarà un po' sottotono, dato che non sappiamo se sarà un addio o un arrivederci.»

«Va tutto bene. Purché non sia il *nostro* addio per sempre.»

Lei spalanca gli occhi. «Perché dici una cosa simile?»

«Uhm, perché non voglio dirti addio.»

«Nemmeno io.»

«Bene.»

«Bene» dice lei rotolando sulla schiena. «Sembrava quasi che sottintendessi qualcosa di diverso.»

«Sei così suscettibile ultimamente.» Sto quasi per chiederle se è la sindrome premestruale ma ci ripenso. Mi hanno quasi staccato la testa una volta per aver fatto quella domanda. Invece la tiro più vicina. Lei appoggia le testa sul mio torace e sospira.

~

Harper

Ieri *Living Gold* è stato cancellato. Ho pianto fino allo sfinimento, ho urlato di rabbia, insieme a Josie e Garrett e adesso sto cercando di farmela passare. Sono passate ventiquattro ore e il mio agente sta tastando il terreno per trovarmi un nuovo ingaggio. Dovrei mettermi in contatto con Claire, chiederle di un'eventuale regia, ma questo non significherebbe necessariamente che resterei da queste parti. La maggior parte del lavoro è ancora a Los Angeles. Mi sembra di non riuscire a entusiasmarmi per niente. Non sono più io, sono inquieta, agitata, non c'è niente che mi attiri, né cibo, né libri o la TV. Mi sembra che la pelle mi vada stretta.

Garrett passerà stasera. È stato qui anche ieri sera, per confortarmi dopo la prematura fine dello show.

Appena arriva capisco che c'è qualcosa in ballo. È pieno di energia e si precipita dentro, abbracciandomi e baciandomi sonoramente sulla bocca.

«Che succede?» Forse ha trovato una casa che gli piace. Dopo due pubblicità se lo può permettere.

«Indovina» dice. Non riesce a restare fermo.

«Hai comprato una casa?»

«No, dolcezza, per quello chiederei il tuo parere.»

Sento un tuffo al cuore, la gola stretta. Lo dice come se avessimo un futuro certo insieme. Mi piacerebbe. «Ti hanno preso per un'altra pubblicità?»

«Meglio. Il mio agente mi ha fatto avere una parte nel prequel di *Viaggio nella Galassia.*» Si sfrega le mani. «Qualcuno si è ritirato e lui mi ha fatto entrare. Riesci a crederci? Reciterò la parte del padre di Drake in un flashback. Io, parte della serie *Viaggio nella Galassia!*»

Resto a bocca aperta, momentaneamente senza parole. È una serie *veramente* importante. Dopo due soli mesi di lezioni di recitazione e due pubblicità. So che l'industria dell'intrattenimento non è giusta. So che i belli hanno parecchi vantaggi, ma sono comunque... stordita.

I suoi occhi scintillano di felicità. «Di' qualcosa.»

«E il tuo lavoro?»

«Starò via solo per sei settimane. Partirò questa domenica e tornerò in tempo per Natale.» Sorride a trentadue denti. «I miei fratelli sono disposti a fare la mia parte durante la mia assenza. Sono entusiasti per me. Sono tutti grandi fan di *Viaggio nella Galassia.*»

«Congratulazioni» riesco a dire a fatica.

Lui torna immediatamente serio. «Sei arrabbiata?»

Ho il cervello in fiamme con tutto quello che sto provando. Se ne sta andando. Mi sta sorpassando. Io ho perso il lavoro e mi sento da cani tutto il giorno e lui è in cima al mondo. Tutte le paure e le preoccupazioni che ho represso salgono ribollendo in superficie.

Mantengo un tono neutro. «È difficile dimenticare quanto sia facile per te ottenere degli ingaggi. Io me li sono guadagnati. Tu no.»

«Chissà, magari questo ingaggio sarà l'ultimo per me. Non pretendo di avere le tue capacità. Sei tu la vera artista. Ma sono disposto a lavorare duramente per arrivarci.»

Mi dico di ringoiare l'amarezza ma ciò che mi esce dalla bocca è esattamente ciò che provo. «Sembra tutto bello, ma il fatto è che entrare in questo settore è stato maledettamente facile per te. Tutto grazie a me. Non ci avresti mai messo piede se non avessi acceso io i riflettori su di te. Mia nonna mi aveva avvisato che mi avresti usata e poi mi avresti superata. Diavolo, non è che non sia già successo prima, quindi che cosa mi aspettavo? Perché dovrei stupirmi se ancora una volta la persona che pensavo mi amasse mi ha usato come gradino per arrivare più in alto?» Davanti al suo silenzio, alzo le mani. «Visto? È vero! Non hai niente da dire al riguardo.»

Lui stringe i denti. «Non riesco a credere che sia quello che pensi di me. Io *non* sono come quei profittatori dei tuoi ex.»

Piego di lato la testa. «Mi dispiace. Hai mai lavorato come modello prima che la stampa impazzisse per noi quando eravamo sul tappeto rosso?»

«Avrei potuto farcela senza di te.»

«Ma non l'hai mai fatto. Avevi dei contatti. Conoscevi della gente, tua madre che aveva fatto la modella, Josie... ma è stato solo dopo aver incontrato me che hai provato. Ed è perché io ho fatto accendere i riflettori su di te. Adesso io sono disoccupata ed è tutto tu, tu, tu.» Mi si spezza la voce.

«Sai una cosa, Harp? Non mi piace questo tono.»

Raddrizzo le spalle. «Oh, mi dispiace di avere questo tono.»

Lui mi punta un dito addosso. «Non sono stato buono con te?»

Incrocio le braccia sul petto, abbracciandomi. Ho la gola così stretta che riesco a malapena a parlare. «È la cosa che mi fa più male. Ti ho lasciato avvicinare. Mi fidavo di te. Non hai nemmeno parlato con me prima di accettare questo lavoro a Los Angeles. Me l'hai detto dopo il fatto. Si suppone che le coppie parlino in anticipo delle cose, se la loro relazione è la cosa più importante. Ovviamente per te non è così.»

«Perché pensavo fosse una cosa scontata.» Sembra sbalordito. «Non pensavo che ti saresti risentita perché ho accettato un'opportunità che si presenta una sola volta nella vita. Solo essere su quel set sarebbe un onore, ma recitare la parte del padre di Drake? È una cosa enorme. Non potevo rifiutare. Ho preso un impegno e loro hanno bisogno di me.»

Io ho bisogno di te. Lo tengo per me. È un segno di debolezza. Io sono forte e sto in piedi da sola. Non chiedo mai niente. Non è così che mi hanno cresciuta.

Garrett si pianta le mani sui fianchi e sospira a lungo, come se fosse frustrato. Sono io quella frustrata. Eccomi, che metto *noi* davanti a tutto, pensando al mio prossimo passo con noi due in mente, e lui fa una cosa del genere. Sento gli occhi che bruciano.

«Vuoi che ti procuri una parte?» chiede. «Forse c'è ancora un ruolo che potresti avere.»

Mi asciugo le lacrime. «Non farmi favori.»

Lui si avvicina e il suo tono di voce si addolcisce. «Sono sicuro che troverai qualcosa molto presto. Ehi? Perché non vieni con me, dato che in questo momento non stai lavorando?»

«Sia il copione sia la registrazione sono mantenuti strettamente riservati data l'enorme base di fan. Significa che passerai tutto il tuo tempo in un set chiuso.» Ho lo stomaco sottosopra, la nausea sta intensificandosi. «Non avresti tempo per me. Inoltre, ho promesso a mia nonna che sarei andata a casa per il Giorno del Ringraziamento e per Natale. Quindi fai quello che devi fare. Divertiti.»

«Non vuoi che accetti questo lavoro?» sbraita Garrett e io sobbalzo, portandomi una mano alla gola. «Dovrei scegliere di restare qui con te e rifiutare un'opportunità che mi porta via? Ho detto che potevi venire con me!»

Sento seriamente che sto per vomitare. «Non verrò con te.»

«E sei d'accordo che accetti il lavoro?»

Respiro a fondo, cercando di tenere a bada la nausea. «Garrett, hai già detto loro di sì. Che importa ciò che dico io a questo punto? Hai ottenuto la favolosa carriera d'attore che volevi. Goditela.»

Lui diventa furioso. «Sai una cosa? Pensavo che avessimo superato queste stronzate. Pensavo che ti fidassi di me. Pensavo che mi amassi.»

Trattengo il fiato. «Io ti amo.»

«No» sbotta lui. «Se mi amassi veramente mi sosterresti. Saresti felice quando sono felice io e faresti il tifo per me.» Agita una mano in aria. «Sei troppo presa dal tuo ego e dalla tua ambizione per farlo. Risentirai sempre il fatto che ho qualcosa che piace alle telecamere, che piacerà al pubblico.»

«Stai rigirando la frittata. Sei tu quello che mi lascia indietro per avere qualcosa di più grande. Proprio come tutti nella mia vita.» Mi volto. «Non so perché pensavo che saresti stato diverso.»

Lui si sposta per mettersi davanti a me. «Forse sono stato fortunato, ho l'aspetto giusto, ero al posto giusto al momento giusto, ma so anche di avere un buon istinto. Tutti dicono che ho un grande potenziale.»

Stringo le labbra, lottando contro le lacrime e annuisco.

«Tutti, tranne te.» Scuote la testa. «La vita è abbastanza dura senza che la persona cui dovresti essere più vicino si risenta del tuo successo.»

«Non sono risentita. Sono ferita.»

«Beh, anch'io.» Fa un passo indietro. «Non voglio stare con qualcuno che non fa il tifo per me. Addio Harper.»

«Cosa?» esclamo.

«È finita.»

Non riesco a trovare la voce. Sono troppo scioccata.

Garrett si volta ed esce dalla porta.

Barcollo verso il divano, raccolgo le ginocchia e scoppio in lacrime. Dio, le cose potrebbero fare più schifo? Ero preoccupata per le mie prospettive di lavoro e come tenere Garrett nella mia vita e lui se n'è appena andato per il suo lavoro. È stato così facile per lui. Non ha esitato, se n'è solo andato. Mi sfugge un altro singhiozzo lancinante. Il suo calore e il suo affetto avevano cancellato tutto ciò che mi impediva di darmi completamente a questa relazione.

L'ho perso.

Oh Dio. Perché ho detto quelle cose orribili? Avrei dovuto mantenere la calma. Ma non ci sono riuscita. Perfino adesso le mie emozioni mi stanno travolgendo, mi fanno tremare e venire la nausea.

Mi porto una mano alla bocca e corro in bagno per vomitare l'anima. Dio, oltre a tutto il resto, la fine del lavoro, la mia relazione che si è sbriciolata, e sono ancora malata? Sto crollando, fisicamente ed emotivamente e non ho la forza di affrontarlo. Sono così stanca. Mi pulisco e barcollo verso il letto, lasciandomi cadere.

Che cos'ho che non va? Sono sempre stata sensibile, le mie emozioni sono sempre state pronte e intense, ma non mi sono mai sentita così fuori controllo. Non credo veramente che si sia approfittato di me. Non più. Mi sono scagliata contro di lui a causa delle mie vecchie paure quando avrei dovuto tirarlo vicino. Tutto quello che volevo è che restasse con me. Mettere noi due al primo posto, come stavo cercando di fare io.

Mi rannicchio sul fianco e lascio cadere le lacrime. La parte migliore della mia vita è appena uscita da quella porta e non so cosa fare per riaverla.

20

───────

Harper

È il Giorno del Ringraziamento e sono tornata a casa di mia nonna, a Summerdale. Ho cercato di mettermi in contatto con Garrett, ma non ha accettato le mie chiamate, né ha risposto ai miei messaggi. Forse mi sta evitando oppure è solo preso dal suo eccitante nuovo lavoro, ma dovrà avere a che fare con me quando tornerà a casa per Natale, perché...

Sono incinta.

L'ho scoperto due settimane fa, quando sono finalmente andata dal medico perché sembrava che non migliorassi ed è stato allora che ho ricevuto la grande notizia. Ripensandoci, i sintomi erano chiari, ma mi aveva ingannato un test di gravidanza che era risultato negativo. Avevo notato che ero in ritardo di tre giorni e non mi ero ancora ripresa dal virus intestinale. Col il test negativo, mi ero detta che il mio ciclo era sballato a causa della malattia.

Ho poi scoperto che le cose si erano incasinate a causa del virus. Avevo saltato una pillola quando mi ero ammalata e poi la sera seguente l'avevo presa ma avevo vomitato qualche minuto dopo, quando era stato male anche Garrett. Quindi due giorni senza pillola avevano dato al mio corpo uno spiraglio per il concepimento. Ero così sconvolta per la fine dello show e il fatto che Garrett mi avesse lasciato, più gli ormoni che, beh, per un po' non era stato facile pensare chiaramente.

Adesso sì. Terrò questo bambino, amo già moltissimo la vita che sta crescendo dentro di me. Ho ventotto anni e ho i mezzi per occuparmi di un bambino. Farò tutto il possibile perché Garrett faccia parte della sua vita, anche se non vuole far parte della mia. Intendo dirglielo di persona quando torna.

Non l'ho ancora detto a nessuno. La mia gioia segreta è mista alla vergogna e alla paura. È stata una gravidanza accidentale. Avevo giurato che non avrei mai fatto una cosa simile a mio figlio. Mia nonna non si era mai presa la briga di nascondere la sua delusione per mia madre. Come faccio a dirle che ho fatto la stessa cosa? Mi giudicherà, forse magari mi dirà di non tornare più, come aveva fatto con mia madre.

Sarò una delusione per mia nonna, ancora una volta. L'unica figura materna che abbia mai conosciuto.

Trattengo le lacrime mentre ungo la pollastrella nel forno. La nonna è troppo pratica per sprecare un grosso tacchino per noi due. Spezzo un pezzo di pane e mastico. Adesso il cibo insapore è il mio miglior amico, visto che tiene a bada la nausea. Do un'occhiata a dov'è seduta mia nonna, a un piccolo tavolo con il ripiano di formica, a pelare le patate.

«Come sta il nostro Gary?» mi chiede. «Pensavo che sarebbe venuto con te oggi.»

Mi volto, stringendo i denti. «Si chiama Garrett.»

Lei annuisce. «Era un riferimento a Gary Cooper.»

«È a Los Angeles a girare un film.»

Lei continua a pelare più in fretta. «Capisco.»

La raggiungo al tavolo. «Ha rotto con me. Non ero troppo contenta che mi lasciasse per cose migliori e ho detto delle cose che ora rimpiango. Adesso non mi vuole parlare.»

«Non ti ho insegnato niente?»

«Lo so, la vita è ingiusta.»

Lei mi dà un'occhiata di sottecchi. «Se rimpiangi quello che hai detto, dovresti andare da lui e dirglielo. A testa alta. Usa la forza che ti ho instillato.»

«Volevo essere qui con te per il Giorno del Ringraziamento.»

«Stupidaggini.» Prende un'altra patata e la sbuccia con gesti sicuri.

«È quello che volevo. Stai diventando matura.»

Lei mi adocchia. «Sei risentita con lui.»

Sospiro. «No. Non più. È stata la foga del momento e non sapevo...» Mi fermo e mi alzo. Non sono ancora pronta a condividere la grande notizia. «C'erano un mucchio di cose in ballo in quel momento.»

Lei mi afferra il braccio, stringendolo. «Pensavo che non fosse un approfittatore.»

«Davvero?»

Lei alza gli occhi. «Quanti giovanotti farebbero dei lavoretti per la nonna della loro ragazza? Nessuno dei tuoi ex mi ha mai nemmeno preso in considerazione, tanto meno si sono offerti di fare dei lavori per me.»

Mi bruciano gli occhi per le lacrime bollenti. «Non so che cosa dirti. Lui non vuole stare con me. Se n'è andato e non l'ho più sentito. Non risponde alle mie chiamate né ai miei messaggi.»

«Allora vai da lui.»

«Non capisci. È un set chiuso. Non avrebbe tempo per me.» *E io non sono pronta.* Mi allontano e vado a prendere i mirtilli rossi, risciacquandoli al lavandino. La nonna non dice una parola. I miei pensieri si accumulano e rimbalzano riandando all'ultima volta in cui ho visto Garrett e tutte le mie preoccupazioni e le mie paure per me e il mio bambino. Ce la posso fare da sola, se necessario. So di potercela fare. Ma non sarà facile. Devo dirglielo e devo dirlo anche a mia nonna. Nessun altro ha bisogno di conoscere i particolari.

Una volta sedute per il pranzo del Ringraziamento, mia nonna mi chiede delle mie future prospettive di lavoro.

«Non lo so. Potrei avere un contatto per la regia di qualcosa.» Devo ancora fissare un appuntamento con Claire Jordan. Spero che arrivi qualcosa. È stato difficile pensare a qualcosa che non sia la gravidanza. È stato un tale shock. E adesso una gioia segreta.

«E i film? So che hai sempre voluto girare un film.»

«Se ne occupa il mio agente. Se arriverà qualcosa per cui sono adatta, me lo farà sapere.»

Lei appoggia la forchetta sul piatto e si tampona la bocca con il tovagliolo. «Quindi basta Principessa Harper, eh?»

«Giusto.»

«Non ti si adattava. Tu sei molto più forte di una qualunque piagnucolosa principessa con i loro stupidi vestitini.»

Non sono così forte. Ho paura di parlarti del bambino. Sento gli occhi che scottano e lotto per non piangere. Mia nonna non ha mai sopportato le lacrime.

«Se ti manca tanto, chiamalo.» Indica col dito il telefono appeso alla parete. «Usa il mio telefono. Pagherò io l'interurbana.» Deve rendersi conto che sono vicina alle lacrime se è disposta a pagare l'interurbana.

Vorrei ridere e piangere allo stesso tempo. Come se tutto si potesse sistemare con una telefonata. Probabilmente risponderebbe, pensando che sia mia nonna, e poi riappenderebbe sentendo me. So che la prossima conversazione dovrà essere a faccia a faccia. «È complicato.»

Lei sbuffa. «Non deve essere per forza complicato. Digli le cose come stanno. Che lo rivuoi. Potete essere entrambi attori. Il mondo è abbastanza grande per voi due.»

Faccio un respiro profondo e mi lancio. «Noi tre.»

«Cosa?»

Mi guardo la pancia. «Sono incinta.» Arrischio un'occhiata, aspettandomi di essere giudicata. Invece sembra solo sbalordita, ha una mano sulla bocca.

Sento lo stomaco che si ribella. «So che mia madre ti ha dato la stessa notizia, nello stesso stupido modo...»

Lei lascia cadere la mano. «Non è assolutamente la stessa cosa. Lei era un'adolescente ribelle. Tu non le somigli affatto.» Mi prende la mano. «Ti aiuterò ad allevare il bambino. Resterai qui.»

Le lacrime cominciano a scendere. «Pensavo che ti saresti arrabbiata o che saresti rimasta delusa, o qualcosa di simile.»

«Tesoro, la situazione è completamente diversa. Sei una

persona matura, con la testa sulle spalle. Puoi farcela. Tua madre, beh, è stata colpa mia. Ho fallito con lei.»

«Come?»

Lei scuote la testa, torcendo le labbra. «Era l'ultima dei miei quattro figli, una sorpresa, a quarant'anni e l'unica ragazza. L'ho viziata, l'abbiamo fatto tutti. È diventata ingrata e presuntuosa. E una volta diventata un'adolescente, anche ribelle. Le avevamo lasciato credere che non poteva fare niente di sbagliato. Ma poi è successo. Si è messa insieme a un uomo più vecchio che aveva incontrato in un bar, dopo essere entrata con una carta di identità falsa.» La nonna sospira amaramente. «Quando penso che cosa le sarebbe potuto succedere, andando in giro per i bar. Poi abbiamo scoperto che lo faceva da quando aveva diciassette anni. Niente di quello che tuo nonno e io facevamo serviva a qualcosa, non siamo mai riusciti a tenerla sotto controllo. Comunque, tuo padre non ha mai saputo della tua esistenza. Ho cercato per anni di rintracciarlo, basandomi sulle informazioni che mi aveva dato tua madre e poi ho scoperto che era morto quando avevi cinque anni. È l'anno in cui morì anche tuo nonno e io ero troppo presa dal mio lutto per dirti qualcosa. Alla fine, decisi che era meglio che tu pensassi che aveva un'altra famiglia ed era quello il motivo per cui non poteva far parte della tua vita.»

Resto a bocca aperta. «Mio padre non ha mai saputo di me?» È molto meglio così che pensare che non gli importasse. Non che conti, visto che è morto.

«Mi dispiace, Harper. Ho fatto ciò che ritenevo giusto a quel tempo. Avrei dovuto dirti la verità.»

Mi chiedo allora se possa aver mentito anche riguardo a mia madre. «Hai sempre detto che mia madre mi lasciò qui e poi se ne andò. È vero? Perché non è tornata a trovarmi? Le avevi detto tu di non farlo?»

Lei chiude gli occhi per un momento, con un'espressione addolorata sul volto. «Intendeva darti in adozione. Quando l'ho scoperto, ho insistito per avere i particolari. Il suo piano era di lasciarti sulla soglia di casa di una coppia senza figli qui in paese. Come un regalo. Beh, non l'ho accettato, ovviamente. Sei mia nipote. Le ho detto che ti avrei adottato io e basta. Avevo cinquantanove anni a quel punto e il mio obiettivo era di restare in vita abbastanza a lungo da vederti prendere il tuo posto nel mondo. Ed eccoci qui. Chi sapeva che sarei vissuta così a lungo?»

La fisso, con la mente in subbuglio per le notizie inaspettate. È tutto così diverso da ciò che pensavo crescendo.

«Non le ho mai detto di non venire a trovarti. Quella è stata una sua scelta.»

Annuisco, con la gola stretta. Dopo aver brevemente conosciuto la mia madre biologica, quando era venuta a chiedermi dei soldi, beh, posso dire che non ho perso molto. Non mi ha mai amata, non come mia nonna.

Le rivolgo un sorriso un po' lacrimoso. «È difficile immaginare che abbia viziato tua figlia. Sei sempre stata così severa.»

Mi prende la mano e me la stringe. «Con te, solo perché non volevo ripetere gli stessi errori fatti con lei. Ero dura perché volevo che fossi forte e sicura di te. Volevo che te la cavassi da sola. Tua madre aveva ricevuto troppa approvazione incondizionata. L'aveva resa debole e vulnerabile.»

Stringo le labbra. «Sei stata troppo dura con me.»

«Perché ti volevo bene, ragazza mia.» Le brillano gli occhi per le lacrime.

E adesso sto piangendo. «Ho sempre creduto che non sarei mai riuscita a essere all'altezza dei tuoi standard. Io non sono naturalmente una dura. Sono sensibile.»

«L'ho notato e ho cercato di renderti più sicura, di proteggerti. Sembra che sia riuscita a incasinare le cose con entrambe le mie figlie.»

Rido attraverso le lacrime. «Sì. Ma non credo che sarei riuscita a fare il mestiere che faccio ora senza quella forza e quella durezza, quindi immagino di doverti ringraziare.»

Lei mi fa segno di avvicinarmi e mi abbraccia. «Mi dispiace di essere stata severa con te. Ti voglio bene. So che non lo dico spesso, ma è così.»

Le bacio la guancia dalla pelle sottile e morbida. «Ti voglio bene anch'io.»

Lei mi spinge via. «Adesso mangia. Deve mantenerti in forza per il bambino. Ti prenderò delle vitamine prenatali e voglio che prenda un appuntamento con un medico, subito.»

Tiro su col naso e mi siedo. «Sto già prendendo le vitamine e ho già trovato un medico.»

«Brava la mia ragazza.» Mi accarezza la mano. «Devi dirglielo, lo sai.»

«Lo so, ma non ancora. Quando tornerà lo farò, faccia a faccia.»

«Fai quello che ti sembra giusto.»

Prendo una fettina di pollo, il mio appetito è tornato. «Sempre.»

Lei ride. «Tu mi assomigli molto più di quanto credi. Siamo entrambe donne cazzute.»

Alzo di colpo la testa. «Nonna!» Lei non usa mai parole volgari.

«Ammettilo» mi dice.

«Va bene» dico ridendo.

~

Garrett

Sono tornato da Los Angeles dopo sei settimane e tre giorni e sono abbastanza uomo da ammetterlo: tagliare i ponti con Harper è stato un enorme errore. Non sono riuscito a godermi il mio tempo a LA perché mi mancava troppo. Capisco che sia suscettibile e non voglia essere usata per la sua celebrità e avrei dovuto tenerne conto. Invece è scattata la *mia* suscettibilità, mi sono messo sulla difensiva e ho tagliato i ponti. E per che cosa? Chissà se otterrò mai un altro lavoro nell'industria del cinema. Dipende da molti fattori: se il film avrà successo, se i direttori del casting apprezzeranno quello che hanno visto e tante altre cose al di fuori del mio controllo.

Non mi illudo di avere un talento come quello di Harper, anche se il mio insegnante di recitazione è soddisfatto dei miei progressi e dice che, se insisto, posso arrivare a un livello professionale. Adesso, ammettiamolo, sono più che altro un bellone con il fatto in più di avere sangue reale. Al pubblico piace. Sono come un esemplare curioso allo zoo e non è qualcosa su cui si può costruire una carriera. Immagino che il mio ego questa volta si sia messo in mezzo.

L'orgoglio mi ha trattenuto dal mettermi in contatto con lei. Stupido, lo so. Adesso che sono tornato a casa, sento urgente il bisogno di vederla. È la Vigilia di Natale. Lei non è a casa e non risponde ai miei messaggi. Le mie chiamate sono finite in segreteria. Posso solo sperare che sia a casa di sua nonna. Voglio passare il Natale con lei. La mia famiglia è di nuovo a Villroy per le feste e ho dovuto rinunciare ad andare con loro per via del lavoro. Mi mancano tutti ma specialmente Harper.

C'è solo un modo per scoprirlo. Chiamo sua nonna. In effetti, mi aveva chiamato lei il giorno dopo il Ringraziamento per chiedere quando sarei tornato perché aveva bisogno di recuperare qualche scatola dalla soffitta. E poi mi aveva dato il suo numero in modo da informarla. Devo piacerle veramente. Harper mi aveva detto di avere un tuttofare sotto contratto per fare i lavoretti di cui ha bisogno sua nonna, quindi non sono l'unico che possa aiutarla a spostare le scatole.

Il telefono suona cinque volta prima che lei risponda. «Pronto.»

«Salve, signora Ellis. Sono Garrett. Sono tornato in città. Harper è con lei?»

«Sì.» Sento che appoggia la mano sul microfono. «Harper! Vai a controllare la cassetta della posta. Sto aspettando degli auguri di Natale, per assicurarmi che i miei cugini non abbiano tirato le cuoia.»

Sento Harper che borbotta qualcosa in sottofondo. *Il mio amore.*

«Signora...» Comincio a dire.

«Tsk» dice lei e poi, un momento dopo: «È andata a prendere la posta. Quanto ti ci vuole per arrivare qua?».

In me rinasce la speranza. «Un'ora e mezza, massimo due.»

«Okay. So che è ansiosa di andare a trovare le sue amiche, ma la terrò qui per te. Ha qualcosa da dirti.»

Ho il cervello in tumulto. *Ha incontrato qualcun altro? Si sta trasferendo a Los Angeles per lavoro? A Londra?* «Che cosa?»

«Non tocca a me parlartene. Ora, non superare i limiti di velocità. So come tenerla occupata.»

«Ne sono sicuro. Grazie, signora.»

«Ci vediamo presto ma non troppo presto. Arrivederci.»

Grazie al cielo le strade sono pulite quando guido la mia Harley fino a casa di sua nonna. Si è rivelato impossibile noleggiare un'auto all'ultimo minuto durante le feste e non mi piace guidare la moto sulle strade ghiacciate. Lo prendo come un buon segno. Era destino che la vedessi oggi. Spero veramente che non siano cattive notizie. Se ha incontrato qualcun altro, la riconquisterò. Se dovrà lavorare a migliaia di chilometri di distanza, andrò a trovarla. Purché non dobbiamo separarci per sempre.

Quando svolto nella via, mi rendo conto che avrei dovuto portare un regalo per lei e sua nonna. È Natale. Ero così concentrato sul vedere Harper che l'ho completamente dimenticato. Torno indietro verso il lago, fino al piccolo supermercato che ho visto passando. È il pomeriggio della Vigilia di Natale, quindi spero che sia ancora aperto.

Parcheggio e arrivo davanti alla porta proprio mentre un tizio mette il cartello CHIUSO. Chiudono alle quattro del pomeriggio la vigilia. «Aspetti!» dico attraverso la porta di vetro. «Posso prendere solo due cose?» Lo fisso per un momento, colpito da quanto il dipendente del negozio assomigli a Babbo Natale. Ha lunghi capelli bianchi ondulati, una lunga barba bianca e bretelle nere sopra una camicia rossa che copre una pancia rotonda.

«È la Vigilia di Natale. Siamo chiusi.»

«Signore, ho bisogno di un regalo per la mia ragazza e sua nonna. Devo riconquistarla. Non avete dei fiori, dolci o biscotti natalizi? Qualunque cosa che possa aiutare uno stupido a rientrare nelle buone grazie dell'unica donna che ha mai veramente amato?» *Cuore in mano e niente da perdere. Ecco chi sono.*

Lui apre la porta. «Chi sono la ragazza e sua nonna?»

«Harper e Joan Ellis.»

«Joan Ellis, eh? Potrei avere qualcosa che le piace.» Ammicca e si volta, facendo segno di seguirlo. «È un tipo tosto, ma se c'è qualcosa che può conquistarla è questo.»

Lo seguo nella sezione natalizia. Indica uno schiaccianoci di legno rosso a forma di soldatino. «Sembra appropriato, no, figliolo?»

Scuoto la testa. Il significato è chiaro. Immagino che sia dura con tutti. Prendo una renna e un babbo Natale di peluche. Almeno sono carini. «Ha dei fiori o caramelle?»

«Niente fiori in questa stagione. Le caramelle sono vicine al registratore di cassa.»

Porto i miei regali al registratore e controllo che cosa c'è. Sono solo caramelle, barrette e chewing gum. Spingo avanti i peluche e prendo il portafogli. «Questi andranno bene. Grazie mille.»

«Lei è uno degli amici di Hollywood di Harper?» mi chiede.

«No, mia cognata è un'attrice. Ci siamo conosciuti tramite lei.»

L'uomo registra la spesa. «Beh, qui in città facciamo tutti il tifo per lei. Le faccia sapere che ascolto *Living Gold* ogni settimana.»

«Sono sicuro che le farà piacere saperlo. Non ho capito il suo nome.»

«Nicholas.»

St. Nicholas? Cioè Santa Claus? Babbo Natale? Stringo le labbra per non ridere. «Grazie per il suo aiuto, Nicholas.»

Pago, infilo i peluche nella giacca di pelle e torno indietro. Parcheggio sulla strada di fronte alla casa di sua nonna e noto un pickup Ford blu scuro nel vialetto. Dato che non riesco a immaginare la signora Ellis che guida quella cosa enorme, spero l'abbia noleggiato Harper. Solo che il mio istinto mi dice che è il veicolo di un uomo. Tutte le belle sensazioni che stavo provando vanno a pallino. È questo che voleva dirmi Harper? Che aveva incontrato qualcuno? Ma perché la signora Ellis mi avrebbe detto di venire? Per obbligarci a confrontarci? So che non è il tipo di nonna coccolosa, ma non pensavo che fosse deliberatamente meschina.

Suono il campanello, lasciando i regali infilati nella giacca. Fanno sembrare che abbia preso venticinque chili, ma non ho intenzione di affrontare il nuovo compagno con il peluche di una renna e di Santa Claus in mano.

Harper apre la porta. «Garrett! Non sapevo che saresti venuto.» Ha un aspetto favoloso, gli occhi brillanti, la pelle luminosa. Indossa un maxi-maglione rosso con il collo a V, leggings e stivali neri. Vorrei solo prenderla in braccio e portarla via.

«Ho chiamato e ti ho mandato dei messaggi oggi, ma non hai risposto. Mi dispiace di averci messo tanto a mettermi in contatto.»

I suoi occhi si addolciscono. «Ho spento il telefono, su insistenza di mia nonna. Voleva che mi concentrassi a decorare l'albero con lei. Entra.»

Entro. Un tizio circa delle mia età è lì in soggiorno con una maglia di cotone azzurra a maniche lunghe, jeans e sneakers. Accidenti, è bello. *Un attore?*

La signora Ellis si alza dalla sua poltrona. «Garrett, questo è Drew, un amico di Harper. Lo conosce da tutta la vita e sa che è una persona su cui può contare. Forte e un buon partito.» Gli sorride e poi si rivolge ad Harper. «Forze speciali dell'esercito, quindi potrà anche tenerla al sicuro.»

Sento una rovente fitta di gelosia e stringo i pugni.

21

———

Garrett

«Allora, questo è il tuo uomo?» chiedo ad Harper. «Hai aspettato un po' dopo la nostra rottura oppure l'hai chiamato immediatamente?»

Harper sobbalza e si volta verso sua nonna. «Stai cercando di seminare zizzania?»

Il tizio si strofina la nuca. «Pensavo che il vostro riscaldamento non funzionasse, ma mi sembra che qui faccia abbastanza caldo.»

«Sì, qui non servi» dico. «Dovresti andartene.» Indico la porta con un cenno della testa.

Lui si avvicina e mi guarda minaccioso.

La signora Ellis batte le mani. «Voi due dovreste risolverla di fuori.»

Il tizio mi fissa. «Tu chi sei?»

Mi metto in posizione, gambe larghe, pugni pronti. «Sono il tizio che starà con Harper a lungo termine.»

Lui scuote la testa. «A me sta bene. Sono qui per sistemare il riscaldamento.»

«Posso farlo io.»

«Non c'è niente che non va con il riscaldamento» dice Harper.

La signora Ellis si mette le mani sui fianchi. «Bene, se non avete intenzione di battervi, dovremmo prendere tutti una cioccolata con i biscotti e fare una chiacchierata.»

Harper si mette di fianco a me. «Drew, mi dispiace che ti abbia fatto venire qua per niente.»

A Drew tremano le labbra mentre cerca di non ridere apertamente. «Avrei dovuto capire che aveva qualcosa in mente.» Si china intorno a lei per rivolgersi alla signora Ellis. «Grazie per l'offerta della cioccolata, ma la mia famiglia mi aspetta per festeggiare la vigilia.»

«Grazie per esserti fermato» canticchia lei, tornando a sedersi. «Buon Natale.»

«Anche a lei» risponde andandosene.

Appena è uscito, Harper guarda furiosa sua nonna. «Che diavolo stai facendo? Trascinare qua Drew per una falsa commissione la Vigilia di Natale!»

Lei sorride serenamente. «Volevo vedere se Garrett sarebbe stato all'altezza della situazione. Geloso? Sì. Abbastanza duro da affrontare un ranger dell'esercito? Sì. Gli uomini dovrebbero essere uomini. Grazie al cielo questa volta hai scelto un vero uomo.»

Harper alza le mani, sconfitta. «Abbiamo rotto, nonna, lo sai.»

«Togliti la giacca» mi dice la signora Ellis. «Resta per un po'.»

Abbasso la cerniera della giacca ed estraggo la renna e Babbo Natale, che sembrano assolutamente ridicoli visto il mio tumulto interiore. Non riesco ad aspettare un solo altro minuto prima di dire quello che devo dire. «Harper, dobbiamo parlare. Possiamo uscire?»

«Si gela di fuori» dice la signora Ellis. «Parlate qui.»

Harper si volta verso di lei e dice in tono tranquillo: «Vorrei un po' di privacy per parlare con lui, per favore».

La signora Ellis sospira e si alza dalla poltrona con qualche difficoltà. «Vado di sopra, ma non fate niente di inappropriato sul mio divano.»

«Cercheremo di frenarci» risponde Harper senza fare una piega.

La signora Ellis va lentamente verso il montascale e so già che ci vorrà troppo tempo prima che Harper e io possiamo parlare.

La seguo. «Signora, le dispiacerebbe se la portassi di sopra in braccio? Sembra che pesi cinquanta chili al massimo. Non è un problema.» Le tendo le braccia.

Lei arrossisce e dice a voce alta ad Harper: «Il tuo uomo è ridicolo». Si volta verso di me. «No, grazie. Me la cavo benissimo da sola.»

Le faccio l'occhiolino. «Un giorno riuscirò a prenderla tra le braccia, Regina Joan.»

«Stupidaggini» sbotta lei, ma riesco a vedere lo scintillio nei suoi occhi.

Vado a sedermi sul divano con Harper e aspettiamo che il montascale salga lentamente al piano di sopra.

«Potete cominciare a parlare adesso» dice la signora Ellis. «Non sento niente sopra il rumore di questo affare.»

«Noi ti sentiamo benissimo» dice Harper a voce alta.

«Harper ha qualcosa da dirti» aggiunge la signora Ellis.

«Ho anch'io qualcosa da dirle» le dico.

«Beh, che cosa aspetti?» mi chiede la signora Ellis.

Harper mi guarda con un sorriso di scusa. «Mi dispiace. Facciamo finta di parlare finché sarà nella sua stanza.»

«Hai conosciuto qualcun altro? Dimmelo per favore. Riuscirò a sopportarlo.»

«Garrett, non c'è nessun altro. Drew è solo un amico.»

Mi rilasso. Tutto il resto si può sistemare. Spero.

Finalmente la signora Ellis arriva alla sua stanza al piano di sopra e chiude la porta.

Harper sospira. «Pensavo che non ci sarebbe mai arrivata.»

«Harp, mi sei mancata.» Faccio per abbracciarla, ma lei mi spinge via.

«Aspetta. Devo dirti una cosa e voglio che tu sappia che non mi aspetto niente da te. Okay?»

«Ti stai trasferendo a Los Angeles?» le chiedo.

«No. Smettila di cercare di indovinare. Ascolta e basta.»

«Okay.» Mi faccio forza, pregando che non sia niente di grave. Desidero tanto stare con lei.

«Sono incinta.»

Resto senza fiato, con la testa che gira.

«Garrett, stai bene?»

Risucchio un po' d'aria. «Sì, sto bene. Mi hai sorpreso. Pensavo prendessi la pillola. È mio, giusto?»

«Certo che è tuo. Sei l'unico con cui sono stata.»

«Okay, scusa.» Mi passo una mano tra i capelli. «Sono solo sorpreso. Com'è successo?»

«Ho dimenticato una pillola quando ho avuto quel virus intestinale e la sera dopo l'ho vomitata quando sei stato male tu, quindi c'è stato uno spiraglio. All'inizio non ero sicura perché il test di gravidanza era negativo, ma poi sono andata dal medico ed è risultato positivo.»

«Quando l'hai saputo?»

«Quattro giorni dopo la tua partenza. Ho cercato di chiamarti e mandarti messaggi, ma non rispondevi.»

Mi prenderei a cazzotti per la mia stupidità. «Ero arrabbiato. Volevo star bene senza di te, ma non è stato così. Dio, non riesco a credere di non averlo saputo per tutto questo tempo.»

«Va tutto bene. Sapevo che saresti tornato e questa era una conversazione da fare di persona.» Sorride. «Io ne sono felice.»

«Anch'io.»

Lei studia la mia espressione. «Davvero?»

Le prendo entrambe le mani tra le mie. «Certo.»

Harper piagnucola: «All'inizio provavo vergogna. Era una gravidanza non programmata, e non volevo seguire le orme di mia madre. E poi abbiamo rotto. Non mi sono mai aspettata che succedesse in questo modo. Avevo giurato che mio figlio sarebbe nato nel tipo di famiglia con due genitori che ho sempre desiderato da bambina. Ora tutto ciò che mi importa è che sia sano, o sana».

Mi chino in avanti, con i gomiti sulle ginocchia, ancora scosso. «Io sono il frutto di una gravidanza non programmata. I miei genitori mi definiscono un felice incidente. In famiglia dicono che Connor avrebbe dovuto essere l'ultimo, il quartogenito, ma era un tale angioletto che avevano deciso di averne un altro, e Brendan era un tale diavoletto dispettoso che sono rimasti sbalorditi. Io sono stato un *oops* e mio padre ha fatto una vasectomia subito dopo, dicendo che sei figli erano più che sufficienti.»

«Nel mio caso non è stato un felice incidente.»

Mi metto diritto. «Questo bambino lo è.» Fisso la sua pancia coperta dal maxi-maglione. Sembra ancora piatta.

«Avevo intenzione di chiamarti domani per chiederti di incontrarci durante le feste, ma sono così felice che tu sia qui adesso.»

Non riesco a togliere gli occhi dalla sua pancia. C'è mia figlia o mio figlio lì dentro. «Va tutto bene?»

«Sì. Sono di otto settimane, dovrei partorire a giugno. Voglio che tu faccia parte della vita del bambino, ma non voglio che creda di essere obbligato a stare con me a causa sua.»

Le metto una ciocca di capelli dietro l'orecchio. «Sono entusiasta di diventare papà. Voglio far parte della vita di questo bambino, in qualsiasi modo tu voglia. E spero che lo, o la, alleveremo insieme come coppia. E non lo dico per via del bambino. Sono venuto qua oggi per dirti che ti amo e che non valeva la pena di perderti e restarti lontano per girare un film. Farò qualunque cosa per assicurarmi che stiamo insieme. Ti parlerò dei progetti prima di accettare. Avevi ragione tu. Le coppie dovrebbero prendere insieme queste decisioni perché riguarda entrambi. E se mi rivorrai, spero che farai lo stesso perché noi due insieme siamo più importanti di qualsiasi lavoro.»

Lei mi abbraccia. «Mi dispiace di aver detto quelle cose orribili l'ultima volta in cui ci siamo parlati. Ho fatto un casino. Tutto ciò che volevo era tenerti vicino. Mi sta bene che voglia fare l'attore. Mi sta bene tutto quello che vuoi fare. Farò il tifo per te, sempre.»

Mi tiro indietro e le prendo il volto tra le mani. Le trema il labbro inferiore, le lacrime sono lì, pronte a scendere. Anche a me bruciano gli occhi. «Credo proprio che avremo un futuro insieme, Harper. Aspetto da molto tempo la donna giusta. La mia vita è ricominciata, in un modo tutto nuovo e migliore, quando ci siamo incontrati.»

«Oh, Garrett» Harper mi bacia e mi tiene stretto per un lungo momento.

«E ora mi stai facendo questo regalo.» Mi si strozza la voce. Harper si tira indietro e mi accarezza la guancia. «Un bambino. È il miglior regalo che avresti potuto farmi.» Indico il punto dove la renna e il Babbo Natale di peluche sono appollaiati sul tavolino. «Meglio del mio regalo per voi.»

Lei ride tra le lacrime. «Qual è il mio?»

«Quello che vuoi.» Le metto una mano sulla guancia e la bacio. Poi le fisso la pancia. «Posso toccarla?»

«Certo. Il bambino è protetto lì dentro. Puoi toccare.» Rialza il maglione e c'è una lieve rotondità che prima non c'era. Appoggio la mano, con la gola chiusa per l'emozione. «Non sento nessun movimento. Sei sicura che vada tutto bene?»

«È ancora troppo piccolo per sentirlo. Presto, però.»

«Tu sei la mia metà, sai? Voglio sposarti.»

Lei distoglie lo sguardo. «Non dobbiamo sposarci solo perché sono incinta.»

La volto verso di me con una mano sul volto. «Non capisci che cosa provo per te? Non voglio che restiamo divisi, mai più. Lo sapevo prima che mi parlassi del bambino.»

Lei si mordicchia il labbro. «Magari dovremmo aspettare finché sarà nato il bambino. Potresti cambiare idea.»

«Non devi dubitare della mia parola, mai. Resterò appiccicato a te e a Garrett Junior per il resto dei miei anni.»

Lei sorride. «Garrett Junior? E se fosse una bambina?»

«Joan?»

Lei resta a bocca aperta. «Assolutamente no.»

«Che c'è? A tua nonna piacerebbe.»

Lei sorride teneramente. «Mia nonna ti piace davvero.»

«Che cosa c'è da non amare? Ha allevato la mia futura moglie, la madre di tutti i miei futuri figli.»

Le scendono due lacrimoni dagli occhi e la tiro vicino, abbracciandola.

Dopo un po' Harper rialza la testa, asciugandosi le lacrime e tirando su col naso. Le prendo un fazzolettino dal tavolino.

«Grazie» dice. «E, per quanto riguarda il lavoro, farò la regia di alcuni episodi di un nuovo show per la società di produzione di Claire Jordan. Filmeranno a New York. L'ho incontrata e abbiamo parlato della mia futura carriera. Mi piacerebbe lavorare di più dietro le scene ed è il tipo di lavoro che mi terrebbe qui. In quel momento stavo pensando a come permetterti di vedere il bambino, ma ora significa tanto di più. La parte eccitante è che mi ha chiesto di presentarle le mie idee per dei nuovi show. Mi piace l'idea di gestire uno show perché posso avere il controllo creativo, incluso dove si filma. Quindi significa che lavorerò a stretto contatto con lei e sarò vicino a te. Che ne pensi?»

«Penso che sia il miglior Natale che ho mai avuto. Il mio tesoro ha trovato il modo di stare con me e ci ha fatto diventare una famiglia.»

Lei sorride e mi bacia. «Beh, hai fatto anche tu la tua parte.»

«Certo che sì.» Mi fermo un momento, pensando alla mia parte e ai nostri futuri incontri. «Il medico ha detto se è okay fare...» Abbasso la voce; non mi fido della signora Ellis. Probabilmente sta origliando. «Fare l'amore?»

Lei ride. «Sì, va bene. Ma quando crescerà la pancia, diventerà più difficile trovare una posizione.»

«Sono un duro. Ce la farò.»

Lei mi sorride e sento quasi un dolore al petto per tutto ciò che provo per lei e adesso anche per questo bambino. Non mi aspettavo di diventare padre, ma non potrei essere più felice. E ho abbastanza soldi per l'acconto per una casa per la mia nuova famiglia. Non vedo l'ora di dire ai miei genitori che saranno nuovamente nonni, ma è troppo tardi per chiamarli a Villroy. Saranno già a letto.

«Dovremmo dire a mia nonna che adesso può scendere?» mi chiede Harper.

«Sì, è tutto a posto.» Di colpo capisco perché la signora Ellis insistesse a dire che Harper aveva qualcosa da dirmi. «Sa del bambino, vero? Mi sorprende che non mi abbia cacciato con un randello.»

«Ah, non le sarebbe servito. Con le tue folli capacità, l'avresti trasformato in un elegante bastone da passeggio per lei, offrendoti di fargliene anche un altro. Sei un tale tenerone.»

«Io guardo oltre la parte esteriore pungente. È una brava persona.»

«È vero. Vado a prenderla» dice salendo le scale.

Mi appoggio allo schienale del divano, con la plastica che scricchiola sotto il mio peso. Ora, se solo riuscissi a convincere Harper a sposarmi, potrei rilassarmi veramente. Voglio che il bambino abbia il mio nome, che non ci siano dubbi su chi è il padre. Voglio delle fondamenta solide, per lui, o lei. Non vedo l'ora di sapere se sarà un maschio o una femmina.

Qualche minuto dopo, il montascale scende lentamente al pianterreno. Harper mi sorride dal pianerottolo di sopra mentre aspetta che sua nonna finisca il viaggetto.

«Sembra che diventeremo una famiglia» dichiara la signora Ellis. «Appena la sposerai.»

Vado in fondo alle scale e alzo la voce per superare il rumore del motore. «Quello è il piano, Regina Joan. Harper sarà una principessa.» Ammicco rivolto ad Harper, immaginando che pensi sia divertente, ma lei sembra veramente eccitata. «Ti piace l'idea?»

«Ho *così* voglia di visitare il palazzo» dice Harper.

La signora Ellis aggiunge: «Non mi dispiacerebbe dare un'occhiata anch'io».

«Siete entrambe invitate. La mia famiglia ci va ogni Natale col jet reale. Che ne direste di andare il prossimo Natale? Il bambino avrà modo di incontrare la sua famiglia estesa.»

«O la bambina» aggiunge Harper, in tono allegro.

Le sorrido, poi mi accorgo della smorfia di dispiacere della signora Ellis. «No?» le chiedo.

«Ho ottantasette anni, giovanotto. Pensi che possa aspettare un anno? Ci andremo l'estate prossima, quando il tempo sarà abbastanza bello perché possa godermi l'isola.»

Harper si mette a ridere. «A quanto pare, la nonna ha fatto

qualche ricerca sulle tue origini regali dopo la tua prima visita.»

La signora Ellis stringe le labbra. «Controllare le persone con cui fai sul serio è compito mio.» Mi sorride. «Sapevo che era quello giusto.»

«Grazie signora» dico, sorpreso.

Lei scende dal montascale in fondo alla rampa e mi fa segno di avvicinarmi. Mi abbasso e lei mi accarezza la guancia. «Sei una brava persona, Garrett.»

Le bacio la guancia. «E lei è una brava donna. Onorerò e rispetterò sempre la donna che ha allevato la mia meravigliosa Harper.» Indico Harper che sta scendendo le scale, sorridendo con le lacrime agli occhi.

La signora Ellis si asciuga gli occhi. «Okay, adesso basta con tutta queste smancerie. Devo andare a preparare la cioccolata.»

Non riesco a fare a meno di prenderla in giro per prima. «Sicura che non voglia aspettare che si faccia vivo un rivale perché dimostri che sono all'altezza della situazione, prima della cioccolata?»

Lei ridacchia, andando lentamente verso la cucina. «Devo tenerti sul chi vive.»

Harper mi mette le braccia intorno al collo e mi bacia teneramente. «Ti amo, uomo meraviglioso. Non sono mai stata tanto felice in vita mia.»

«Ti amo anch'io. Tantissimo. Sembra quasi troppo bello per essere vero. Non sapevo come sarebbe andata oggi, e ora è come se...»

«L'universo ci stia sorridendo.»

«Sei tu.» La bacio di nuovo, sopraffatto dai sentimenti. «Sempre tu.»

Lei mi abbraccia e si alza sulla punta dei piedi per sussurrarmi all'orecchio: «La nonna va a dormire alle sette. Poi potremo tornare a casa mia per festeggiare da soli. Sai che cosa intendo dire?». Mi afferra il sedere stringendolo.

Piego la testa. «Non ne sono sicuro. Dovresti spiegarti un po' meglio.»

Harper infila la mano tra di noi, fino al mio sesso, che si dimostra immediatamente all'altezza della situazione.

«Ti piacciono i marshmallow, Garrett?» chiede la signora Ellis dalla cucina.

Mi stacco di colpo da Harper, con le orecchie rosse, e lei si mette a ridere. «La nonna ha un radar per...» fa le virgolette con le dita «... le "effusioni".»

«Certo, grazie, mi piacciono i marshmallow» dico.

«Dovrai andare a prenderne un po' in negozio» dice la signora Ellis.

«Farò senza, grazie.»

Harper ridacchia.

La signora Ellis infila la testa in soggiorno, sorridendo diabolicamente. «Sicuro?»

È chiaro. È il suo modo di dire *tieni le mani a posto giovanotto. Solo che è stata sua nipote a cominciare!* «Ci sposeremo appena riuscirò a convincerla.»

Lei stringe gli occhi. «Prima che nasca il bambino.»

Mi rivolgo ad Harper. «Il giorno di San Valentino? Sean e Josie si sono sposati proprio quel giorno ed è stato fantastico. Abbiamo ancora l'arco con i fiori di seta. In effetti è stato usato per la rievocazione del matrimonio di mio fratello, che si era sposato in municipio. La terza volta dovrebbe portare ancora più fortuna.»

«Devo conoscere la tua famiglia» dice la signora Ellis.

Sorrido. «Sono pazzi, ma in senso buono. Sono sicura che la adoreranno.»

Lei si liscia i capelli, con le guance che si colorano di rosa. «Sì, beh...» Torna lentamente in cucina.

Harper mi avvolge le braccia intorno alla vita. «Se non starai attento, mia nonna si innamorerà di te anche lei. Non ho intenzione di competere con lei per il mio uomo.»

Rido e poi torno alla parte importante. «Allora, a San Valentino? Cuori, cupidi e tutto il cioccolato fondente con la ciliegia che potrai mai desiderare. Aspetta.» Mi metto su un ginocchio. «Harper Ellis, mi vuoi sposare?»

«Sì!»

«Sì!» esclama la signora Ellis un secondo dopo, guardandoci sorridente.

Io abbraccio Harper e sorrido a sua nonna, che sventola lo strofinaccio verso di me prima di tornare in cucina.

Harper è tutta un sorriso. «Non vedo l'ora di essere tua moglie.»

«Anch'io.» La bacio teneramente, ma diventa subito un bacio bollente, selvaggio e fuori controllo. Dio, quanto mi è mancata.

«La cioccolata è quasi pronta» avverte la signora Ellis.

Ci separiamo sorridendo. Il tempo vola quando stai pomiciando con la tua futura moglie nella stanza di soggiorno di sua nonna.

Raggiungiamo la signora Ellis intorno al piccolo tavolo da cucina e insieme programmiamo il matrimonio a San Valentino e una vacanza estiva per noi tre.

Escludiamo la signora Ellis dai nostri programmi per la luna di miele.

~

Harper

Mia nonna ha insistito che guidassimo la sua vecchia Toyota per tornare in città, invece di prendere la moto di Garrett, dato che sono incinta. Ho la sensazione che stia segretamente sperando che Garrett torni a Natale a prendere la moto in modo da vederlo di nuovo. In verità, vedere come tratta coi guanti la mia burbera nonna è probabilmente la cosa che mi ha fatto innamorare di lui all'inizio.

Appena entriamo nel mio appartamento, mi lancio tra le sue braccia. «Mi sei mancato così tanto!» *Bacio. Bacio più lungo.* «Non vedo l'ora di...» *Bacio.* «Essere nudi.»

Garrett mi prende in braccio e mi porta in camera, con un gran sorriso. «Me l'hai tenuto nascosto a casa di tua nonna.»

«Stai scherzando? Non posso gettarmi su di te a casa sua. E lei è sempre in ascolto. Sfortunatamente, il suo udito non è assolutamente peggiorato col tempo.»

«Dai, tesoro, non è molto caritatevole.»

«Oh, Garrett, hai tanto da imparare.»

Lui mi rimette in piedi accanto al letto e mi toglie il maglione. Mi fissa il seno. «Le tue tette sono diventate più grandi?»

Guardo il mio nuovo décolleté. «Sì. Effetto collaterale della gravidanza.»

«Bello» dice, abbassando le spalline del reggiseno e passandomi le mani sulle spalle mentre lo fa. Mi toglie il reggiseno, accarezzando il seno con le due mani. «Mi piace questo effetto della gravidanza.»

«Puoi ben dirlo. Prima era troppo piccolo.»

Garrett mi bacia. «Eri perfetta anche prima. Sei perfetta in qualunque modo.» Sorride, si siede sul letto e mi tira verso di sé. La sua bocca si chiude sul seno e succhia forte. È una linea diretta di puro piacere, che mi fa ardere di desiderio. Gli passo le dita sui capelli e sulla nuca e lo tengo stretto. Scende con le mani verso il sedere e lo strizza.

Sospiro di pura beatitudine. Garrett si sposta, regalando la stessa attenzione all'altro seno, facendomi gemere. Sento che le ginocchia stanno cedendo.

«Garrett» sussurro.

«Troppi vestiti» dice lui, togliendomi i leggings e le mutandine.

Lo aiuto anch'io a svestirsi ed è tutto un ammirarci a vicenda, come se fosse la prima volta che ci vediamo. È passato troppo tempo. Ci abbracciamo stretti appena siamo nudi, baciandoci freneticamente. Le sue mani sono dappertutto e poi mi solleva. Interrompe il bacio e mi deposita al centro del letto.

Spalanco le braccia e lui mi raggiunge, sostenendo il suo peso sui gomiti. Mi accarezza i capelli, togliendomeli dal viso. «Sei certa che sia sicuro per il bambino?»

Sorrido davanti alla sua preoccupazione. «Sì.»

Lui entra lentamente, controllando sempre la mia espressione, con le sopracciglia aggrottate per la concentrazione. Adoro quest'uomo.

Gli avvolgo attorno le braccia e le gambe. «Ti assicuro che è tutto okay. Fai quello che vuoi.»

Lui dà spinte lente e profonde, abbassando la testa per baciarmi il collo. Io gli accarezzo la schiena ampia. Tutti questi muscoli e questa potenza, eppure si trattiene, trattandomi con tanta cura. Mi vengono le lacrime agli occhi.

Lui alza la testa, fermandosi. «Che cosa c'è che non va?»

«Come facevi a sapere che stavo piangendo?»

«Mi sembravi lontanissima.»

Lo fisso. «Come fai ad accorgertene?»

«Non lo so, Harp. Abbiamo un legame. Che c'è che non va?»

«È solo che ti amo tanto e sei così tenero con me.»

«Certo che sono tenero. Ti amo.»

Annuisco. «È okay, va meglio adesso. Baciami.»

Mi bacia. Riesco a sentire che si trattiene e mi rendo conto che ha ragione riguardo al nostro legame. Ed è ciò che permette di rilassarmi completamente, di lasciarmi andare. Lui reagisce immediatamente, la bocca famelica, le sue spinte più veloci e più forti. Il piacere mi invade a ondate e continua a crescere.

Garrett interrompe il bacio, guardandomi negli occhi ed è tutto lì: il piacere intenso, l'amore, la cura che si prende con me. Si sposta, trovando proprio l'angolazione giusta e io esplodo, con il piacere che erompe mentre mi muovo con lui. Garrett si prende il suo piacere, spingendosi in profondità prima di gettare indietro la testa nell'estasi, con i tendini del collo in evidenza.

Gli accarezzo il collo e lui mi afferra la mano baciandomela. «Tutto bene?» mi chiede. «E il bambino?»

Gli sorrido. «Stiamo entrambi benissimo.»

Si sfila e rotola di fianco a me. «Grazie al cielo. Non credo che sarei stato in grado di non toccarti per mesi.»

Mi accoccolo contro il suo fianco e gli accarezzo il torace. «Buon Natale, Garrett.»

Lui mi bacia e mi tira più vicino. «Buon Natale, per questo e molti ancora.»

«Sai che mia nonna spera che tu torni domani a prendere la moto, in modo da poterti vedere per Natale?»

«Avevo intenzione di farlo. Inoltre, tutta la mia famiglia è a Villroy. È il momento di passare il Natale con la mia nuova famiglia.»

Sento una stretta al cuore. Mi arrampico sopra di lui e gli tempesto la faccia di baci. «Uomo meravigliosamente meraviglioso!»

Lui intreccia le dita e mette le mani sotto la testa, con un sorrisino compiaciuto sul bel volto. «Hai fatto centro.»

Gli mordicchio il labbro. «Bestia.»

Lui inarca le sopracciglia. «Te ne sei finalmente accorta, eh? È così che mi chiamano i miei fratelli per via di questi.» Abbassa le braccia e flette i muscoli.

«Bestia di dentro.»

«Secondo round, dici? È quello che sto sentendo con tutto quel tuo parlare sexy.» Rotola sopra di me e mi mordicchia il collo.

Rido e lo abbraccio stretto. È mio per sempre e sono così fortunata ad avere un futuro con lui. La mia bestia, il mio orsacchiotto, il mio amore.

EPILOGO

Garrett

Due giorni prima di Capodanno porto Harper a casa dei miei genitori. Stavo aspettando il loro ritorno da Villroy per condividere di persona la grande notizia.

Harper stringe forte la mia mano mentre saliamo i gradini. Joe è dietro di noi. Resta appiccicato ad Harper quando siamo in pubblico, ma qui non ha bisogno di andare in ricognizione per primo.

«Sei nervosa?» le chiedo.

Lei alza le nostre mani unite. «È stata la mia stretta mortale che mi ha tradito?»

«Ehi, se la Regina Joan è d'accordo, lo sarà anche Re Daniel. È lui quello da tenere d'occhio. Alla mamma piacciono semplicemente i bambini. Lei si concentrerà su quello.»

«Oh, bello, se la metti così...»

Suono il campanello.

Harper fa un respiro profondo.

«Rilassati» le dico.

«Garrett, è una cosa grossa...»

«Salve!» È mia madre che apre la porta. «Entrate. Sono così felice di vedere entrambi. Salve, Joe.» Fa un passo indietro. Mio padre ci aspetta nel corridoio per salutarci.

«Ci sei mancato a Natale» dice mio padre.

«Lo so» dico. «Quest'anno non è stato possibile. Forse l'anno prossimo.»

«Forse?» dice. «Sicuramente. Ovviamente sei invitata anche tu, Harper.»

«Venite in soggiorno» dice mia madre. «Siamo rientrati ieri e siamo ancora un po' confusi per il jet lag.»

«Per noi è ora di cena» aggiunge mio padre. Noi siamo venuti per il pranzo.

«Vi dispiace se do un'occhiata al biliardo dabbasso?» chiede Joe a mia madre. «Oggi sono di servizio solo durante i viaggi.»

«Se vuole.» Mia madre sembra sorpresa. Ho riferito a Joe la nostra notizia e il motivo per cui siamo qui oggi. Gli ho anche detto che poteva andare a fare una passeggiata, o giocare a biliardo mentre ne parlavamo con i miei genitori. Scende nel seminterrato.

Ci sediamo tutti nella stanza di soggiorno. Il brutto quadro che avevo dato loro, frutto dello scherzo di Jack è stato sostituito da un dipinto con il panorama di Villroy.

Lo indico. «Quel quadro è molto più bello degli scarabocchi.»

«Grazie» dice mia madre, dandogli un'occhiata. «L'hanno commissionato il re e la regina come regalo di Natale per noi.»

«Oh, wow» dice Harper, fissandolo. «Villroy è così bella. Riesco a vedere il palazzo in cima alla collina. Sembra uscito da una fiaba.»

«È bello avere qualcosa che mi ricordi casa mia» dice mio padre. «Adesso posso offrivi qualcosa da bere?»

Mia madre balza in piedi.

«Ci penso io, mamma.»

Lei mi rivolge il suo sorriso amorevole. «Grazie orsacchiotto mio.»

Mi sento bruciare le orecchie. «Mamma. Per favore.»

«È vero che sei un orsacchiotto» dice Harper appoggiandosi al mio fianco. «Posso chiamarti anch'io così?»

Le do un buffetto sul naso. «No.» Vado in cucina e apro il

frigorifero. «Sembra che ci sia acqua e birra. Che cosa volete bere?»

Harper dice: «Acqua, per favore».

La imitano tutti. Immagino sia un po' presto per la birra, anche se di colpo vorrei berne una. Non ho mai dovuto dare una notizia così importante ai miei genitori prima d'ora e se non reagiranno positivamente alla notizia del bambino a sorpresa, so che Harper ne rimarrà sconvolta. Io sono troppo felice per preoccuparmi della reazione degli altri. In ogni caso, sarà meglio dare loro la notizia con delicatezza.

Dopo aver distribuito i bicchieri d'acqua, mi siedo sul divanetto accanto ad Harper. I miei genitori sono sul divano di fronte a noi. «Harper e io abbiamo una notizia da darvi.»

I miei genitori ci guardano speranzosi.

«Allora» dico, dando un'occhiata ad Harper. È così tesa che non sbatte nemmeno le palpebre. Le prendo la mano, è gelata. «Siamo fidanzati.»

«Oh!» esclama mia madre. «Che meravigliosa notizia. Oh! Sono così felice per voi.» Si precipita ad abbracciare e baciare Harper e poi me.

Mio padre si unisce a lei, dandomi un colpetto sulla spalla e baciando la guancia ad Harper. «Benvenuta in famiglia, Harper.»

Mia madre si mette le mani sulle guance e mi sorride. «Il mio bambino, il mio ultimo bambino si sposa.» Dà un'occhiata alla mano di Harper e smette di sorridere. «Niente anello, Garrett.»

«Andremo a sceglierlo più tardi» dico. «È passata solo una settimana.»

«Come te l'ha chiesto?» dice mia madre rivolta ad Harper.

«Si è messo su un ginocchio la Vigilia di Natale.»

Mia madre sospira felice.

Faccio un respiro profondo e dico il fretta il resto. «C'è un'altra buona notizia. Harper è incinta. Il bambino nascerà a giugno.»

Le sopracciglia di mio padre sfrecciano verso l'alto.

Mia madre guarda la pancia di Harper. «Non è il motivo per cui intendete sposarvi, vero?»

«No» dico, prendendo la mano del mio amore e intrecciando le nostre dita. «Lei è la mia metà. Ricordi di aver detto che lo avevi saputo immediatamente con papà? E, papà, tu hai detto la stessa cosa. Sapevi che era quella per te. Io l'ho capito subito con Harper.»

«Lo amo moltissimo» dice Harper, con la voce soffocata per l'emozione. Le si riempiono gli occhi di lacrime e si asciuga la guancia. È particolarmente sensibile a causa degli ormoni della gravidanza.

«Oh» esclama mia madre, affrettandosi ad abbracciare Harper. Si siede sul bracciolo del divanetto accanto a lei. «Si capisce, tesoro. Sono così felice per entrambi.» Si china oltre Harper per darmi una stretta alla spalla.

«Congratulazioni» dice rigidamente mio pare. «Anche se pensavo di averti fatto il discorso sull'ordine delle cose, figliolo.»

«A volte c'è un felice incidente» gli rispondo, esplicito.

Mio padre si avvicina e mi dà un bacio sulla testa. «Più che altro un regalo.»

«Sei così fortunato ad avere dei genitori così amorevoli» dice Harper.

«A che tipo di genitori sei abituata?» le chiede mia madre, realmente preoccupata.

Mi intrometto per spiegare, perché ad Harper tremano le labbra. «È stata cresciuta da sua nonna. Ti piacerebbe, papà, è un tipo tosto, una vera regina. In effetti, la chiamo Regina Joan.»

«Io la chiamo generale» dice Harper ridendo.

«Ci piacerebbe invitarla qui» dice mia madre, mettendo un braccio sulle spalle di Harper. «Siamo una famiglia adesso, quindi avrai tanta gente amorevole intorno a te, di tutti i tipi, dai rompiballe e quelli dolci. Io faccio parte dell'ultima categoria, nel caso non lo avessi capito.»

Mio padre sbuffa. «È un bene che ci sia equilibrio negli stili genitoriali.»

Mia madre gli sorride. «È vero.»

Si siedono di nuovo sul divano davanti a noi. Mia madre

prende il telefono. «Vi dispiace se do la buona notizia a qualche persona?»

«Stiamo cercando di tenere la notizia riservata, dato che Harper è una persona famosa.»

«Solo la famiglia» ci assicura mia madre.

«Va bene» dice Harper.

Anche mio padre prende il telefono e i due cominciano a messaggiare come matti.

Scambio un'occhiata divertita con Harper.

Mio padre ritira il telefono e si rivolge a mia madre. «Ci servirà più cibo.»

Lei annuisce. «Lo ordino.»

Mio padre si alza. «Vado alla porta accanto, per vedere se i Bianchi vogliono raggiungerci. Hanno sempre un mucchio di roba da mangiare.»

«Ottima idea» esclama mia madre.

Papà prende la giacca ed esce. Mia madre corre in cucina a prendere un menu d'asporto.

«Che cosa sta succedendo?» mi chiede Harper. «Vengono tutti?»

«Sembra di sì. Ho detto loro che avevo grandi notizie prima di venire. Probabilmente speravano fosse un fidanzamento e hanno avvisato i miei fratelli che forse ci sarebbe stato un festeggiamento. Il bambino è stato un bonus.»

Harper spalanca gli occhi. «Erano così sicuri che ci saremmo fidanzati?»

«Lo immagino, ma...»

Si sente bussare alla porta.

«Hanno fatto in fretta» esclama Harper.

«Puoi andare tu?» chiede mia madre, indicandomi.

«Certo.» Vado ad aprire. C'è Dylan, il maggiore dei miei fratelli, in braccio ha la mia nipotina Olivia che tiene in mano un mazzo di palloncini con scritto "Congratulazioni". Sua moglie, Ariana, è dietro di lui con un passeggino doppio per le gemelle.

«È qui la festa?» mi chiede.

Rido e lo faccio entrare. «Che cosa ti hanno detto mamma e papà?»

«La mamma ha detto che eri pazzamente innamorato di Harper e che era sicura che ci fosse in ballo un fidanzamento. Quindi siamo qui per la tua festa di fidanzamento. Eravamo alla porta accanto. Dagli i palloncini, Olivia.»

Lei li spinge verso di me e io li prendo. «Grazie, Olivia.»

Dylan la mette a terra e la bambina corre immediatamente da mia madre in cucina.

«Torno subito» dice Dylan. «Vado ad aiutare Ariana con le gemelle e tutta la loro roba. Congratulazione, Harper.»

«Avremo un bambino anche noi!» esclama felice Harper.

Lui sorride contento. «Doppie congratulazioni, allora. Vi piacerà avere un bambino. A noi piace.» Esce per andare ad aiutare sua moglie.

«Potete dare un'occhiata a Olivia?» ci chiede mia madre. «Vado nel seminterrato a prendere le decorazioni.»

«Mamma, come diavolo facevi a saperlo?»

Lei si porta la mano sul cuore. «Il radar materno funziona più che mai! Ti conosco, Garrett, e quando vi ho visto insieme alla festa per la sorella maggiore di Olivia, sapevo che sarebbe stato solo questione di tempo.» Mi sorride e poi viene ad abbracciare Harper e me. «Harper, qualunque domanda tu abbia sulla gravidanza e sul parto, qualunque cosa, sarò lieta di risponderti. Ho avuto sei ragazzi sani.»

«Mi piacerebbe» dice Harper. «Grazie signora Rourke.»

«Puoi chiamarmi mamma, se lo vuoi, o Tara.»

«Grazie, mamma.»

«Aww!» Abbraccia di nuovo Harper e le bacia la guancia. «Che modo meraviglioso di cominciare il nuovo anno! Una figlia! Caspita, non ho mai pensato che ne avrei avuto una» dice andando verso il seminterrato.

In men che non si dica, la casa è piena. Ci sono tutti i miei fratelli con le loro mogli, perfino Brendan, che vive nel Massachusetts. È rimasto da queste parti per le feste. Mio padre torna con i Bianchi, nostri vicini di casa e suoceri di Dylan, dato che ha sposato la ragazza della porta accanto.

Josie e Harper parlano entusiaste della nostra nuova casa proprio dall'altra parte della strada rispetto alla loro a Park Slope. Sean ci aveva fatto sapere che stavano per metterla sul mercato, quindi ieri abbiamo fatto un'offerta e oggi abbiamo scoperto che è nostra. Siamo entusiasti. Il bambino potrà conoscere i suoi zii proprio dall'altra parte della strada e potremo occuparci a vicenda delle nostre case quando qualcuno dovrà assentarsi per lavoro. Tutto sta andando al suo posto nella mia vita. Una casa nuova, una moglie, un bambino. Sarò un marito e un padre, una cosa che ho sempre voluto, e con la più meravigliosa delle donne.

Li raggiungo, mettendo un braccio intorno alla mia futura moglie.

Lei mi sorride. «Josie dice che ci sono un mucchio di neomamme nel vicinato.»

«Perfetto. Il nostro bambino avrà i cuginetti e gli amici del quartiere con cui giocare.»

«Sono così eccitata per voi» dice Josie. «Lo sapevo fin dall'inizio che eravate perfetti l'uno per l'altra.» Grida verso la cucina: «Non te l'avevo detto, Sean?».

«Che cosa?»

«Ho detto che erano perfetti l'uno per l'altra.»

Sean annuisce. «Desiderava disperatamente che Harper facesse parte della famiglia.»

Josie lo minaccia con un dito. «Non è l'unico motivo. Pensavo veramente che fossero perfetti l'uno per l'altra.»

Sean si mette a ridere. «Sono contento di avervi proprio dall'altra parte della strada.»

«Grazie, fratello» dico. «Possiamo contare su di voi come babysitter?»

«Ci piacerebbe» risponde Josie per lui, tutta eccitata.

«Noi abbiamo la precedenza» si inserisce mia madre.

«Io sono qui, tutte le volte che vorrete» dice la signora Bianchi. E non è nemmeno la nonna del nostro bambino!

«Grazie, signora Bianchi. Lo apprezziamo veramente.»

Lei sorride felice, si avvicina a me e mi dà un buffetto sulla guancia. «Siamo una famiglia. Inoltre, so una cosetta o due su come si allevano figlie forti.»

Mia madre si avvicina. «E io so qualcosa su come crescere figli forti.»

Si guardano negli occhi e scoppiano a ridere.

«Ne sono sicura, Tara» dice la signora Bianchi.

«Oh, anche tu, Donna» dice mia madre. «Sono così felice di avere Ariana nelle nostre vite. E anche te, ovviamente.»

Si abbracciano e quando si dividono stanno sorridendo.

«C'è qualcun altro che si offre come babysitter?» chiedo scherzosamente.

C'è un coro di risposte entusiastiche. Wow, non mi aspettavo tante offerte; si offrono perfino Jack e Riley, con il loro bambino di due mesi, Aiden. Tutti, eccetto Dylan.

«No?» gli chiedo, fingendomi offeso.

Lui fa spallucce. «Abbiamo tre bambine sotto i due anni. Francamente speravo che ci avreste dato voi una mano.»

«Ci piacerebbe» risponde Harper. «Olivia è un tesoro e sono sicura che anche le gemelle saranno altrettanto meravigliose.»

Proprio in quel momento, le gemelle scoppiano a piangere, svegliandosi dal sonnellino nei loro seggiolini per auto.

Olivia si copre le orecchie con le mani. «Riportatele indietro! Riportatele indietro!»

Dylan scuote la testa mentre Ariana e la signora Bianchi vanno a prendere le gemelle dai loro seggiolini. «Olivia continua a chiederci di riportarle al negozio. Dice che fanno troppo rumore.»

«Vieni qua, Olivia» dice mia madre. «Ho un lavoro speciale per te.»

Olivia corre da lei e mia madre se l'appoggia sul fianco, parlando con lei mentre prende i tovaglioli da un armadietto.

Harper si volta a guardarmi. «Avere un bambino non sarà un gioco. Sei sicuro di essere pronto?»

«Non vedo l'ora!»

Lei fa una smorfia. «Le mie nuove cognate mi hanno parlato senza mezzi termini del parto. Non è bello. Sto cercando di non farmela sotto.»

Le metto un braccio sulle spalle. «Ehi, se io riuscirò a guardarlo, tu riuscirai a farlo.»

Harper ride. «La buona notizia e che hanno detto che mi daranno tutte le cose da bambino che non usano più.» Si mette sulla punta dei piedi e sussurra: «Sanno che posso permettermi di comprarle, ma sono così generose».

«Sai, comincio a capire di che cosa parlasse Josie, quando diceva che assomigli al personaggio di Marian la bibliotecaria, che alla fine diventa più felice e fiduciosa.»

«Io sono felice.» Mi mette le braccia intorno al collo e mi bacia. «Tanto, tanto felice.»

«Puah» dice una vocina. «Mamma e papà si baciano.»

Guardo Olivia. Lei mi porge un tovagliolo, stretto nel pugno. «È giusto. Significa che siamo felici proprio come la tua mamma e il tuo papà.»

Lei fa la linguaccia, come fosse disgustata e saltella via.

«Allora, dove eravamo?» dico, tirando Harper più vicino.

Lei sorride contro le mie labbra. «Mamma e papà si baciano, *puah.*»

«Giusto.» La bacio di nuovo e lei sorride.

Raggiungiamo la famiglia riunita ancora una volta in cucina per festeggiare. Guardo i miei fratelli con le loro mogli, nipotine e nipotino, e di colpo penso a come sarà fortunato nostro figlio. Crescerà con un mucchio di zii, zie e cugini, due fantastici nonni, nonni onorari (grazie, signora Bianchi!), una bisnonna unica al mondo e noi due, due genitori amorevoli. Sono l'ultimo nato, l'ultimo in tutto, ma sono quello che porta il tassello del puzzle più importante. Con me e Harper sposati, la famiglia Rourke adesso è al completo.

Ed è cominciato tutto quando questa bestia ha incontrato la sua bella, in un caso di identità scambiata che si è rivelato essere il fato.

Volete saperne di più sull'amico di Garrett, il miliardario Wyatt Winters, e sulla proprietaria del ristorante in difficoltà, Sydney Robinson? Si incontreranno in *Fetching - Wyatt*. Preparatevi per *Storie scatenate,* una nuova serie di bollenti commedie romantiche dove i cani fanno parte della famiglia!

Wyatt

Sono un miliardario che si è fatto da sé, con un debole per le damigelle indifese, quindi, quando mi trasferisco nell'eccentrica comunità di Summerdale, vicino a un lago, mi fiondo immediatamente sulla donna che più voglio, *ahem*, salvare. Solo che quella donna testarda si rifiuta di collaborare.

Sydney

Quando Satana, alias Wyatt Winters si trasferisce nella nostra cittadina, faccio del mio meglio per dargli il benvenuto, nella mia veste di proprietaria del ristorante e bar storico in cui non manca mai di farsi vivo, nonostante critichi tutto. *Respiro profondo.* Potrei aver perso la calma e avergli rivolto un gesto volgare. E avergli detto di andarsene. Come facevo a sapere che stava prendendo in considerazione di investire nella mia proprietà?

Ho già detto che sono piena di debiti e che tutte le banche mi hanno detto di no?

Comunque nevicherà all'inferno prima che io collabori con lui. O ammetta che mi fa andare a fuoco, in ogni senso.

E poi una bufera di neve ci intrappola insieme e...

Mi sto sciogliendo.

Iscrivetevi alla mia newsletter per non perdervi le nuove uscite: Kyliegilmore.com/ITnewsletter

ALTRI LIBRI DI KYLIE GILMORE

Storie scatenate

Fetching - Wyatt (Libro No. 1)

Dashing - Adam (Libro No. 2)

Sporting - Eli (Libro No. 3)

Toying - Caleb (Libro No. 4)

Blazing - Max (Libro No. 5)

I Rourke dell'isola di Villroy,
Principi da sogno ed eroine tostissime.

Royal Catch - Gabriel (Libro No. 1)

Royal Hottie - Phillip (Libro No. 2)

Royal Darling - Emma (Libro No. 3)

Royal Charmer - Lucas (Libro No. 4)

Royal Player - Oscar (Libro No. 5)

Royal Shark - Adrian (Libro No. 6)

I Rourke di Brooklyn

Rogue Prince - Dylan (Libro No. 7)

Rogue Gentleman - Sean (Libro No. 8)

Rogue Rascal - Jack (Libro No. 9)

Rogue Angel - Connor (Libro No. 10)

Rogue Devil - Brendan (Libro No. 11)

Rogue Beast - Garrett (Libro No. 12)

L'AUTRICE

Kylie Gilmore è l'autrice Bestseller di USA Today delle serie: I Rourke; Storie scatenate; The happy endings Book Club; The Clover Park e The Clover Park STUDS. Scrive romanzi rosa umoristici che vi faranno ridere, piangere e allungare le mani per prendere un bel bicchiere d'acqua.

Kylie vive a New York con la sua famiglia, due gatti e un cane picchiatello. Quando non sta scrivendo, tenendo a bada i figli o prendendo debitamente appunti alle conferenze per gli scrittori, potete trovarla a flettere i muscoli per arrivare fino all'armadietto in alto, dove c'è la sua scorta segreta di cioccolato.

Iscrivetevi alla newsletter di Kylie per avere notizie sulle nuove uscite e sulle vendite speciali: kyliegilmore.com/IT-newsletter. Controllate il sito web di Kylie per trovare altra roba divertente: kyliegilmore.com.

www.ingramcontent.com/pod-product-compliance
Lightning Source LLC
Chambersburg PA
CBHW070522100726
47907CB00004B/951